KB063081

투데이신문
직장인신춘문예 당선작품집

2016~2020

투데이신문
직장인신춘문예 당선작품집

2016~2020

개미

『전국 직장인신춘문예 당선작품집』 발간!

더없이 기쁘고 자랑스러운 일이 아닐 수 없습니다.

처음 〈전국 직장인신춘문예〉의 기치를 내걸고, 일을 시작하던 열정과 패기가 가슴 벅차게 떠오릅니다.

해마다 1월 1일 아침이면 제일 먼저 신문에 실린 신춘문예 당선작을 읽는 것이 저의 오랜 습관이었습니다. 그런데 당선된 분들 뒤에 낙선된 많은 분들이 가슴을 졸이며 이 신문을 보았겠지 하는 마음이 들면서 보이지 않는 분들이지만 몹시 안타까웠습니다. 문학 지망생들은 많은데 막상 등단의 기회는 너무나 부족하다는 생각을 했습니다. 특히 글을 쓰고 싶어도 직장인으로는 더 힘들다는 생각이 들었습니다.

그래서 직장에서 일하면서 글을 쓰는 역량 있는 분들을 발굴하여 문학의 저변을 확대하고 우리 문단에 새 바람을 일으켜야 한다는 마음에서 〈전국 직장인신춘문예〉를 시작하게 된 것입니다.

어느덧 5년이 흘렀고, 참신한 작가들이 이곳에서 저마다 꿈을 키워가고 있습니다.

시나 소설, 수필 등을 쓴다는 것은 몹시 힘든 창작의 길입니다.

오로지 글로 인간의 가슴 속에 내제되어 있는 감성에 호소하며 깊은 울림을 주는 문학이라는 예술은 결코 쉬운 일이 아닙니다.

매번 새로운 작품들을 창작해야 하는 일은 어쩌면 천형 같은 괴로움 속에 잉태되고 숙성의 과정을 거쳐야 비로소 완성된 모습으로 탄생되는 것이 아닐까 싶습니다.

이런 피 말리는 작업을 감수하며 작품을 갈고 닦아서 응모해주신 모든 분들이 너무나 사랑스럽고 대견합니다.

그 중에서 당선의 영광을 차지한 자랑스러운 수상자들이 당선작품집이라는 둥지를 틀게 되니 의미가 깊고 보람찬 일입니다.

작가로 살아간다는 것은 인간 존재의 확인이며 한없이 깊고 넓은 이성과 감성들을 가슴에 품어 옹골찬 생명체로 키우는 창조자의 역할을 의미합니다. 당선자들은 그 숙성된 알을 스스로 깨고 태어난 새들입니다.

그런 의미에서 태어난 새는 반드시 날아야 합니다. 날지 않는 새는 생명력을 잃어버립니다.

아득한 창공을 향하여 마음껏 힘차게 비상하십시오.

이제 〈투데이신문 직장인신춘문예〉로 거듭 난 작가들에게 힘찬 응원의 박수를 보냅니다. 앞으로 더욱 더 노력하고 정진하여 대한민국은 물론 세계적으로 널리 회자되는 격조 높은 작품을 쓰시기 바랍니다.

직장인신춘문예는 앞으로 더욱 더 발전할 것입니다.

두 팔을 높이 들어 환호하며 축하합니다.

　문학을 사랑하고 작가의 꿈에 도전하려는 직장인에게 징검다리가 되어주기 위해 마련한 〈투데이신문 직장인신춘문예〉가 어느덧 다섯 해를 맞이했습니다. 기존 신춘문예 공모전 대부분이 응모대상을 일반인 전체에 초점을 맞춘 것에 비해, 투데이신문은 그 대상을 직장인으로 한정했습니다. 생계를 위한 시간을 쪼개어 문인으로 삶의 시간을 엮어가려는 직장인들에게 작은 통로가 되고 또한, 자신의 한계 속에서 숨 막혀하는 문학을 절절한 삶에서 뽑아온 문체들을 통해 빛을 보게 해주고 싶었기 때문입니다. 그리고 다섯 번의 공모전을 통해 22명 문인들의 보석 같은 문학작품을 만나게 되었습니다. 2016년 제1회부터 2020년 제5회까지 직장인신춘문예를 통해 당선된 신인작가들의 당선작을 모아 『투데이신문 직장인신춘문예 당선작품집』을 발간하게 되었습니다.

　텍스트보다는 이미지를 소비하는 요즘, 종이책 발간에

대해 우려하는 목소리가 많습니다. 시장성이 없다는 이유에서입니다. 게다가 도서발간 트렌드도 웹 출판(Web Publishing)을 통한 전자책(e-BOOK) 형태로 점점 바뀌고 있는 추세여서 흐름에 순응해야 한다는 조언을 해주기도 합니다. 그럼에도 종이책 발간을 선택했습니다. 종이 특유의 질감이나 냄새, 그리고 책장 넘기는 소리에서 듣게 되는 사색의 깨달음은 스크린 불빛에 반사된 활자를 통해 느끼는 사유와는 전혀 다른 것입니다. 특히 당선소감을 통해 마주한 작가들의 절절한 창작의지와 뜨거운 창작과정을 차갑고 무미건조한 스크린 속에 담아내고 싶지 않아서입니다. 당선작가들 대부분이 창작을 통해 위로와 치유를 경험했다고 소회를 밝혔습니다. 어떤 이는 '거룩한 노동 후에 위안으로 바뀌는 마법'이라고 했고, 어떤 이는 '스스로를 구원하기 위해 시작한 것이 이제는 유일한 삶의 위로'라고 했습니다. 그리고 작가 모두는 자신의 글이 세상 모든 이들에게 마법과 같은 위로가 되길 희망했습니다. 이들 작품 속 자간과 행간 사이에 진한 농(膿)처럼 고여 있는 희망의 메시지를 이 책 속에 응축시켰습니다. 부디 이 책이 팍팍한 인생살이에 위로, 치유, 희망의 불씨가 되길 바랍니다. 불씨가 들불처럼 일어나 온 세상이 행복했으면 좋겠습니다.

차례

2018년
제3회 투데이신문 직장인신춘문예 당선작

2016년
제1회 전국 직장인신춘문예
당선작

시 부문 최우수
조흥준
인천 출생
명지대학교 문예창작학과 졸업
프리랜서 작가

시 부문 우수
송지아
충남 서산 출생
문화재청 재직

소설 부문 최우수
김진형
서울 출생
건국대학교 영화학과 졸업
영화, 광고 등 촬영 프리랜서

소설 부문 우수
이채운
인천 출생
(주)한길통상 재직

일터에서 열심히 일하는 틈틈이 문학에 대한 열망을 키우고 있는 사람들의 생생한 체험과 느낌을 한국문학으로 깊이 끌어안기 위한 직장인신춘문예가 처음 기를 올렸다. 시 부문 총 488편(투고자 146명), 소설 부문 총 115편(투고자 108명)이 심사대상이 됐다. 투고 편수도 놀라웠지만 '직장인'이라는 말에 어울리는 '삶의 치열성'과 수준마저 예상 이상이었다. 처음이 이 정도면 다음은 더욱 뜨거워질 거라는 기대감을 가져도 좋을 것 같다. 우리 문단의 중진으로 심사위원을 구성해 엄정한 심사를 진행했고, 부문별 2인의 당선자를 냈다. 축하의 박수를 보내며 앞으로의 문단 활동을 최대한 지원할 것을 약속한다.

2016 제1회 전국 직장인신춘문예는 (사)한국사보협회(회장 김홍기), (사)한국문인협회 소설분과(회장 김선주), 한국문화콘텐츠21, 하나로애드컴이 공동주최하는 공모전으로 지난 1월 1일부터 1월 30일까지 접수해 2월 하순 심사를 완료했다. 당선작은 (사)한국사보협회가 발행하는 월간 네트워크지에 게재된다. ─ 심사위원회

심리 테스트
— 기업 인 · 적성 및 직무적성검사용[1]

조흥준

   어느 시인은 삶이 소풍이며, 그 소풍은 매우 아름다웠더라고 표현했습니다. 정말 삶이란 아름답기만 한 건가요. 이를 알기 위해 당신은 홀로 사막 여행을 떠나기로 결심합니다. **사막이란 당신에게 어떤 이미지로 다가오나요?** 사막을 횡단하기 위해서는 준비물이 필요합니다. 그중 물과 신발은 필수품이라 할 수 있죠. **몇 켤레의 신발과 어느 정도의 물을 챙기실 건가요? 왜 그렇게 준비하신 건가요?** 그밖에 다른 필수품들을 챙기고 드디어 당신은 길고도 먼 여정을 시작합니다. 그런데 얼마 못가 갈증에 허우적거리는 강아지를 발견합니다. 지금 당신에겐 아까 준비한 물이 있습니다. **그 강아지에게 물을 얼마큼이나 줄 건가요? 또 강아지는 어떻게 하실 건가요?** 이를 해결한 당신은 계속 길을 걷고 있습니다. 그러던 중 모래사막 한가운데 주사위가 보입니다. **그 주사위는 어떤 모양인가요?** — 주사위의 재질과 색깔, 크기, 상태 등을 잘 묘사해 주셔야

---

1) 인적성 및 직무적성검사 - 경찰, 공무원 등의 공기업이나 삼성, 두산, LG 등의 대기업에서 최근 들어 실시하고 있는 취업 검사 중 하나로 삼성의 SSAT 등이 대표적이다.

합니다. 왜 그렇게 묘사했는지 그 이유도 함께 말해 주세요. - 한참을, 물끄러미 주사위를 바라보던 당신은 다시 길을 재촉합니다. 지평선을 바라보며 평평한 사막을 얼마나 걸었을까요. 위로 모래 언덕이 보입니다. 그 위에 사다리가 놓여 있습니다. **사다리는 얼마나 높이 있나요?** - 사다리의 높이, 크기, 색깔, 상태 등을 잘 묘사해 주셔야 합니다. - **당신은 그 사다리에 올라가실 건가요?** 사다리를 지나 다시 내려갑니다. 또다시 끝없이 펼쳐진 드넓은 사막. 그 가운데서 당신은 오아시스를 떠올립니다. **당신에게 오아시스는 어떤 곳입니까?** 사념은 구체화되기 마련입니다. 저 멀리 당신이 떠올린 오아시스가 보입니다. **그곳에 어떻게 가시겠습니까?** 오아시스에 도착한 당신, **당신이 보고 있는 오아시스는 어떤가요?** - 나무나 숲, 물 상태, 크기 등을 묘사해 주세요. - 그곳에는 당신 이외의 사람들이 더 있을지도 모릅니다. **아직 보이진 않지만, 만약 사람들이 있다면 얼마나 있을 것 같나요?** 오아시스가 정말로 있다면 그곳에 마을이나 도시가 세워질지도 모릅니다. **이 오아시스에 당신이 건물을 짓는다면 몇 층짜리 건물을 짓고 싶습니까? 지금 도착한 오아시스에 머문다면 얼마나 있을 건가요?** 오아시스를 나온 당신은 다시 홀로 길을 걷습니다. 걷고 또 걷고 또 외로이 사막을 걷고 있습니다. 그 외로움 끝에 저 멀리 당신에게 다가오는 말이 보입니다. **그 말은 어떤 모습을 하고 있나요? 말이 당신에게 다가왔습니까? 아니면 스쳐 지나갔습니까? 당신은 그 말을 보고 어떤 행동을 했나요?** 다시 당신은 사막을 걷습니다. 이제 여행의 종착점이 보이는 것 같습니다. 이 사막은 과연 끝이 있는 것 같나요. 당신이 생각하는 사막의 끝이란 과연 어떤가요?

이전 직장은 공항 출국장이었습니다. 매일 나가는 사람들의 뒷모습만 바라보다가, 훌쩍 이력서를 던져놓고 제주로 왔습니다. 한라산 등반 중에 연락을 받고 면접을 본 뒤, 한 달 후 홀로 짐을 싸들고 다시 제주를 찾았습니다. 허브 향기가 가득한 조용한 직장입니다. 직장 숙소에서 동료들과 공동생활을 하며, 나름 잘 어우러지며 살고 있습니다. 벌써 8개월 전의 일입니다. 자연을 잘 느낄 수 있는 곳입니다. 특히 바다가 가까이 있어 좋습니다. 틈틈이 여행을 다니며, 제 자신에게 집중할 수 있었습니다. 가슴속에서 복잡하게 엉켜있는 실타래들을 조금씩 풀어내면서 까마득히 잊고 있었던 글도 다시 쓰고 싶어졌습니다. 혼자라 덜컥 겁이 났지만, 다행히 직장 동료와 홍진이라는 글 모임을 꾸릴 수 있었습니다. 그 글벗에게 소설이 아닌 시를 써보라는 권유를 받으면서 간신히 서툰 글들을 시랍시고 깨작일 수 있었고, 여기 세 편의 시 모두가 그렇게 홍진 모임을 통해 나올 수 있었습니다. 그 벗(진)에게 매우 감사해야 할 사건이 생겼습니다. 잘 썼다가 아니라 잘 쓰라고 토닥여주는 격려라고 생각하겠습니다. 더 길게 호흡할 수 있는 힘을 받은 것 같습니다. 저뿐 아니라, 저와 비슷한 길을 걷고자 하는 더 많은 분들에게도 이런 기회를 통해 힘찬 기운을 받을 수 있었으면 하는 바람입니다. 아직도 많이 부족함을 알기에 매우 부끄럽습니다. 유일한 답이 좋은 작가가 되는 것이라 생각하면서 더욱 열심히 가다듬고 정진하겠습니다.

口

송지아

빈 새장을 든 오전 아홉 시엔 작별을 해야 해요.

우리 식구는 모두 모여서 비를 맞고 있어요.

이사하기 좋은 날이에요.

침대, 소파, 고무나무 화분이 엄마 반대편으로 밀려났고
요.

이쪽저쪽 구분하지 못한 건 새장 탓이 아니죠.

날개를 믿지 말아요, 나는 배고픈 아침에 태어난 걸요.

어울리지 않는 오늘을 기억해내느라

눈이 아파요. 짐을 고르는 동안 눈이 먼 엄마는

꽃무늬 손수건을 떨어뜨렸어요.

비밀은 하나씩 벗겨질수록 빛이 나요.

멀어진 친구가 박쥐 우산을 쓰고 등장했어요.

아빠는 턱 괴던 손으로 바지춤을 올리며

마치 나인 것처럼 내 친구에게 말을 걸었어요.

안면 있는 사람은 모르는 체 하고 싶은 이삿날이에요.

더 이상 아빠, 새장은 트럭에 실을 수가 없어요.

아니에요, 고개 숙일 필요가 없어요.

아니에요, 새는 죄인일 수 없지요.

새는 너무 겸손할 뿐이라고, 아니에요.

그래요, 거기까지예요.

추락하는 새가 머리끝에서 웃어요.

아빠는 웃는 게임을 좋아할 뿐이에요.

빨간 장미를 심으세요.

모르는 사람에게도 친절한 충고가 필요하다고

엄마는 말을 해요.

엄마 아빠가 헤어지기로 한 날

정말이지 겁 없이 붉은 비가 내리는데

새는 오전 아홉 시를 말해요.

이제 모르는 사람을 만나면 모르는 체 해요.

어제 아파트 뒷길에서 나를 노려보는 고양이를 만났다.

검은색에 양쪽 귀가 쫑긋 서 있는 이마에 난 흰 털이 누렇게 변해 있었다.

나는 무엇에 골똘한가.

무엇이 궁금했었는데 도무지 생각나지 않는다. 생각나지 않아서 더욱 궁금하다.

궁금한 일이 빨리 더 왔으면 좋겠는데 인간이 펭귄의 조상이었던가, 돌고래가 퇴화해서 인간이 되었다던가.

아무것도 떠오르지 않는다. 떠오르지 않는 일들을 가슴 속에 집어넣는 일이 반복되고 있다.

미래의 내 몸이 내 눈이 내 귀가 되어 나의 나무가 나의 새가 되어줄 새로운 밤들과 과거의 무거운 구름, 병상에 누워 보낸 시간들, 길게 뻗은 복도 흰 벽돌 하나에게도 감사를⋯⋯나는 계속해서 쓸 것이고 쓰면서 또 외로워질 것이다.

나를 염려해준 분들과 이 기쁜 소식을 함께 나누고 싶다.

사실 크게 기대하지 않았다. 많은 심사가 그렇듯이 투고
된 작품 수에 비하면 눈여겨봐야 할 작품의 수가 그리 많
지 않기가 대부분이기 때문이다. 그런데 여러 편 읽어가다
가 절로 작품을 보는 시간이 점점 길어진다는 사실을 자각
했다. 탁자 밑으로 내려놓는 작품보다 탁자 위에 두고 다
시 꼼꼼히 읽고 판단해야 할 작품이 자꾸 늘려갔다.

두 심사자가 각각 10명을 선에 올려 서로 돌려보고 그
중에 4편을 집중 논의하게 됐다. 「우지서원에서」는 한국
역사에 대한 남다른 식견을 바탕으로 한 고전적 어투가 생
생했다. 그 대신 그것이 지금이라는 시대 상황이나 일상을
담아내는 그릇으로는 어울리지 않을 수도 있다는 염려가
컸다. 「대화의 방」은 반대로 현실을 읽어내는 어법이 분명
했다. 다만 그 어법에 적용된 패턴이 너무 쉽게 드러난다
는 점이 아쉬웠다.

결국 두 편이 남았다. 「ㅁ」 외 4편을 투고한 송지아 씨는
한글 자음을 제목으로 내세운 데서도 느껴지듯 이미 오래
도록 다양한 언어 훈련을 해온 것으로 짐작됐다. 이미지를
만들고 그중의 특별한 것을 상징화하는 능력이 각별했다.
이에 비해 「심리테스트」 외 2편을 투고한 조흥준 씨는 대
기업의 취업과정에서 쓰이는 '기업 인적성 및 직무적성검

사용 테스트지'를 시의 전면에 내세울 만큼 패기를 숨기지 않았다. 기성에 도전하는 패기는 많은 경우 치기로 전락할 우려가 있는데 이 경우는 색달랐다. 독자를 '테스트지'의 '시적으로 보이는 언어들'에 젖어들게 하고는 결국은 그것이 감춰진 기성의 폭력성을 느끼게 하는 전 과정을 끈기 있게 버텨냈다.

　관록(송지아)이냐 패기(조흥준)냐, 둘 사이에서 기성의 언어를 전복시키는 힘을 더욱 맹렬하게 키워나가라는 뜻에서 패기 쪽 손을 들었으니 전자가 우수상을, 후자가 최우수상을 받게 됐다. 축하하고, 함께 한국 시단을 가꾸어 보자고 손 내밀어 본다.

　　― 심사위원 : 박덕규 정끝별

기우祈雨

김진형

암이라고 했다. 엄마는 형의 병명을 길게 말하지 않았다.
흔하다면 흔한 그 병명에 나는 유독 거리감을 느꼈다. 어
쩌면 형의 병이기 때문일 수도 있었다. 사실 우리 형제에
겐 우리라는 말이 무색할 정도였다. 그리고 나의 무관심을
닮은 가뭄이 찾아왔다. 나의 주변은 형의 손 위에서 죽어
나갔던 농작물들처럼 하나씩 쓰러져가고 있었다. 아무것
도 할 수 없고, 하고 싶지 않았던 나 역시 손가락 마디마다
하얗게 튼 살갗처럼 천천히 갈라지고 있었다.

장마가 시작되고도 남았어야 했다. 몇 개월째 이어진 가
뭄과는 상관없이 차는 새벽을 뚫고 자유로에 진입하고 있
었다. 아스팔트 위로 창백한 미명이 기어오르고 있었다.
통장은 몇 달째 지속되는 가뭄에 작동을 멈춰버린 지 오래
였다. 이번 일을 반드시 잡아야 했다. 나는 최형에게 일종
의 커미션을 떼어 주고서라도 일을 내게 맡겨달라고 졸랐
다. 깰 사람만 깨어 있는 오전 5시 48분. 시간은 세상에게

아침을 드리우며 서서히 전진하고 있었다. 누구라도 이 가뭄을 멈춰줬으면 좋겠다는 무책임한 말을 남긴 라디오의 진행자가 새벽 방송을 마무리 짓고 있었다. 이어서 아이돌 그룹의 최신 유행곡이 흘러나왔다. 기계로 잘려나간 목소리들은 필요 이상의 음표를 소비하고 있지 않았다. 쿨하다던지 상쾌한 등의 수식이 붙은 가사들이 경제적인 멜로디 위로 기어다니는 소리를 냈다. 이어지는 날씨 예보 역시 무미건조했다. 낮과 밤의 기온차가 심각할 것이라고 했으나, 비 소식을 전해주지는 않았다. 한강의 수심이 몇 미터쯤 가라앉은 후에야 사람들은 걱정을 시작할 수 있을 것이다. 세월을 핑계 삼아 이북 땅의 소식에 무감각해진 것처럼 이 나라의 사람들은 반응해야 하는 일들에 지쳐가고 있는 지도 몰랐다. 부른 배만큼 모두가 풍족한 무관심을 끌어안고 살았다. 나라고 다르지 않았다. 살갗이 손톱에 걸려 벗겨지고 나서야 핸드크림을 가지고 나오지 않은 사실을 무심히 떠올릴 뿐이었다. 그저 목이 말랐다. 십분 전부터 갓길에는 편의점 하나 보이지 않았다. 자유로에 진입한 이후에는 축 늘어진 녹음만 이어졌다. 갈증이 극에 달할 무렵 성긴 수풀 사이로 알루미늄 푯말 하나가 고개를 내밀었다.

차 문을 열고 나와 마주친 공기는 후끈했다. 공장형 세트 앞으로 다섯 대의 살수차가 보였다. 가뭄이라는 말이 무색할 정도로 살수차로 연결된 튜브에서는 연신 물이 새어 나오고 있었다. 주차장은 온통 물바다였다. 나는 카메라 장비를 짊어진 채 흘러넘치는 바닥의 물을 피해가며 조심스럽게 컨테이너로 다가갔다. 예정 시간보다 30분이나 일찍 도착해서인지 밖에는 케이터링 차량도 보이지 않았다. 목이 말랐다. "오늘 메이킹 기사님이세요?" 뒤를 돌아보니 30대 중반 정도로 보이는 여자 한 명이 서 있었다. 나는 허리를 숙여 인사하며 그녀가 건네주는 타임테이블 한 장을 받았다. "어제 연락드렸었는데." 그녀는 자신의 이름을 덧붙이지 않았다. "최 실장님께 말씀 많이 들었어요. 메이킹 영상 작업 전문으로 하시는 분이라고." 자연스럽게 웃는 연습을 많이 했는지, 얼굴에는 어떤 어색함도 없었다. 칼 같은 사회성을 차려입은 미소와 말투였다. 최형은 그녀가 대학 시절 연기를 전공한 여자라고 했다. 과연 발군의 연기실력이었다. "저희 오늘 촬영할 제품이 방수기능을 갖춘 카메라 광고거든요." 그녀는 남아 있는 손으로 세트장 한가운데를 가리켰다. 특수효과팀이 인공으로 만든 호수 위에 시험 삼아 비를 뿌려보고 있었다. 여기저기서 고함을 치는 소리가 들렸다. 가끔 '죄송합니다.' 같은 변명도 들렸다. "광고 컨셉이 제품의 시원함을 강조하고, 누구도 따라올 수 없는 당사 제품만의 시크함을 보여준다는 거예요. 광고주가 중국 분들이라, 모델이 그쪽에서 유명한 한국 아이돌인데, 얼굴 보면 누군지 아실 거예요. 요새 중국 쪽에선 최고로 잘 팔리거든요. 그래서 전체적으로 모델이랑 제품이 한 번에 잘 보이도록, 그런 그림 위주로 찍어주시면 될 것 같아요. 이따가 인터뷰도 있을 예정인데 무선마이크는 챙겨오셨죠? 뭐 알아서 잘해 주시겠지만." 철벽 위에 그려져 있는 듯한 미소. '알아서 잘해 주겠지만.'이라는 말의 암묵적 동의에 대해서는 잘 알고 있었다. 나 역시 사회성만큼은 프로였다. 우리는 서로를 확인하는 절차를 끝내고 각자 할 일을 위해 돌아섰다. 카메라를 꺼내 삼각대 위에 올려놓고 몇 가지 세팅 값을 체크했다. 지미집 위에 달린 메인 카메라에 비하면 초라해 보이는 비디오 카메라였으나, 나는 혼자 작업할 수 있는 이 환경을 좋아했다. 정기적인 수입은 없어도 나름대로 입에 풀칠은 할 수 있었다. 그리고 무엇보다 현장에서 혼자 일할 수 있는 자유로움이 좋았다. 나는 구경꾼처럼 세트장을 둘러봤다. 사람 몸집만한 카메라 한 대에 너댓 명이 달려들어 기계를 조작했다. 뒤에 앉은 컴퓨터 전문가는 여러 대의 컴퓨터를 둘러놓고 앉아 그들에게 지시를 내렸다. 즐거워 보이는 얼굴은 없었다. 사실 그런 건 핵심이 아니었다. 여기 모인 모두는 자발적으로 거대한 자본의 부품이 되는 것에 주저함이 없었다. 그들이 보여주는 군무는 일사불란했다. 정말이지 모두가 프로다웠다.

케이터링 차량에도 생수병은 없었다. 이틀 전쯤인가, 서울 전역에 일시적인 단수령이 내려졌다. 마트에서 생수병을 사재기하는 사람들의 광경을 담은 뉴스가 떠올랐다. 주차장엔 몇 개의 식탁이 놓여 있었다. 나는 배식받은 음식들을 그곳으로 가져갔다. 그때, 벤츠 두 대와 중형 밴 한 대가 주차장으로 들어왔다. 먼저 밴에서 작은 체구의 남자

아이 한 명이 내렸다. 하얗게 탈색한 머리카락이 이마 위로 건조하게 늘어져 있었다. 선글라스로 가린 눈 사이에서 나는 분명한 짜증을 느꼈다. 나는 반사적으로 플라스틱 수저를 내려놓고 카메라를 들어 그 모습을 겨눴다. 그러나 내가 녹화 버튼을 누르기도 전에 아이돌의 발은 분장실의 문턱을 넘어버렸다. 나는 좋은 그림을 하나 놓쳤다고 자책했다. '알아서 잘해 주시겠지만.' 여자가 했던 말이 머릿속을 스쳤다. 순간 두려움이 일었지만, 그에게 다시 나와서 걸어보라는 말을 할 수는 없었다. 이윽고 두 대의 벤츠에서 내린 사람들은 거대한 체구를 한 남녀들이었다. 중년 정도의 얼굴에, 무엇보다 시끄러웠다. 시뻘건 색의 티셔츠와 호탕한 배. 나는 단번에 그들이 중국에서 온 광고주라는 사실을 알아챘다. 식사를 하던 감독과 촬영기사가 일어나 그들에게 허리를 숙였다. 그들은 인사를 받는 둥 마는 둥 그저 그들끼리의 말을 주고받으며 세트장 안으로 들어가 버렸다. 아까 봤던 조연출이 눈치를 주자 연출부 아르바이트생들이 먹던 밥을 버리고 세트장으로 뛰어갔다. "먹자고 하는 짓인데 너무하네. 짱깨새끼들 뒤 닦아 준다고 밥도 못 먹나." 나잇살이 칠십 줄 정도 패인 얼굴을 한 살수차 기사가 조용하게 구시렁대는 말에서 나는 자조를 느꼈다. 혀를 끌끌 차다가 목이 메었는지 기침을 하더니 일회용 용기에 든 콩나물국을 죽 들이켰다. 그래도 해결되지 않았는지 그는 기침을 계속해댔다. 해가 떠오르고 있었다. 더운 계절에 어울리지 않는 건조한 바람이 불어왔다. 모델

의 도착이 예상보다 늦어졌고, 촬영은 벌써 한 시간째 딜
레이 되고 있었다.

엄마의 전화가 걸려온 건 한창 찾아든 무기력함을 즐기
고 있을 오후 세 시 무렵이었다. 전날 꾸어준 월세에 생색
이라도 내려는 심보이겠거니, 처음에는 전화를 받지 않았
다. 세 번의 벨소리가 더 이어졌고 나는 어쩔 수 없이 전화
기 쪽으로 몸을 돌렸다. 툭- 하고 진동음이 멈췄다. 그리고
는 문자 하나가 화면 위로 올라왔다. "너희 형 쓰러졌단다.
그 집 여편네가 수술비 내어 놓으래." 엄마는 자신의 며느
리를 늘 그 집 여편네라고 불렀다. 여자와의 결혼을 위해
대학에서 쌓아온 꿈을 포기하고 지방 소도시로 내려가 장
인이 꾸려가던 작은 농장에 묻혀버린 형은 겨우 호적에서
이름이 연명되는 정도의 처지였다. 엄마는 그 이후로 형을
타인 취급했다. 살면서 단 한 번도 자신의 꿈에 근접해보
지 못한 엄마는 늘 자식들만큼은 본인들의 꿈을 이루게 해
주겠다는 큰 포부를 품고 있었던 것 같다. 급기야 아버지
마저 자식들을 위한 희생의 전선으로 내몰았다. 형수를 만
나기 전까지 책임감에 휩싸여 있던 형과는 달리 정작 나는
하고 싶은 것을 찾아내야 할 필요성은 느끼지 못했다. 세
상엔 즐길 거리가 많았고, 나는 그런 것들에 꽤 순종적이
었다. 종일 게임을 하기도 했고, 만화책을 보며 시간을 죽
이기도 했다. 엄마의 성화에 못 이겨 꾸역꾸역 입학한 지
방 대학의 한 만화과에서 나는 전공과는 딴판인 카메라에

매료됐다. 동아리실에는 늘 나와 최형이 카메라를 만지작대고 있었다. 나이에 걸맞지 않게 골방에 틀어박혀 인터넷 동호회나 기웃거리던 우리는 소개팅 한 번 못해 본 채 졸업을 맞았지만 그래도 그 순간에 나는 내게 꿈이 있다고 믿었던 것 같다. 엄마는 나의 그런 껍질들을 누구보다 응원하고 있었다. 그 무렵, 형이 독립선언을 했다. 엄마의 반대에도 형은 농장을 물려 받아야 할 여인을 사랑했고, 3년 만에 팀장 자리를 꿰찬 번듯한 광고회사를 떠나겠다는 결심을 했다. 나는 그날 내가 함께 살면서 봐왔던 형의 얼굴 중에 가장 행복한 모습을 목격했지만, 엄마의 표정은 정반대였다. 제 3자의 입장에서 봤을 때 둘 사이 문제의 근본은 엄마의 불행이었다. 열렬한 평화주의의 순종자였던 나는 형도 엄마도 이해할 수 없었다. 그때의 나는 내 관심사에도 서서히 식어가고 있었다. 이윽고 무기력이 찾아왔다. 졸업 이후에는 집에 틀어박혀 영화를 보는데 하루의 절반을 썼다. 가만히 앉아 생각에 잠기는 일은 언제나 즐거웠다. 삶의 처음과 끝이 그날 하루의 인생과 같다면 얼마나 좋을지. '사실 오늘을 시작했던 순간부터 오늘의 끝은 예정되어 있었다.' 나는 그런 시구들을 마음에 들어 했다. 온통 그런 것만을 궁리했던 거리낄 것 없는 날들이었다. 나는 점차 살이 붙어가며 남들과 다른 모습으로 변해갔고, 엄마는 내 행복이 방안에 머물러 있다는 데에 분개했다. 마침내 엄마가 울음을 터트린 그날, 나 역시 경제적 독립을 선언했다. 나는 그 말을 내뱉는 나의 얼굴을 볼 수 없었지만, 아마 형과 같이 행복에 잠긴 얼굴은 아니었을 것이라고 짐작한다.

　메인 촬영은 점심식사 후에 진행될 예정이었다. 비가 내리는 호수 한가운데 선 모델이 카메라 셔터를 끊임없이 눌러대는 모습을 슬로우모션으로 담아내는 씬이었다. 시원함을 주제로 담은 이 광고는 TV 앞에 무기력하게 앉아 세상의 가뭄을 지켜보는 이들에게 희망을 선사할 참이었다. 내게 타임테이블을 나눠주던 광고사 직원은 중국인 광고주 옆에 붙어 앉아 통역관에게 촬영에 대한 설명을 늘어놓고 있었다. 크레인 위에 매달려 이리저리 허공을 훑는 거대한 슬로우모션 카메라의 놀라운 효과들에 대한 설명과 함께 부가적으로는 원하시던 모델은 마음에 드시는지까지, 자신의 미래를 위해 최선을 다하는 그녀의 사투를 보던 나는 점점 더 나른해졌다. 여기 있는 모두 누구 하나 빠짐없이 무거운 삶을 짊어진 채, 그것을 이겨내려 발버둥치고 있었다. 광고 위로 범람하는 모델들은 미세한 움직임도 선명하게 포착해 내는 현대기술을 위해 몸에 근육을 키우고 얼굴에는 단백질 주사를 맞았다. 촬영감독은 카메라를 이리저리 돌려보며 더 잘 팔리는 앵글에 대해 고민했다. 광고회사 직원들과 감독은 다음 일을 따내기 위해 나름대로 고군분투했다. 노력하는 만큼 돈이 그들의 수중으로 들어갔다. 정말이지 가치 있는 일이었다. 그에 비하면 난. 나는 현장 분위기를 담는 스케치 영상 몇 개를 찍었다. 분주하게 뛰어다니며 거대한 조명기를 들어 올리는 사람들, 고무호스를 이리저리 옮기며 인공호수에 물을 채우는 이들, 수십 벌은 되어 보이는 의상을 몸에 가득 걸치고 뛰어다니는 사람들까지, 누구 하나 피곤하지 않은 사람이 없었다. 나는 그들을 관조하듯 카메라의 프레임 속에 담았다. 그들의 표정은 바깥의 날씨와 닮아 있었다. 금방이라도 갈라질 것처럼 균열 사이에서 뿜어져 나올 무언가를 갈구하고 있었다. 나는 그들이 내뱉는 가끔의 실소와 처량한 박수 소리를 기록했다. 짧게 편집해 내기에 적합한 재료들이었다. 광고주들은 모니터가 놓인 테이블 앞에 앉아 알 수 없는 언어로 연신 떠들어대고 있었다. 심각한 테이블은 오히려 감독 쪽이었다. 촬영감독과 진지하게 대화를 나누다가도 조연출 쪽으로 고개를 돌리고, 모델의 준비가 더디다며 성화를 부렸다. 조연출은 불안한 손으로 분장실의 문고리만 부여잡고 있었다. 그러기를 삼십 분, 마침내 주인공이 등장했다. 사람들은 자신들이 할 일이 사라지는 것이 두려웠는지 한층 더 분주하게 몸을 움직였다.

　사고는 와이어 씬을 찍을 준비하던 무렵에 일어났다. 특수효과팀 막내가 실수로 천장에 설치되어 있던 강수기의 스프링쿨러 밸브를 열어버린 것이다. 모델과 그 주변에 밀착해 메이크업을 손질하고 있던 분장팀원들 위로 억수 같은 가짜 비가 쏟아졌다. 순간 나는 엄지손가락을 반사적으로 움직여 레코딩 버튼을 눌렀고, 카메라의 액정을 통해 그들의 모습을 지켜봤다. 화면 위로 흠뻑 젖어 들어가는 그들의 표정 변화가 매 초마다 30장씩 기록되고 있었다. 나는 천천히 렌즈를 당겨 그들의 얼굴을 살폈다. 액정 뒤로 숨은 나의 시선은 꽤 대담했다. 순간 눈앞에 펼쳐진 표정들이 나의 뇌리를 적셔왔다. 모델을 둘러싸고 있던 스텝들의 얼굴에 웃음이 번지고 있었다. 정적 위에 흐르는 미소들. 어이가 없어서라거나 통쾌해서였을지도 모른다. 탁한 공기 위에 가득 엉킨 수분들이 그들의 입 꼬리를 중력 반대 방향으로 끌어당기고 있었다. 엉거주춤하게 서 있는 사람들의 옷가지는 착 달라붙어 주인의 몸매를 여실히 드러내 주었다. 부끄러울 정도로 솔직한 장관이었다. 그 모습이 너무나 우스꽝스러운 나머지 차마 소리 내어 웃지는 못했지만, 놀랍게도 나는 스텝들의 미소 조각 하나 하나를 기록할 수 있었다. 왁스를 듬뿍 발라 하늘을 찌를 듯이 곧추 서 있던 머리카락은 중국발 최고가 아이돌의 탱탱한 얼굴 위에 미역처럼 늘어져 버렸다. 떠밀려 육지로 올라왔지만 그럼에도 싱싱함을 잃지 않는 방파제 위의 미역 줄기들같이. 나는 문득 일을 시작하고 나서 처음으로 진짜를 담은 것 같은 환상에 빠져들기 시작했다. 이 모든 환상을 깨 버린 건 감독의 호통이었다. 나는 그 얼굴을 감히 쳐다보지 못해 카메라 액정 뒤로 시선을 숨겼다. 감독은 건조한 표정으로 밸브 앞에 서 있는 알바를 향해 성큼성큼 다가가 손에 들려 있던 종이뭉치를 그의 얼굴에 집어 던졌다. 여기서 또다시 나의 놀라운 반사 신경이 엄지에게 명령했고 나는 카메라를 껐다. 과연 프로였다. 해야 할 것과 하지 말아야 할 것을 명확히 아는 전문가. 우리는 모두 암묵적으로 동의하고 있었다. 그리고 발길질이 이어졌다. 힘이 빠진 알바는 한 번의 타격에 고꾸라져 인공호수 위로 쓰러졌다. 그가 적신 사람들만큼이나 그 역시 젖어갔다. 그의 표정이 궁금했지만 카메라를 켜서 그의 얼굴까지 줌인할 용기는 나지 않았다. 감독은 힘이 빠져 수면 위로 나뒹구는 그를 밟고 또 때렸다. 곧이어 찾아든 이성과 함께 이어지는 침묵. 몇 초간 모두가 멍하니 그 광경을 지켜봤다. 이모든 것들이 아주 천천히, 마치 슬로우모션처럼 흘러갔다. 특수효과 팀장이 멀리서 뛰어오고 있었다. 광고주 테이블에서 헛기침 소리가 들리자 조연출 두 명도 달려가 감독을 말렸다. 난장판을 뒤로 하고 모델이 씩씩거리며 분장실로 들어갔다. 없는 목에 시뻘건 티셔츠의 칼라를 한껏 치켜올린 광고주는 재미있다는 표정으로 상황을 주시하며 테이블 위에 놓인 과자 하나를 집어 입에 넣었다. 입안의 낡은 분쇄기 소리가 광활한 세트장 안을 경쾌하게 울렸다. 눈치를 보던 알바생 한 명이 비어 있는 접시를 발견하고는 과자 박스를 가지러 뛰어나갔다. 다들 하나 둘 자기 자리로 돌아갔고, 곧 모두가 종전의 건조함을 되찾았다. 뭐에 굴복했는지 감독의 표정 역시 일종의 비굴한 비장함 따위로 물들고 있었다.

상황이 진정되었으나, 촬영은 어느새 3시간쯤 지연된 상태였다. 계획된 시간에 따르면 자정 이전에 철거까지 모두 마무리 되어야 했지만 이제는 아무도 끝을 예상할 수 없는 상황이었다. 나는 담배를 물고 세트장 밖으로 나왔다. 구름이 오고가는 하늘 위에 태양은 여전히 자신의 존재를 과시하고 있었다. 주차장 바닥은 어느새 비쩍 말라있었다. 살수차 뒤로 특수효과 팀장이 보였다. 그는 오들거리는 알바생에게 5만 원짜리 한 장을 쥐어주고 있었다. "택시 타고 들어가라." 지폐를 건네받은 그는 한참을 침묵하다가, "정말 죄송해요."라는 말을 남기고 돌아섰다. 누구를 향한 사과였을까. 만약 그의 손에 들려있는 부족한 수당에게 하는 말이었다면 그건 정말이지 미안해야 할 일이었다.

공인중개소에 다녀온 엄마는 형과 나를 식탁으로 불러 앉혔다. 식탁 위의 형광등이 사력을 다해 깜박이고 있었다. "오늘 부동산에 다녀왔는데." 나는 형과 엄마를 번갈아가며 쳐다봤다. 당당히 우리의 얼굴을 대면한 엄마와는 다르게 형은 가만히 식탁 모서리만 쳐다보고 있었다. "여기 시가가 이억사천, 너, 형, 그리고 엄마하고 아빠. 이렇게 셋이 나눠서 팔천씩. 이게 너희들에게 줄 수 있는 최선이야. 엄마 연금에 손댈 생각은 꿈도 꾸지 말고." 엄만 억센 사람이었다. 연이은 아버지의 사업 실패에도 굴하지 않고 꿋꿋하게 땅과 재산을 남겼다. 가족이 이렇게 자연스럽게 찢어질 때까지, 자신만은 찢어지지 않기 위해 이를 물고 버텼다. 삼등분이 된 엄마의 유일한 보금자리가 종잇장이 되어 바닥에 널브러져 있었다. 엄마는 아버지와 함께 지방으로 내려가 작은 전원주택을 마련할 생각이라고 얘기했다. 말을 마친 엄마는 형을 바라봤다. 갈라지는 속을 얼굴에 나타내려 엄마는 아무 말도 하지 않고 그렇게 형을 노려보기만 했다.

언젠가 형의 집을 방문한 적이 있다. 형은 힘없이 바닥에 널브러져 말라가는 고추들을 한데 모으고 있었다. "지낼 만 해? 여유는 좀 생겼어?" 한참을 말없이 앉아 있던 내가 겨우 말을 뗐다. 형은 하던 일에 시선을 고정한 채 입을 열었다. "뭐가 되었든 물을 많이 마시도록 해. 그게 이놈들한테 배운 거야. 건강해져야지. 나는 요새 나쁘지 않아." 나는 빨랫줄에 걸린 넝마 조각들을 바라보았다. 언젠가 누군가의 손으로 거두어지고야 말 운명에 처한 것들이라면 차라리 바람에 날아갔으면 좋겠다는 생각을 했다. 순간 형의 세상이 편집된 몇 개의 조각들로 내 눈앞에 펼쳐졌다. 나는 잠시 어떤 이치 하나를 완벽히 이해하는 듯했으나 곧 그 속에 배어 있던 수분들이 눈부신 햇살과 살랑거리는 바람결에 날아가 버렸다. 때 이르게 찾아온 중국발 꽃매미 소리가 세상을 장악해 나가고 있었다. 형은 나쁘지 않다고 했다. 모든 것은 마음의 문제일 것이다. 나는 그걸 잘 알고 있었다. 행복한 인생이란 뭘까. 누군가는 끊임없이 자신을 몰아붙이다보면 희미하게 보이는 의미 같은 것이라고 했지만, 나는 그게 유일한 길은 아닐 거라고 짐작하고 있었다. 세상에 대한 모든 이해는 무기력과 함께 종말을 맞았다. 형도 다를 게 없을 거라고 생각했다. 형의 도피처는 사랑. 아마도 사랑이었을 것이라고 짐작했다. 형은 사랑을 위해 자신의 인생을 투신했다. 끊임없이 선택을 강요당해야 하는 삶에 지쳤던 것이다. 그러나 내 눈에 비친 형의 사랑은 고속도로 갓길 위에 위태롭게 서 있었다. 형을 제외한 다른 모든 외부의 삶들이 빠른 속도로 형을 제쳐나가고 있었다. 고추를 말리는 형의 뒷모습에서 나는 왠지 모를 무기력을 본 것 같았다. 해가 중천에서 조금 더 기울어갈 즈음에야, 나는 비굴한 태도로 형에게 진심을 말할 수 있었다. "저번에 일한 거 곧 들어와. 이번 한 번만 더 도와주라."

촬영장에서 제일 무서운 말은, '한 번 더'라는 말이 아닐까. 광고주의 입 밖으로 만족이란 단어가 나올 때까지, 우린 똑같은 움직임을 계속 반복했고, 비로소 오케이라는 말이 입 밖으로 떨어지면 으레 사람들은 안도 아닌 한숨을 내뱉었다. 섬세하지만 동시에 희미한 결과물이었다. 무엇이 좋고 무엇이 이상한지는 이차적인 문제였다. 그저 모든 사람들이 결과 아닌 끝만을 향해 달렸다. '왜'보다는 '어떻게'가 훨씬 합리적이었으므로 사람들은 토를 달지 않았고, 자기 앞에 놓인 일시적 과제를 처리하는데 바빴다. 단 한 명을 제외하곤 말이다. 아침부터 기분이 안 좋았던 모델은 '컷', 이라는 구호에 언제나 '툭', 하고 가만히 멈춰서는 불만을 가득 담은 시선으로 매니저만 노려봤다. 유독 머리숱이 없어 보이는 매니저의 고충은 사실 누구의 안중에도 없는 것 같았다. 나는 그의 얼굴을 카메라에 담지 않았다. 시간이 많이 늦어지고 있었다. 필요한 만큼의 분량을 얻은 나는 슬슬 지루해지기 시작했다. 사람들은 점점 분주하게 내 앞을 오갔다. 나는 한쪽 구석에 가만히 앉아 있다가 커다란 스피커에서 흘러나오는 음악을 건조하게 따라 부르기도 하며 시간을 죽였다. 입술을 핥아 말라 죽은 살 몇 가닥을 떼어내다가 피가 나 버렸다. 생수병을 찾아 다과 테이블로 갔으나 구겨진 플라스틱 병들만 나뒹굴고 있었다. 몇 모금 남아 있는 생수통이 여기저기 흩어져 있었지만 나는 그것에 입을 대지 않았다.

아침에 만난 이후로 통 보이지 않던 여자 직원이 나를 불렀다. 인터뷰를 진행해야 할 시간이라고 했다. 나는 필요한 장비들을 챙겨 몸을 일으켰다. 몇 걸음 걸어가 조심스럽게 분장실 문을 두드렸다. 대답이 없었다. 살짝 문을 열자, 무거운 기운이 엄습했다. 분장실은 늘 그랬다. 중압감으로 가득 찬 좁은 방에 들어찬 많은 사람들이 표정 없이 앉아 분위기에 순종하고 있었다. 오히려 그들의 무표정이 분위기를 더욱 가중시키고 있었다. 그 침묵은 불편하면서도 어딘지 모르게 편안한 기분을 느끼게 했다. 사운드 리시버를 카메라에 연결하고 무선 마이크를 매니저에게 건넸다. 매니저는 마이크를 받아들고는 아이돌 옆으로 다가섰다. 그저 아무 말도 하지 않고, 기다렸다. 빨리 진행되지 못하는 무언가에 대해 그 어떤 누구도 먼저 나서 입을 놀리려 하지 않았다. 대행사 여직원이 문을 열고 정적을 깨버리는 순간까지 우리는 정적 위에 매달려 침묵하고 있었다.

그는 물을 한 모금 마시고서 몸을 카메라 쪽으로 돌렸다. 나는 인터뷰 내용이 적힌 페이퍼를 건넸다. 열어놓은 문 뒤로 어느새 다가온 광고주 한 명이 뒷짐을 지고 서 있었다. 아이돌은 금세 얼굴에 생기를 불어넣었다. 입가에 미소도 힘있게 올라가고 있었다. 그는 눈을 감고 작게 몇 마디를 중얼거렸다. 그리고 다시 눈을 뜬 순간, TV에서나 보던 생생한 젊음이 내 눈앞에 펼쳐졌다. 이어서 미래의 고객들을 위한 그의 멘트가 시작됐다. 시청자들을 향한 무한한 감사와 사랑, 그리고 자신을 사랑하는 만큼 제품을 사랑해 달라는 말이 팬들의 심금을 울리다 못해 찢어버릴 기세로 목소리가 낭랑하게 방안을 울렸다. 그가 내뱉은 말마다마다 내 목이 다 메어 올 지경이었다. 텁텁한 숨이 밀려와 하마터면 기침 소리가 녹음될 뻔했다. 나는 프로답게 숨을 죽였다. 인터뷰가 끝나고 나는 카메라를 정리했다. 직원은 감사하다는 말을 남기고 광고주와 함께 떠났다. 줄곧 카메라 옆에 붙어있던 내게 가장 무안했는지 젊은 연기자는 나를 보며 말했다. "벌어먹고 사는 건지 빌어먹고 사는 건지 몰라도 힘들어 죽겠다, 그죠?" 그는 쓴웃음을 머금고 있었다. 그 말을 마친 철부지 상품 위로 몇 개의 균열들이 드러났다. 허옇게 뜬 화장 기름 안쪽으로 벌름거리는 구릿빛 피부가 살기 위한 숨을 내뱉고 있었다. 나는 그를 향해 말없이 웃었다. 밀려오는 가뭄을 대하듯. 어른으로서 내가 할 수 있는 최선의 반응이었다.

형은 집을 떠나기 전날 내 방으로 들어와 차 키 하나를 건넸다. 자신에게 승용차는 이제 필요 없어졌다고 했다. "팔면 되잖아. 이걸 내가 어떻게 받아." "그냥. 어머니 출근하실 때도 자주 태워드리고. 명의는 그대로 내 이름이야, 보험만 좀 바꿔놨어." 스스로 평화를 깨놓은 것 치고 구차한 변명처럼 들렸다. 평소에 대화가 적었던 우리는 자연스레 어색함에 다다랐다. 형은 일어나 방을 나가려다가 멈추더니 나를 돌아봤다. 무슨 말을 하려다말고 형은 다시 밖으로 향했다.

　형이 떠나고 난 뒤, 차 안을 정리하던 나는 트레이 안에 담긴 오래된 테이프 하나를 발견했다. 영화 〈파리넬리〉의 주제가가 담긴 테이프였다. 오래된 플라스틱 케이스는 잘 벌어지지 않았다. 마침내 먼지를 토해내며 열린 케이스 안에는 손때를 꽤 많이 탄 낡은 카세트와 가사집이 들어있었다. 나는 시동을 걸고 손에 들린 테이프를 카세트 플레이어에 집어넣었다. 레코더의 마찰음이 울리기를 잠시, 첫번째 전주가 흘러나왔다. 나는 가사집을 펼쳐 길게 늘어트렸다. 차분한 소음과 함께 흘러나온 건 오페라 음악이었다. 익숙한 만큼 낡은 기억 속에 아주 깊숙이 사무친 목소리가 들려왔다. 나는 번역된 가사집에 구절을 찾아 읽었다.

"울게 하소서. 내 잔인한 운명 위로, 자유를 위해 내가 한숨 짓게 하소서.
　슬픔이 내 고뇌의 결합을 끊으리라. 만약 동정심이 있다면......"

　빌라 주차장 한편으로 음악이 흘러나왔다. 나는 형의 구형 소나타 운전석에 앉아 조용히 눈을 감았다. 그 뒤로는 아마 꿈을 꾸었던 것 같다. 개방된 렌즈의 조리개 위로 수만 톤의 물이 범람하는 꿈이었다. 나는 꿈속에서 울고 있었다. 감히 직접 쳐다보지 못하는 세계와 뷰파인더 뒤로 감춰버린 내 눈을 적시는 거대한 수분에 떠밀려 내려오던 나는 흠뻑 젖은 채로 깨어났다.

　새벽하늘이 붉게 물들어 있었다. 나는 담배를 물고 밖으로 나왔다. 촬영은 꾸역꾸역 막바지에 다다르고 있었다. 깊게 들이 마신 담배연기보다도 짙은 향수 냄새가 풍겨와 코를 찔렀다. 나는 옆을 돌아봤다. 대행사 직원이었다. 그녀도 담배에 불을 붙이던 참이었다. 으레 이런 장면에서는 옆 사람에게 불을 빌려야 하는 게 정석인데, 그녀는 처음부터 끝까지 허점 하나 없이 완벽했다. "연기 잘하시던데요." 나는 농담조로 말을 걸었다. 뜬금없는 말에 놀란 그녀의 표정이 살짝 흐트러졌다. "아까 광고주들 앞에서요." 그녀가 웃음을 머금었다. 그리고는 지지 않고 받아쳤다. "그쪽도요. 아까 인터뷰 찍을 때 놀랐어요. 진짜 좋은 연기는 표정에서 드러난다고 배웠거든요. 뭐랄까, 드러내지 않은 칼 같은 거요." 나는 웃었다. 그녀는 내 웃음을 보고는, "와, 이건 연기가 아니네. 진짜 오랜만에 본다. 기분 좋은 일 있나 봐요." 나는 잠시 생각하다가 대답했다. "글쎄요. 아무래도 촬영이 곧 끝나니까요." 그녀가 호쾌하게 웃었다. "맞네요. 잠시 잊고 있었나 봐요. 정말, 끝나는 게 뭔지." 그녀는 피던 담배를 떨어트린 뒤 발로 짓이겼다. "편집본은 이 주일 정도 시간드리면 볼 수 있을까요? 한국 사람들 일처리 빠른 거, 또 한 번 어필해야죠." 그녀는 다시 연기를 시작했고, 나의 어깨를 가볍게 누르더니 안으로 들어가 버렸다. 세트장 안쪽 어딘가에서 조연출이 촬영이 종료되었다고 소리치고 있었다. 사람들의 박수 소리가 들려왔다. 나는 그 작은 향연을 프레임에 담아, 레코딩 버튼을 눌렀다.

카메라를 접어 차에 올랐다. 차가워진 밤공기 탓인지 앞유리창에 낀 성에가 시야를 흐렸다. 시동을 걸자 시계에 불이 들어왔다. 5시 48분. 깰 사람은 깨어 있을 시간이었다. 피곤한 얼굴을 손바닥으로 덮고, 한숨을 내뱉었다. 시큼한 입냄새와 함께 나의 내부로부터 새어나온 수증기가 온 얼굴을 덮었다. 울고 싶었다. 아무것도 보이지 않는 창밖으로 헤드라이트를 켜고 싶지 않았다. 아무것도 하고 싶지 않은 난, 사는 것과 죽는 것이 무엇인지 논할 자격이 없었다. 형이 갇혀 있는 심연의 저편을 감히 상상하지 못했다. 그래도 외로웠다. 깨어 있는 것처럼 세상을 살면서 눈앞에 어떤 것도 뚜렷이 보려 하지 않았다. 나는 네비게이션에 형이 입원해 있다는 병원의 이름을 입력했다. 여전히 내게 꿈은 없었지만, 문득 나는 형의 얼굴이 보고 싶다는 생각이 들었다. 형의 얼굴은 어떨까. 건조한 입술 위로 뭉툭하게 튀어나온 산소 호흡기를 상상했다. 푹 감긴 두 눈이 미세하게 떨려오는 장면도 떠올랐다. 으레 배우들의 클로즈업 화면에 젖어든 관객처럼 나는 잠시 내 상상을 감상했다. 기분이 편안해졌다. 어쩐지 형이라면. 형은 웃고 있을 것만 같았다. 나는 차를 몰았다. 몇 분 지나지 않아, 창가에 이슬 같은 것들이 내려앉고 있었다. 와이퍼레버를 올렸다. 찰칵 소리와 함께 한 번, 그리고 두 번. 세상의 빛이 밝아오고 있었다.

| 당선소감 |

일을 하다보면 자연스레 생각할 시간은 사라진다. 휴식으로는 간단하면서도 빠르게 위안할 수 있는 형태를 찾게 된다. 시간을 비용으로 환산한 지가 이미 오래되었다. 일 이 초를 셈하고 눈앞에 펼쳐지는 고통의 정도를 무한한 단위로 쪼개며 살아낸다. 여기부터 여기까지 참아내면 그 뒤로 참아낼 시간의 단위들이 줄을 선다. 시간이 남아버린다며, 그 시간들을 어떻게 소비해야 하는지 몰라 당황하기 바쁘다. 나의 눈은 핸드폰 액정 위로 빠르게 점멸하는 수많은 이미지 안으로 침몰당하고 있었다.

'글을 쓰는 사람이 되자.'는 말은 내 방 구석에 아직도 적혀있다. 영화를 배우기 시작한 첫 해에 교수님께 들었던 말이다. 말뿐이라 할지라도 그 말이 내가 이 글을 완성하는데 큰 도움이 됐다. 어느 날 촬영장에서 돌아와 건조함에 허옇게 떠버린 손바닥을 보며 좌절하거나 우울해지는 데 그치지 않고, 그 감정을 글로 쏟아낼 수 있도록 나를 떠밀어줬다. 침몰하지 않도록, 멈추지 않고 허우적대도록 독려해준 주변의 많은 분들께도 감사한다. 부모님, 형, 지금도 쉽지 않은 환경 속에서 포기하지 않고, 함께 꿈을 꾸는 주변의 친구들까지 고마움을 표현하고 싶은 이들은 이루 다 말할 수 없다.

더 나은 글을 쏟아낼 수 있도록 앞으로도 열심히 허우적거리며, 쓰겠다.

살아 있는 누군가의 생각으로는 물리적으로 불가능한 죽음[1]

이채운

등기우편으로 사직서를 보내고 리율의 유골을 뿌렸던 바다로 갔다. 목숨은 잠깐 동안의 존재일 뿐이었나. 한 달이 지났지만 뼛가루의 온기와 촉감은 여전히 손바닥에 남아 있다. 그때 리율의 죽음을 확인했을 때 나는 내 안의 내가 살해당한 것처럼 참혹했다. 그것도 도끼로 무참히 죽임을 당한 것처럼 느껴졌다. 피를 흘리듯 그녀의 유골을 안고 이곳에 섰을 때 바람 한 점도 없었다. 파도도 전혀 일지 않았다. 바람도 없고 노도 없이 리율은 피안에 무사히 닿을 수 있을까. 뼛가루를 뿌리는 내내 배 위에서 그것만 걱정했다.

바다에서 불어오는 바람이 축축하다. 긴 머리카락처럼 얼굴에 칙칙하게 들러붙는다. 이름을 불렀다. 파도소리에 묻혀 내 귀에는 들리지 않지만 리율에게 가닿기를 바라며 자꾸 불렀다. 해가 거의 다 질 무렵 집으로 돌아왔다. 리율

---

[1] 살아 있는 누군가의 생각으로는 물리적으로 불가능한 죽음 〈The physical impossibility of death in the mind of someone living〉1991년. 포름알데히드 용액에 상어 사체를 넣은 영국의 현대미술가 데미안 허스트(1965-) 대표작.

과 함께 피던 박하향 담배를 피며 혼자 술잔을 비웠다. 그리고 울었다. 리율은 처음부터 내가 닿을 수 없는 곳에 있었다. 방문에 매달아 놓은 해골 모형 모빌을 본다. 리율이 두 개를 만들어서 그중 하나를 나에게 준 값비싼 은세공품이다. 지금은 리율의 해골 모형까지 가져와서 두 개가 매달려 있다. 두 개의 해골 모형은 서로 부딪치며 소리를 내었다.

출근을 하지 않으니 방안에 쌓인 먼지만큼이나 시간이 굴러다닌다. 행정실장이 전화를 했지만 받지 않았다. 기간제 교사는 사직서만 내면 그것으로 끝이다. 사직서를 보낸 마당에 행정실장에게 이유를 설명할 의무 같은 것은 없다. 반 아이들의 전화가 한동안 울렸다. 드물게 교감의 전화도 있었다. 며칠 지나자 아이들의 전화가 띄엄띄엄 줄어들더니 어느 순간 딱 끊어졌다. 이제 전화를 주고받을 대상은 없어졌다. 휴대폰의 배터리는 자연 방전되어 기능을 상실했다. 울다가 웃다가 침대 위에서 뒹굴다가 방구석 아무데서나 웅크리고 잤다. 며칠이 지나자 곰팡내 같은 적막의 냄새가 났고 내 몸은 타고 남은 잿더미 같이 푸석거렸다. 내 삶은 움직이지 않는 생명, 죽은 자연을 그리던 리율의 스틸 라이프, 바니타스 정물화가 되어 있었다.

"진아, 육체가 없으면 영혼도 없어. 그러니까 네 안에서 나를 살리지 마."

리율의 목소리가 들렸다. 나는 아무 말도 하지 않았다. 리율 없이 이대로는 살 수도 없고 살고 싶지도 않다. 나도 리율처럼 그렇게 갈 수 있을까를 잠시 생각해 본다. 번뜩이는 아이디어라도 떠오른 것처럼 컴퓨터를 켜고 검색창에 고통 없이 죽는 방법이라고 키보드를 친다. 마음이 죽음을 선택해도 60조에 달하는 세포는 당연히 살고 싶어 할 것이다. 고통 없이 죽는 방법이 있을 리 없다. 그럼에도 불구하고 컴퓨터를 켜고 죽음에 대해 인터넷 검색을 시작했는데, 며칠 사이에 습관이 되었다. 교황, 아이, 노동자 같은 산 자가 해골이 되어 무덤가에서 춤을 추는 '죽음의 무도'라는 중세 유럽의 그림이 있다. 블로그로 카페로 웹사이트에서 죽음을 찾아다니는 사람들의 모습과 흡사했다. 아이러니하게도 죽음의 무도 같은 깊은 허무가 오히려 세상으로부터 내동댕이쳐진 내 고통을 잠시 잊게 했다.

다크소울의 블로그는 랜덤을 타고 들어가서 만난 블로그다. 그의 블로그엔 죽음에 대한 기사들로 가득 차 있다. 그는 고등학교를 졸업하고 우울증으로 정신과 진단을 받았고 지금은 공익근무 중이라고 했다. 경건한 마음으로 목욕을 한 후 새 옷을 입고 조용한 음악을 틀어놓고 약을 먹었다. 그런데 이 지랄까지 하고도 지금 살아있다고 넋두리했다. 그는 죽으려다가 죽는 방법을 연구하는 쪽으로 방향을 바꾼 것 같다. 어떤 매력 때문인지 방문자가 많았고 포스트마다 댓글들도 수두룩하게 달렸다. 죽음을 검색하는 사람은 생각보다 많았다.

포토샵 블러로 흐릿하게 처리한 프로필 사진이 어디선가 본 듯하다. 갸름한 얼굴 윤곽에 아래쪽을 향한 우울한 눈매. 정우다. 정우를 닮았다. 머리카락이 쭈뼛 섰다. 정말 잊고 싶은 것들이 떠올랐다. 물론 다크소울이 중학교 1학년인 정우일 리는 없다. 정우는 또래보다 작고 말이 없었다. 학년 초 면담이 끝난 후 정우는 내게 사탕봉지를 내밀었다. 눈빛으로 무슨 말을 한 것 같은데 나는 알아듣지 못했다. 아니 알아들을 생각조차 없었다. 정우가 준 건 박하사탕이었고 나는 곧 박하향 담배를 피던 리율 생각에 빠져버렸기 때문이다. 집으로 돌아오는 길에 박하향 담배를 샀다. 교단에 서면서 끊었던 담배를 리율이 죽고 정우의 박하사탕을 받은 후 다시 피기 시작했다.

정우의 생각을 밀어내고 다크소울 블로그에 집중한다. 그는 어느 날 꼬리 잘린 고양이를 만났고 이 고양이가 살아 있는 동안은 살아 있을 거라고 했다. 죽음이 절박한 사람들은 살아갈 핑계만 있으면 지푸라기라도 잡고 죽지 않는다. 그만큼 삶에 집착한다. 스물한 살 공익요원은 처절하게 살고 싶은 거였다. 십 대부터 사오십 대까지 정말 여러 세대의 사람들이 마른 나뭇잎처럼 죽음의 블로그로 죽음의 외줄타기를 하듯 몰려다녔다.

로그인을 한 후 내 블로그에 들어갔다. 활짝 웃는 리율의 얼굴이 화면에 떴다. 나는 카메라 뷰파인더로 리율만 따라다니며 셔터를 눌러댄 적이 있었다. 우리의 우정은 이미 우정을 넘어섰다. 리율이 디자인 회사의 대표와 동거를 시작했을 때 나는 둘만의 은밀한 공간이던 내 블로그의 글들을 삭제했다. 리율의 사진들도 찢어발겼다. 그리고 블로그를 폐쇄했다. 처형이었다. 리율의 배반에 대해서가 아니다. 스스로 리율의 노예가 되었던 나 자신에 대한 처형이었다. 두 번 다시 네 얼굴 마주할 일은 없을 거야, 그렇게 저항했다. 작품 사진으로 남겨둔 몇 장 안되는 리율의 사진을 이렇게 애타게 바라보는 일은 상상 속에도 없었다.

다크소울처럼 일단 편하게 죽는 방법에 대하여 자료를 모았다. 인터넷 검색에서 찾은 죽음에 이르는 방법들은 상당히 많았다. 종류별로 카테고리를 만들어 일목요연하게 정리하고 싶어졌다. 오랜만에 열정적으로 키보드를 두들겼다. 많은 사람들이 합법적인 안락사를 요구했다. 엑시트백 같은 엽기적인 방법도 있었다. 떡을 급하게 먹으면 죽을 수 있다는 코믹한 방법도 있었다. 죽으려는 사람에게 가짜 약을 팔아 사기 치는 인간도 있었다. 사기는 당했지만 목숨은 건졌기 때문에 차라리 고마워해야 할까. 자살도우미들은 죽은 뒤의 깨끗한 모습을 보장한다면서 사후 모습을 찍어 SNS에 띄웠다. 자살사업에 대한 광고였다.

결국 가장 쉽고 편한 방법은 다크소울이 말했듯이 목매달기였다. 돈도 안 들고, 굳이 높은 곳을 찾을 필요도 없고, 도우미도 필요 없다. 매듭을 지을 수 있는 튼튼한 끈만 있으면 된다. 적당한 곳에 묶은 뒤 체중을 의지하면 되는 간단한 방법이다. 교사라는 직업 때문인지 무의식적으로 학습지도안을 짜듯 구체적으로 서술했다. 나 자신의 죽음에 대한 욕구를 충족시키기 위한 포스트가 완성되었다. 키보드에서 손을 뗀다. 두 팔을 위로 뻗쳐 기지개를 켜다가 양손을 목으로 가져간다. 양손 엄지가 목울대를 누르자 컥 소리가 난다. 손을 떼자 전신에서 피가 빠져나간 듯하다. 나도 리율처럼 죽었다, 라고 생각한다.

컴퓨터를 끄고 허적허적 화장실로 간다. 영혼은 없고 육체만 움직이는 좀비 같다. 화장실 거울에 비친 얼굴은 리율의 그림 속 해골의 모습이다. 술과 담배, 가끔은 생라면으로 위장 채우기를 일주일째. 리율이 지금 내 얼굴을 봤다면 메멘토 모리를 떠올리며 틀림없이 그림의 영감을 얻었을 것이다. 거울 속 움푹 파인 퀭한 눈을 보다가 뒤를 돌아본다. 혹시 꼬리 잘린 고양이라도 있을까, 하고 두리번거린다. 사실 내가 원하는 건 고양이가 아니다. 내게 필요한 것은 기대어 울 수 있는 누군가의 어깨라는 것을 안다. 수도꼭지를 튼다. 콸콸 물이 쏟아지며 물방울이 튄다. 거울에 머리를 박고 소리 내어 운다. 리율을 위해 울고 죽지 못하는 나를 위해 운다. 코를 풀고 두 손으로 물을 받아 얼굴을 씻다가 다시 운다. 고작 블로그에 죽는 방법만 기술해 놓고 내 영혼이 억울하게 살해당한 것처럼 운다. 방으로 돌아와 길바닥에 버려져 죽어가는 개처럼 아무렇게나 쓰러져 웅크린다.

리율은 그림을 통하여 인간의 어두운 심적 부분을 깊이 있게 구현했다. 함께 미술을 전공했지만 나는 늘 리율의 그림에 압도당했다. 리율은 졸업도 하기 전에 비범한 신인 탄생이라는 평가를 받고 스틸라이프 화가로 화단에 자리 잡았다. 리율이 죽음에 깊이 심취하게 된 것은 해골에 백

금으로 틀을 씌우고 8601개의 다이아몬드를 박아 만든 1억 달러를 넘는 작품을 본 다음부터였다. 그 후 리율의 정물화엔 항상 해골이 등장했다.

그 즈음 리율은 죽음에 대한 이야기를 자주 했다. 죽음에 대해 깊게 생각할수록 더 열정적으로 살아갈 수 있다는 뜻으로 나는 알아들었다. 리율은 죽을 이유가 없다.

"인간이 낙원에서 추방된 이유는 초조함 때문이래. 다시 에덴으로 돌아가지 못한 것도 초조함 때문이고. 그런데 난 맨날 지루해. 지루해서 초조해."

줄담배를 피면서 술을 마시다가 깜깜해진 창밖을 내다보며 리율이 말했다. 야경이 비치는 카페 창문을 배경으로 리율의 긴 목의 곡선이 하얗게 빛났다. 내게 리율은 모딜리아니의 검은 모자의 여인처럼 아름답다. 아름다운 여인의 손가락 끝에서 피어오르는 담배연기, 그리고 테이블 위에 반사된 와인 잔이 어울려 영화의 한 장면처럼 고독해 보였다. 천재적인 재능을 가진 부유한 화가의 화려한 고독, 나는 그렇게 리율의 고독은 사치라고 생각했다. 나는 리율이 데려가지 않으면 호텔 스카이라운지 같은 고급 카페에 얼씬도 못한다. 기간제 교사의 월급으로 아버지의 은행 부채를 10년 분할 상환하면서 남은 돈으로 한 달을 빠듯하게 살아가기 때문이다. 나에게 고독과 허무는 경제적 궁핍 때문에 뿔뿔이 흩어진 가족사에서 비롯되었다. 아쉬울 것 하나 없는 리율이 그것도 유부남인 부유한 디자이너를 만나자 갈등도 없이 동거에 들어갔다. 어떻게 내가 리율의 허무를 이해할 수 있겠는가. 리율은 내가 이해하기엔 턱없이 높고 먼 곳에 있는 존재였다.

　재떨이 안에서 타고 있는 담배를 잊은 채 새 담배를 꺼내 문다. 목덜미에 리율의 숨결이 닿는 듯하다. 리율은 어릴 때부터 친구였다. 친구 이상의 관계로 발전한 것은 대학을 졸업할 무렵부터였다. 졸업식을 앞두고 친구들과의 술자리가 몇 차례 이어졌다. 밤이 깊어 몇 명의 친구들과 함께 리율의 방에 쓰러져 잠이 들었다. 누군가의 손길이 내 몸을 더듬었다. 리율이었다. 나는 자는 척하면서 리율의 손길에 몸을 맡겼다. 몸이 점점 달아올랐다. 리율이 내 유방을 만졌다. 나도 모르게 팔을 뻗쳐 리율의 목을 끌어안았다. 다른 친구들은 여전히 잠들어 있었다. 리율이 내 젖꼭지를 물자 터져 나오는 신음소리 때문에 나는 입술을 깨물어야 했다. 방안의 어둠이 조각나듯 하얗게 소용돌이쳤다. 터질 듯이 부풀어 오른 나의 성기를 리율이 손바닥으로 감싸 쥐었다. 영혼에 그림이 각인되었다. 방안에 있는 사물들과 잠들어 있는 친구들이 연한 색채의 배경이 되었다. 서로 꼭 끌어안은 두 여자의 뚜렷한 윤곽만 끔찍할 정도로 아름답게 그려졌다. 그 그림은 내 정체성을 흔들었고, 그 후 나는 미친 듯 리율만 바라보는 어처구니없는 시간들을 보냈다.

　나는 지성을 벗어던지고 본성에 충실한 리율의 자유분방함과 오만을 부러워했다. 부유한 부모와 조각처럼 예쁜 얼굴에 어릴 때부터 신동으로 스포트라이트를 받은 리율이다. 리율의 예술가적인 변덕스러운 성향은 나를 지배했고 나는 맹목적으로 순응했다. 사람들 눈에 띄진 않았지만 리율의 그늘에 항상 내가 있었다. 나는 리율의 들러리였고, 들러리에 딱 어울리는 인물이었다.

그날 리율로부터 전화를 받은 것은 새벽 한 시가 넘어서였다. 오랜만의 전화였는데, 술에 취한 목소리였다. 손가락 관절 꺾는 소리도 들린 것 같았다. 보스 기질이 강한 리율은 상대가 누구든 자신의 뜻을 절대 굽히지 않았다. 리율의 치명적인 매력에 영혼까지 줄 것처럼 매달리던 남자들. 얼마 지나지 않아 뜨거운 공포를 경험하면서 꼬리를 내리며 뒷걸음쳤다. 나는 막 잠이 든 상태에서 깨어난 데다 술 취한 목소리에 기분이 나빠져 버렸다.

"아무나 싸우고 싶다. 조폭한테 시비 걸면 녀석들 정말 회칼 휘두를까?"

"응, 아마도. 너처럼 예쁜 여자는 껍질 벗기고 회로 뜰걸."

"회 뜬다고? 아, 회 먹고 싶다. 우리 심야식당 가서 회도 먹고 밤새 술 마시자."

"사랑하는 대표님은 어떡하고?"

대표 소리에 헉하는 숨 들이키는 소리가 났다. 그리고 침묵이 이어졌다. 리율이 디자인 회사의 대표와 동거를 시작한 지 한 해가 다 되었다. 대표라고 해도 40대 초반, 나와 리율보다 10년 정도 연상이다. 리율은 그 남자의 디자인으로 지은 독일식 건물에 초대받아 갔다가 그길로 그 집에서 동거를 시작했다. 리율과 대표는 세계를 여행했고, 가는 곳마다 둘의 모습은 SNS를 달구었다. 독일에 거주하던 대표의 부인도 알게 된 것은 물론이었다. 리율은 스스로 스캔들의 한가운데로 들어갔다.

밤이 이슥해지고 참을 수 없을 만큼 리율이 보고 싶을 때 이따금 그 집 앞을 서성거렸다. 리율과 대표가 하나의 덩어리가 되어 정원 넓은 집으로 걸어 들어갔다. 나는 그들의 뒷모습을 보다가 돌아섰다. 세 사람이 함께 있을 때에도 그들은 서로만 바라보았다. 서로에게 몰두한 채 나를 남겨두고 자기들끼리 자리를 떠났다. 리율은 나와 함께 했던 시간을 버리고 만난 지 얼마 되지도 않은 남자의 삶 속으로 들어갔다. 전화는 내가 할게. 나는 리율의 전화를 받는 수신기였다. 내가 다가갈 수 없도록 리율은 그렇게 울타리까지 견고하게 쳤다. 우리가 오랜 친구 사이라는 것과 우정 이상의 관계도 가졌다는 것을 리율은 기억하고 있었을까. 리율은 언제든 머물고 싶으면 머물고 떠나고 싶으면 떠나는 사람이었다. 나는 바닥으로 한없이 떨어져 내리면서 불같은 질투를 억눌러야 했다. 몇 달 동안 버려진 간이역처럼 텅 빈 채로 사람들 눈에 뜨이지 않게 지냈다.

"미안해. 학기 초라 일이 많아. 술은 변태 대표랑 마시는 게 좋겠어."

리율이 죽고 난 다음 알았다. 사랑한다는 것은 상대에게 몰두하는 것이다. 사랑한다면서 나는 리율에게 무슨 짓을 한 것인가. 다음날 학교 일이 많은 것도 사실이긴 했다. 비정규 교사는 학교를 빠질 수 없다. 전적으로 교장 교감의 손에 목숨이 달렸다. 같은 학교 같은 과를 졸업했지만 경제에 의해 구분되는 삶의 급은 하늘과 땅 차이만큼 컸다.

"그래. 대표를 깨워야겠군. 잘 있어."

리율의 목소리에 이미 술냄새는 사라졌다. 리율을 거부한 나는 그날 밤 잠을 전혀 이루지 못했다. 밤새 뒤척이면서 후회했다. 다음날 학교 별관 내부 벽에 페인트를 칠하다가 리율의 남자, 대표로부터 전화를 받았다. 리율은 나와 통화를 끝낸 후 자신의 방에서 대표가 선물한 황금빛 머플러로 목을 매었다. 그날 대표는 다른 여자를 만나고 있었다. 나는 남자와 함께 유품 정리를 하다가 방문에 매달린 해골 모형을 보았다. 리율의 방문에서 해골 모형을 떼 와 내 방문에 달았다. 해골 모형 모빌은 내가 소유한 리율의 유일한 유품이 되었다.

방문에 매달린 리율의 해골이 삐딱하게 나를 본다. 그때 리율을 만났어야 했다. 리율이 하자는 대로 내버려 두었어야 했다. 후회가 목을 조였다. 생명이 빠져나간 후의 딱딱하게 굳은 얼굴, 죽음의 가면을 쓴 리율의 얼굴이 어둠 속에서 나를 본다. 나는 그 얼굴을 지우기 위해 머리를 흔들었다. 애를 쓰면 쓸수록 그 얼굴은 나에게 달라붙었다. 잘려진 꽃과 비어 있는 스테인리스 스틸의 밥그릇, 그리고 해골 대신 내 얼굴이 올려진 죽음의 식탁 같은 느낌의 정물화가 떠올랐다. 리율의 죽음이 남긴 작품이 나로 인해 완성된 것 같다.

나는 학교 동료 누구에게도 리율의 죽음에 대한 이야기를 하지 않았다. 말할 만한 동료도 사실 없었다. 정규직과 비정규직 교사간의 교류는 물과 기름이었다. 대신 끊었던 담배를 피고 혼자 술을 마시며 폐쇄했던 블로그를 열어 리율의 사진을 보았다. 죽음의 가면을 쓴 리율의 모습을 지우고 살아 있는 리율의 모습이 내 안에 기억되기를 바랐다. 그림자처럼 출근을 하고 형식적으로 수업하고 리율을 만나러 집으로 돌아왔다. 나는 스스로 고립되었다.

보건실로 오라는 교감의 호출을 받았을 때는 수업 시간 중이었다. 아이들은 아그리파 연필 소묘를 하고 있었다. 미술실을 나와 슬리퍼를 끌며 보건실로 향할 때까지 학교의 미로 같은 운명에 얽히게 될 줄은 상상도 못했다. 보건실 문을 열자 침대 위에 정우가 피투성이가 된 채 누워 있었다. 체육선생님한테 야구방망이로 맞았대요. 보건교사가 건조하게 말했다. 아니, 어떻게 아이를 이 지경으로 만들어요? 통제할 수 없는 분노에 몸을 떨었다. 아이의 얼굴에서 리율의 딱딱해진 얼굴이 겹쳐보였다. 다리가 후들거렸다. 아이에게 위로부터 해 주고 싶은데 어떻게 해야 할지 몰랐다. 나는 몸을 숙여 아이의 얼굴을 두 손으로 감싸쥐었다. 아이의 얼굴 위로 눈물이 후두둑 떨어졌다. 피 냄새에 박하향이 섞여 있었다.

팔을 뻗어 더듬더듬 담배를 찾는다. 라이터를 찾아 불을 붙인다. 제 마음대로 부는 바람. 나와 정우를 향한 운명의 바람이 그랬다. 박하사탕 꾸러미를 내밀던 정우의 모습이 떠오르면 나는 내 안에서 키 큰 젊은 체육선생의 강파른 낯짝을 계속 후려치곤 했다. 필터 위의 더블캡슐을 깨문다. 입안에서 아이스 볼이 터진다. 얼음처럼 시원한 맛이 담배연기와 함께 입안을 채우고 목을 타고 내려간다. 깊게 들이마신 멘솔 담배연기를 길게 내뿜는다. 칼칼하면서 시원한 박하향이 어둠 속으로 번져나간다. 정우의 사탕 맛을 혀가 기억했다.

보건실 뒷문이 열리고 밖으로 나오라고 교감이 손짓했다. 보건교사는 정우에게 피 묻은 체육복을 벗기고 깨끗한 체육복으로 갈아입혔다. 보건실 문밖에서 교감 앞에 섰다. 죄인처럼 고개가 저절로 숙여졌다. 교감이 턱끝으로 보건실 안을 가리키며 물었다.

"저 아이 아빠 뭐하는 사람이야?"

"아빠는 초등학교 때 헤어져서 만나지 않는 걸로 압니다. 엄마는 회사원이구요."

미간에 주름을 세우며 무슨 회사냐고 묻는다. 정우는 면담 시간에 그냥 회사 다녀요, 라고만 했다. 나도 말하기 싫은 건 말하지 말라고 했고. 학부모에 대해 그렇게 아는 게 없어? 이 선생 저 아이 담임 맞아? 키가 작은 교감은 양손을 허리에 얹고 두 다리를 벌려 딱 버티고 선 채 나의 턱 밑에서 눈을 아래위로 치떴다. 기간제들은 정말 책임감이 없어. 교감의 목소리가 증오심을 불러일으킨다. 스모키 메이크업으로 시커멓던 눈. 어둠이 실처럼 빠져나오는 구멍

같은 눈. 교감은 교장보다 훨씬 나이가 많다. 승진은 늦었지만 그녀는 부동산 부자로 소문 나 있다. 몇 천만 원 한다는 교감의 악어가죽 에르메스 버킨백이 여교사들 사이에 화제가 된 적이 있었다. 교감의 백을 볼 때마다 나는 악어의 비명 소리를 들었다.

"저 아이 내 차로 데리고 와요. 이 선생 수업 중이라며? 내가 대신 병원 데리고 갈게. 쟤 엄마한테 연락도 내가 할 테니까 피 묻은 체육복이나 빨아. 그리고 참, 밖으로 흘러 나가지 않게 아이들 입단속 제대로 해. 기자들이 찝쩍거리면 귀찮아지니까."

돌아서는 교감의 뚱뚱한 엉덩이를 향해 허리를 굽힌 것은 순전히 복종에 길들여져서일 게다. 제대로 걷지 못하는 정우를 보건교사와 함께 교감의 BMW 뒷좌석으로 밀어 넣은 후 차창 안으로 정우를 보았다. 엎드린 채 아파서 꿈틀거리는 아이. 유리 진열장 안에서 꿈틀거리는 상어 꼬리 같다. 스틸 라이프 화가 데미안 허스트는 유리 진열장 안에 포름알데히드 용액을 채우고 그 안에 진짜 상어의 사체를 넣었다. 상어 사체는 호주의 상어잡이들에게 부탁한 거대한 크기의 진짜 상어다. 상어는 한순간이라도 헤엄치지 않으면 죽는다. 샥스핀 요리를 위해 지느러미만 잘려진 상어들은 살아 있는 채 깊은 바다 밑으로 가라앉아 처참하게 죽는다. 상어는 살기 위해 생명이 있는 한 헤엄을 쳐야 한다. 멈추면 죽는다. 러닝머신 위에서 끝없이 달려야 하는 투견들도 그렇다. 러닝머신 위의 개들은 멈추는 순간 목줄이 목을 파고들어 숨이 막혀 죽게 되어 있다.

데미안 허스트는 죽은 상어를 죽지 않게 만들었다. 상어의 뱃속에 모터를 장착시켜 쉬지 않고 꼬리지느러미를 움직이게 했다. 살아 있는 누군가의 생각으로는 물리적으로 불가능한 죽음을 드러냈다. 포름알데히드 용액으로 가득 찬 교감의 자동차 안에서 정우는 살기 위해 꼬리를 움직인다. 포름알데히드 용액에서 빠져나오기 위해.

나는 교감의 BMW가 사라진 교문을 물끄러미 바라보면서 한참을 그곳에 서 있었다. 불현듯 리율과 정우가 같은 얼굴로 보였다. 포름알데히드 용액 속의 죽었지만 죽을 수 없는 상어의 모습이었다. 그리고 정우의 지느러미를 생각했다. 이미 잘려나갔을지 모를 아이의 지느러미.

체육실에서 정우의 체육복을 빤 다음 반장을 불러 사건의 전말을 들었다. 정우는 이유 없이 철봉대를 잡지 않았고 체육선생은 아이의 뺨을 때렸다. 뺨을 서너 대 맞은 아이는 선생을 향해 욕을 하면서 덤벼들었고 화가 치민 교사는 야구방망이를 잡았다. 종아리가 터져 피가 사방에 튀었다. 체육 시간이라 스마트폰이 없어 동영상 촬영을 하지 못한 게 아쉬웠다고 반장은 말했다.

"조용하고 착한 애잖아. 정우가 선생님한테 덤벼들다니."

"선생님, 걔 무서운 애예요. 작아도 아무도 못 건드려요."

박하사탕을 준 계집애 같이 얌전한 아이라고 짐작했다. 반장의 말이 와닿지 않았다.

"누가 정우와 가깝니?"

"친구 한 명도 없을 걸요. 걔네 아빠가 조폭이라나 뭐라나."

아이들은 정우 부모가 이혼한 사실을 모르는 것 같았다. 병실에서 만난 정우 엄마는 정우와 달리 키도 컸고 체격도 우람했다. 가혹한 체벌을 받은 아들을 보고도 냉정을 잃지 않을 만큼 대범했다. 다행이었다. 다음날부터 아이들을 데리고 정우의 병실을 찾았다. 정우는 병실에 혼자 있었다. 아이들을 보며 어색하게 웃던 정우. 아이들은 괜찮으냐고 물으면서 자기들끼리 수다를 떨었다. 대화에 끼어들진 않았지만 정우의 기분이 좋아보였다.

체육선생과 정우 엄마가 타협을 보았다는 소문도 들었다. 체육선생은 이 학교 교장의 친척이고, 그의 어머니도 관내 현직 교장이다. 기간제 담임이 할 역할이 없어 다행이었다. 정신과 치료까지 받는 정우는 우리가 갈 때마다 나날이 명랑해졌다. 그런데 퇴원을 한 후에 정우는 학교에 오지 않았다. 석연치 않은 느낌이 들었다. 정우네 집 가정방문을 생각하면서 7교시 3학년 수업에 들어갔다. 인물의 캐리커처를 그리는데 과장된 표현에 아이들은 킥킥거렸다.

킥킥, 담배연기가 그 여자의 얼굴처럼 길쭉하게 피어오르며 킥킥거리는 것 같다. 강한 박하향 담배 맛에 혀가 아리아리하다. 감각이 둔해지고 침이 고인다. 방안의 공기가 담배연기로 한결 더 농밀해졌다. 천천히 일어나 커튼을 걷는다. 어둠이 유리창 앞에 와 있다.

키 큰 여자가 어둠처럼 바로 앞에 우뚝 섰다. 낯익은 얼굴, 정우 엄마였다. 위기감이 스치는 순간 이미 여자는 내 뺨을 때렸다. 사태를 인식하기도 전에 나의 긴 머리채는 여자의 손아귀에 잡혔다. 끌려가지 않으려 발버둥쳤지만 목줄에 묶인 개처럼 허망하게 너무나 쉽게 질질 끌려갔다. 끌려가면서도 이 여자가 왜 나에게 이런 짓을 하는지 이해할 수 없었다. 개 같은 년, 여자는 머리채를 휘어잡고 그렇게 내뱉었다. 아이들의 웅성거리는 소리가 아득하게 들렸다. 여자는 나를 운동장으로 끌고 나가려 했던 것 같다. 출입문까지 끌려 간 다음에야 덩치 큰 아이들이 여자로부터 나를 간신히 떼어 놓았다. 쥐어뜯겨 헝클어진 머리카락을 대충 뒤로 쓸어 넘기면서 정신을 차리려 애를 썼다. 파란 하늘이 보이던 유리창이 천장과 벽과 어울려 행성처럼 빙글빙글 돌았다. 덩치가 좋은 두 아이가 여자 앞을 막아섰다. 여자는 손가락으로 나를 가리키며 소리를 질렀다.

"개 같은 년. 내 아들 피 묻은 체육복 내놔. 이게 다 담임 잘못 만난 탓이라고. 양심도 없는 년. 너 따위가 교사라고?"

여자는 앞을 가로막는 아이들을 밀치며 소리쳤다. 여자의 소리는 내 머릿속에 찌렁찌렁 울렸다.

"기간제 주제에, 너 체육 놈하고 그렇고 그런 사이지. 증거까지 없앤 걸 보면. 가만 두지 않겠어."

아이들이 여자를 교실문 밖으로 가까스로 밀어냈다. 밀려나가면서도 여자는 욕설을 퍼부었다. 여자가 사라지자 실내는 죽음처럼 조용해졌다. 고개를 들자 아이들의 까만 눈동자들이 반짝거리며 나를 에워싸고 있었다. 잡힌 건 머리채만이 아니었다. 이게 무슨 망신이람. 정말 이런 개 같은 일이 다 일어나다니. 그 자리에 풀썩 쓰러지고 싶었다. 가까스로 교사용 책상까지 걸음을 옮겼다. 의자에 주저앉아 책상 위에 천천히 고개를 숙이고 엎드렸다. 심한 채찍질에 다리를 꺾고 주저앉은 비루먹은 말 신세였다. 실내는 숨소리조차 들리지 않을 정도로 조용했다. 어떤 아이는 뺨을 치는 정우 엄마를 또 다른 아이는 머리끄덩이 잡힌 내 모습을 캐리커처로 그릴 수도 있을 것이다. 악몽도 아니고 이건 완전 예측 불가능한 운명의 함정이었다.

여자의 얼굴을 캐리커처하던 담배연기가 흔들리듯 흔들리지 않고 가물가물 허공에 남아있다. 공허가 황량한 숲처럼 내 안에 뿌리를 내린다. 이 거지 같은 상황에서 내일을 시작해야 할 이유가 내겐 없다. 서른 한 해 동안 제대로 된 것 하나 없는 인생이다. 한동안 미술실 책상에 엎드려 여자가 던진 말들을 떠올렸다. 여자의 말은 황폐해진 머리에 이해하기 어려운 분자식처럼 떠돌았다. 교장의 호출이 왔다. 체육실에서 정우의 체육복을 찾아 들고 교장실로 향했다. 교장과 교감과 정우 엄마, 세 여자의 시선이 문을 열고 들어오는 나에게 집중되었다. 적대적인 시선들이었다. 정우 엄마, 그 여자는 이곳에서도 한바탕 악을 써댄 것처럼 보였다. 교감은 창쪽을 보고 있었다. 체육복을 여자 앞에 내어 놓았다. 그걸 왜 빨아가지고. 교장이 중얼거렸다. 여자는 나를 쳐다보며 입을 벌린다. 데미안 허스트는 물리적으로 불가능한 죽음을 구현하기 위해 호주의 어부에게 '당신을 잡아먹기에 충분한 크기'의 상어를 잡아달라고 한다. 저 여자의 눈빛과 드러낸 이빨이 나를 잡아먹기에 충분해 보였다.

"난 당신과 합의할 생각 없어. 절대 용서 안 해."

"그러지 마시고 담임도 용서해 주시지요."

교장이 여자를 달랜다. 가증스러운 교장 같으니.

"기간제 주제에 교활하게 핏자국 지워 증거 인멸이나 하고. 피 묻은 체육복을 봤다면 체육선생과 그 정도로 합의하지 않았다고. 모든 게 기간제인 당신 때문이야."

여자는 체육선생 측과 합의를 본 다음 병원에 온 아이들로부터 체육복에 피가 엄청 묻었다는 말을 들었다. 피 묻은 체육복을 접수했더라면 합의금을 더 많이 받아낼 수 있었을 터였다. 담임이 빨았다는 사실을 알게 된 여자는 담임에게도 합의금을 받아내려 했다. 그런데 담임이 기간제 교사라는 사실을 뒤늦게 알게 되었다. 협박이 소용이 없게 되었으니 얼마나 안타까웠을까. 눈앞에 있던 돈다발이 날개를 달고 훅 날아가 버린 기분이었으리라. 기간제 교사는 일 년짜리 비정규 계약직이라 협박을 해봤자 영향 받을 일이 없다. 만약 교감이 지시했다는 것을 이 여자가 알게 되어 문제를 삼는다면 교감은 아마 불명예 퇴직을 해야 할지도 모를 일이긴 했다.

"너 말이야. 체육선생 위해서 정우 피 묻은 체육복 빨았지. 몹쓸 년. 우리 정우 제정신도 아닌데, 불쌍해서 어쩔꺼나."

여자는 억울해서 가슴을 치며 억지 울음을 쏟아냈다. 나는 싸늘해진 눈빛으로 교장과 교감의 얼굴을 돌아보았다. 두 사람 모두 냉랭한 표정으로 나에게서 얼굴을 돌렸다. 카포테가 되어 있었다. 카포테는 투우사가 뿔난 소를 유인할 때 쓰는 빨간 천이다. 소는 투우사가 아니라 카포테를 향해 돌진하다가 목에 작살이 꽂혀 죽는다. 여자의 뿔은 지금 내게로 향해 있다. 늙고 교활한 두 여자는 체육선생을 빼돌리기 위해 나를 카포테로 삼았다. 이건 소나 투우사가 죽는 게임이 아니라 카포테가 투우사 대신 발기발기 찢겨지는 게임이었다. 세 여자는 서로 견고하게 이어진 것처럼 보였다. 게임의 끝이 어디쯤일지 눈치챘다. 나는 리율처럼 머리를 뒤로 젖히고 꼿꼿하게 섰다.

"체육복을 빤 게 죄가 된다면 법정에서 밝히죠. 누가 빨게 했는지. 교감선생님이 잘 아시겠죠. 수업시간에 아이들 앞에서 저를 때리고 머리채를 잡아끈 당신을 수업방해와 폭행과 명예훼손으로 고발하겠어요. 교감선생님 원하시는 대로 학교가 신문과 방송에 나오겠군요. 교장선생님, 저 학교 그만둡니다. 법정에서 뵙죠."

관객처럼 여유롭게 앉아 있던 젊은 교장이 화들짝 놀라 몸을 앞으로 당긴다. 교감은 몸의 일부가 굳은 사람처럼 엉거주춤 서다가 멈춘다. 정우 엄마 그 여자는 눈빛으로 깔아뭉개며 뒤로 돌아섰다. 교장이 뒤에서 다급하게 불렀다. 못들은 척 걸어 나왔다. 어두운 방에서 혼자 칼을 휘두른 기분이었다. 허약한 개인이 집단에 의해 당하는 협박은 테러 수준이다. 고발 같은 거 생각도 없다. 그냥 깽깽 짖어 본 것뿐이다. 어차피 물은 아무 일 없다는 듯 흘러갈 것이기 때문이다. 어깨를 펴고 뒤도 돌아보지 않고 걸어 나왔지만 지금 생각하니 안락사 직전 목줄을 비틀어 끊고 달아난 개와 다를 바가 없었다. 정우 엄마 그 여자와 교장과 교감 그들에 의해 당한 수모를 생각하면 나도 모르게 벌떡 일어나서 미친 사람처럼 서성거리게 된다.

　컴퓨터를 켰다. 깜깜한 방안에 컴퓨터 화면이 화이트홀처럼 밝다. 로그인을 하고 내 블로그를 열다가 깜짝 놀랐다. 그 사이 블로그에 방문자가 쇄도했고 포스트에 댓글들이 달려 있다. 댓글들 중 하나가 눈에 들어왔다.
　더 이상 물러설 자리가 없어요. 가야 하는데 가는 길이 왜 이리 힘이 들까요. 남자인지 여자인지 알지 못할 말투의 댓글이다. 청산가리를 구한다고 덧붙여 놓았다. 바로 아래에 답글이 있다. 나, 청산가리 좀 있는데……. 아, 정말로요. 정말 감사합니다. 근데 좀 비싸요. 얼만데요? 1g에 100만 원, 10g은 있어야 할걸요. 그렇게 비싸요? 저, 이거 되게 힘들게 구했거든요. 내가 쓸려고 구한 건데 님이 나보다 더 절박한 것같아 팔려는 거예요. 딴사람 같아서는 이런 생각도 안 해요. 제값을 못 받으면 제가 정말 억울하겠죠? 아, 그러시겠다. 근데 저는 그렇게 큰돈이 없어요. 다니던 알바자리도 잘려서 이렇게 죽으려고 하는데, 자비를 좀 베푸시면 안 될까요? 하, 정말 뻔뻔하네. 당신은 죽을 자격도 없어. 어떻게 남이 어렵게 구한 이 귀한 청산가리를 냉큼 먹을 생각부터 하지. 나 같음 말이지, 정말 장기라도 팔아서 값을 치르겠어. 진정하게 죽을 생각만 있다면 말이지. 정신상태가 글러먹었어.

이게 무슨 해괴한 문답인지 이해하는 데 시간이 걸렸다. 이들은 남의 블로그에서 왜 이런 말을 주고받을까? '편하게 죽는 방법' 포스트에 댓글들이 꼬리에 꼬리를 물었다. 자신의 이메일과 전화번호까지 공개하며 상담해 주겠다는 이도 있다. 밖으로 빠져 나갈 틈을 찾지 못한 담배연기가 박하향이, 민트향이 몸속 가득 쌓이는 느낌이다. 내 블로그는 이웃도 없고 방문자도 없고 검색도 막아 놨다. 오직 리율과 나의 둘만의 공간이었다. 이 사람들이 어떻게 알고 들어왔을까. 죽음에 대한 한 장의 포스트가 노골적으로 페르몬 냄새라도 피워 유인한 것 같다.

그 다음 댓글을 읽다가 심장이 멎는 것 같았다. 열네 살인데요. 가난하지는 않은데 엄마는 돈밖에 몰라요. 돈이라면 못할 짓이 없어요. 나를 위해서라는데 그런 엄마 싫어요. 어릴 때 아빠는 툭하면 쇠파이프를 휘둘렀어요. 엄청 얻어 맞았구요. 학교에선 왕따예요. 체육 시간엔 맨날 얻어터져요. 저는 남들과 경쟁도 싫고 만나는 것도 싫습니다. 이대로 있다간 사회에서 도태되겠죠. 차라리 그냥 죽는 것이 좋겠습니다. 어떤 방법이 좋을지 상담 좀 해주시면 안 될까요? 이 아이는 정우다. 아니 아닐 수도 있다. 컴퓨터 화면에서 쏟아져 나오는 환한 빛에 압도당한 듯 모니터 앞에서 한참을 꼼짝도 하지 못했다.

크게 숨을 내쉬며 화면 속을 본다. 저 밝은 빛이 나오는 화면 속 아이는 과거도 미래도 아닌 지금 이 순간 내 앞에 있다. 나는 지금 무엇을 해야 하나. 물어볼 데가 없다. 리율이 부재한 지금 설명하지 않아도 내 가슴으로 미끄러져 들어올 줄 아는 사람 하나도 없다.

그날 리율과 심야식당에 가서 밤새 술을 마셨다면 리율은 그렇게 떠나지 않았을 지도 모른다. 리율이 정물화를 그리기 위해 뿌리 잘린 꽃을 화병에 꽂을 때마다 바니타스, 바니타스! 라고 말했다. 솔로몬 왕이 코헬렛에 'Vanitas vanitatum omnia Vanitas' '허무야, 허무야. 모든 것이 허무야' 라고 말한 것을 흉내냈다. 하도 경쾌하게 바니타스를 외쳐서 나는 그 뜻이 허무가 아니라 기쁨인 줄 알았다. 예술과 사람에 끝없는 갈증을 느끼던 천재 화가 리율이다. 리율의 가슴에 구멍 뚫린 독처럼 허무가 입을 벌리고 있었던 것을 알지 못했다. 나는 가난한 사람만 고독과 허무를 안다는 편견에 사로잡혀 있었다. 땅 위의 모든 강물을 쏟아 부어도 갈증을 느낄 천재 화가였다. 내 친구 리율은. 시간을 되돌리고 싶다. 그날 술 취한 목소리를 듣기 이전으로 돌리고 싶다. 은으로 두 개의 해골 모형을 만드는 리율을 지켜보던 그때로 시간을 돌리고 싶다.

커튼을 걷고 창문을 연다. 창 너머 어둠 속에서 바람에 흔들리는 나무를 본다. 멀리 떠 있는 달이 가까이 보인다. 달은 그림자가 빛보다 더 아름답다. 달그림자 위로 바람이 살아 있는 생물처럼 소리를 낸다. 아무것도 생각하지 말자. 움직이는 바람만 생각하자. 살아 있는 것을 생각하고 두려움 없이 세상을 바라보자. 날이 밝으면 정우를 만나러 가야겠다. 그 여자에게 한 번 더 머리채를 잡혀도 좋다. 포름알데히드 속 상어처럼 꿈틀대던 정우. 박하사탕이에요, 선생님. 정우의 박하향이 가슴을 뜨겁게 데운다. 출구는 하나뿐, 살아남는 거다. 내가 살아 있는 한 리율의 죽음은 불가능하다. 리율을 살리기 위해서라도 나는 살아야 한다. 리율의 얼굴을 한 정우도 살아야 한다.

휴대폰 배터리를 충전기에 꽂는다. 충전기의 녹색 불빛이 반갑다. 적막이 조금씩 흔들린다. 이 깊은 잠에서 깨어나면 나도 정우에게도 다른 세상이 열리는 아침을 맞을 수도 있을 것 같다.

절망이 덮쳐왔을 때 스스로의 구원을 위해 시작한 것이 소설 창작이었습니다.

가족이 운영하는 작은 수입업체에 있다 보니 환율이 꿈틀할 때마다 강풍에 휘둘렸습니다. 위에서 생긴 손톱만한 틈이 아래쪽에선 낭떠러지가 되어 대책 없이 떨어지기도 했습니다. 회사가 기우뚱할 때마다, 심장을 옥죄는 거친 일을 겪을 때마다 소설 쓰기로 연명을 한 것 같습니다.

마음속에 숱한 이야기들이 샘물처럼 솟아났지만 문장으로 끌어내기는 정말 어려웠습니다. 늦둥이에 늦되는 위인이어서, 지금도 눈치 없기는 매한가지지만 창작에 대한 깨달음 또한 늦게 온 것 같습니다. 다만 눈물이 흐를 때마다 한 줄씩 써내려가기로 했습니다. 그렇게 한 소설 쓰기가 이젠 유일한 삶의 위로가 되었습니다.

함께 읽어주고 다듬어주고 격려해주고 아낌없이 질타를 해준 우리 가족에게 고마움을 전합니다. 그리고 늘 대단한 소설을 쓸 거라는 기대를 해주시는 유한약국 오 약사님, 김 실장님 함께 기뻐해주셔서 정말 고맙습니다.

부족한 작품 뽑아주신 심사위원 선생님께 감사드립니다. 전화로 수상 소식을 전해주신 김선주 선생님의 격려의 말씀에 큰 용기가 생겼습니다. 지켜봐 주십시오. 가난한 이

들이 희망을 가질 그런 소설을 쓰겠습니다. 굳세게 쓰겠습니다. 저 자신만의 향기가 담긴 소설을, 그 향기가 날개를 달고 바깥세상으로 날아오르기를 희망하면서.

응모 작품들 중에서 예심을 통과한 작품이 12편이었다.

본심위원들이 번갈아가며 꼼꼼히 읽고 나서 「기우祈雨」, 「쿤밍」, 「중독자들」, 「갈 수 없는 여름」, 「스위치」, 「횡단자들」, 「살아 있는 누군가의 생각으로는 물리적으로 불가능한 죽음」 등 7편으로 압축하였다.

이 작품들을 주제, 구성, 문장, 문학적인 형상화 등에 중점을 두어 세심하게 검토하며 몇 차례씩 다시 읽었다. 주제를 살리는 구성 없이 일상의 넋두리 같거나 문장력이 떨어지는 작품이 먼저 제외되었다. 신중한 토론 끝에 최우수작과 우수작을 어렵게 선정할 수 있었다.

최우수작으로 김진형의 「기우祈雨」를 뽑았다.

「기우」는 이미지 메이킹 영상작업을 하는 카메라맨의 작업현장에서 벌어지는 사건을 리얼하고 생동감 있게 그리고 있다. 주인공을 둘러싼 가족들과 자신의 모습을 얼개로 짠 구성이 일견 평범한 듯하면서도 치밀한 짜임새가 있다. 등장인물들의 성격 묘사가 짧으면서도 뛰어나다. 삶의 삭막함과 잔인함, 게으른 무관심, 목마른 외로움이 묻어나는 작품이다. 간간이 문장이 억지스러운 곳이 있지만, 깊은 사고에서 우러나오는 표현임을 감지하며 매끄럽게 다듬었으면 하는 아쉬움도 있다. 작가가 지닌 감수성을 좀 더 세밀하게 풀어낸다면 밀도 있는 문장력과 문학적 완성도를 더욱 높일 수 있을 것이다.

우수작으로는 이채운의 「살아 있는 누군가의 생각으로는 물리적으로 불가능한 죽음」을 뽑았다.

함께 미술을 전공한 단짝 친구의 자살 이후 다크소울 블로그에 들어가서 죽음을 심각하게 생각하는 기간제 교사의 이야기이다. 도입부의 강렬함에 비해 후반부로 갈수록 기간제 교사의 부당한 현실이 친구를 잃은 아픔과는 별개로 유기적 관계성이 떨어지고 다소 진부하게 이어지는 흠결이 선자의 마지막 선택을 주저하게 했다. 하지만 그 과정에서 데미안 허스트의 리얼한 그림을 심리묘사의 일환으로 묘사한 점은 적절한 감동을 준다. 밀도 있고 깔끔한 문장이 작품을 돋보이게 한다. 소설을 쓸 수 있는 기본기가 탄탄하다.

제1회 전국 직장인신춘문예에 당선된 두 분께 축하를 드리며 앞으로 끊임없는 정진을 바란다.

비록 당선은 되지 못했으나 주제를 살리는 탄탄한 구성과 정확한 문장과 치밀한 묘사와 문학적인 형상화에 좀 더 노력했으면 선정되었을 재능 있는 분들께도 힘찬 격려의 말을 보내고 싶다.

— **심사위원** : 김선주 김현숙 오은주 김경

2017년
제2회 전국 직장인신춘문예
당선작

시 부문 당선
김우진
전남 광양 출생
경기대학교 문예창작과 졸업
경비원 재직

시 부문 가작
전영아
경남 밀양 출생
한국방송통신대 국문학과 졸업
한글학교 교사

소설 부문 당선
박슬기
경남 창원 출생
부산교육대학교 졸업
교사

소설 부문 가작
최웅식
제주도 출생
경희대 국문학과 졸업
국어, 논술 강사

수필 부문 당선
김만년
경북 예천 출생
동국대 문화예술대학원 졸업
기관사 재직

수필 부문 가작
정문숙
경남 산청 출생
동아대학교 일반대학원 문예
창작학과 졸업
글쓰기 강사

지난해에 이어 두 번째 진행한 직장인신춘문예에 예상 외로 많은 작품이 응모됐다. 시와 소설 외에 새롭게 추가된 수필 부문에 대한 관심도 컸다. 시 부문 1,030편(221명), 소설 부문 127편(122명), 수필 부문 219편(92명)이면 웬만한 일간지 수준이라 할 수 있다. 심사자로서 이번 신춘문예가 더욱 인상 깊었던 것은 이러한 양적 증가가 실제 질적 상승으로 이어졌다는 점이다. 이는 예심에서부터 확연히 느껴졌고 결과적으로 본심 과정도 치열하게 진행되었다.

이즈음 한국문학이 '무슨 뜻인지 모를 표현이 지나치게 자주 남발된다'(시), '와해된 서사에 대응할 만한 새로운 구조를 세우지 못한다'(소설), '일상의 체험을 자잘하게 드러내기만 할 뿐 그 이면을 꿰뚫는 통찰이 부족하다'(수필) 등의 비판이 끊이질 않고 있다. 그에 비하면 '직장인'이라는 규정이 주효했는지 전반적으로 체험에 충실하면서도 그것이 지니는 의미를 시대적 문제로 확장해 가는 작품들이 많았다. 당선작을 정하고 나니 모두 실제 삶의 현장에서 겪은 체험을 구체적으로 형상화하고 있다는 특징이 찾아졌다.

이번 신춘문예를 계기로 다시 한번 한국문학이 어디로 가고 있는지 깊은 성찰을 할 수 있게 돼 기쁘다. 당선자들에게 축하를 보내고 우리 직장인들이 현장의 체험이 어떻게 문학적으로 형상화되는지 당선작을 읽으며 확인하는 기회를 가져주기를 기대한다. ─ 심사위원회

적막寂寞

김우진

정전은 늘 기습적이다 불빛을 집어삼킨 새벽 두 시 아파
트 지하주차장, 어둠의 똬리를 튼 이곳은 바퀴들의 귀착
지, 속도에 지친 길들이 한 자리에 멈춰 있다 저 길들이 잠
을 털고 일어서는 시간, 어둠도 어디론가 쏟아져 내릴 것
이니

희미한 불빛으로 어둠 속을 휘젓는다 쭈그러진 어둠의
주름살이 펴지고 있다 나는 오랫동안 이 어둠에 묶여 살았
다 이곳은 도시의 늪, 통째로 먹이를 삼키는 악어가 살고
있다 불빛 한 점으로 이 늪을 점검한다 지난여름, 한 여자
가 악어에 물린 기억을 조심스럽게 플래시로 밀어낸다

달리던 길도 숨을 멎은 시간, 어둠 속에서 무럭무럭 살찐
적막의 푸른 살점을 떼어내어 입 큰 악어에게 던져준다

천장에 숨어 사는 고요가 바닥에 엎드려 있다 저 고요의

현을 밟으면 짐승의 울음소리가 튀어나올 것이다 두려움이 집요하게 달려든다 몸에 고인 졸음이 빳빳해지고 보폭이 좁아진다 켜켜이 쌓인 적막에 등이 서늘해지는 순간, 신발을 질질 끌고 소리와 동행한다 지하 배수펌프가 덜컥 주저앉는 소리에 놀란 천장의 거미줄은 사유의 알을 쏟아놓는다 보일러 배관에서 뚝뚝 떨어지는 물소리, 배후를 알수 없는 저 뒤편 생각이 쭈뼛 일어선다

　수십 층 적막의 무게가 어둠 속으로 떨어진다

당선 소식 한 통화에 가슴이 확 트였다.

그동안 어둠을 견디는 시간이 많았다. 플래시 하나로 어둠의 족적을 기록했다. 늪을 점검하던 홀로의 시간 나는 점점 적막 쪽으로 기울고 있었다.

이 도시의 늪에서 나는 시를 통해 숨을 쉬고 살아남았다.

오랜만에 지상으로 나온 시, 눅눅한 적막의 뼈가 드러나고 시를 가둔 빗장이 풀렸다.

시를 뽑아주신 심사위원님께 큰 절을 올린다. 지금까지 시 창작을 지도해주신 맹문재 교수님, 마경덕 시인님, 고영 시인님, 하린 시인님께 감사드린다. 동작문화센터 문우들, 부천문인협회 회원들과 기쁨을 같이 나누고 싶다.

다뉴세문경 多紐細紋鏡

전영아

동심원 둥근 태양의 무늬를 등에 지고
깊고 어두운 터널을 건너왔어요
수천 년 전, 암석에 기원했던 겹겹의 무량한 주술이
내 몸에 새겨진 줄 까맣게 몰랐어요

세속과 신성의 경계 사이를 주제하는
제사장의 권위였던 생을 지나
태양계만큼 넓고 긴 시·공간을 지나
몇 겁의 전생에 전생을 지나
빗살무늬 기하학적 세문이 새겨진 청동거울의 기억을 지
닌 채
파경되지 않은 온전한 명경으로 환생했어요

세상의 모든 것이 거꾸로 읽히는 나는
나를 관통하여 다른 세상을 다녀오는 당신을 볼 때마다
당신의 진심까지 곡해할까 두려워요

텅 비어 공허한 내 연민을 당신은 알 리 없고
당신의 뒤꿈치를 붙잡을 방법이 없어 쓸쓸하고 쓸쓸해요
내 존재의 의미를, 그 주술의 의미를 알 수 없는 나는
내세의 동굴 벽에 당신을 묶어두고 싶어
자주 청동의 얼굴을 반짝반짝 닦아요

먼 곳에 가신 어머니가 가끔 꿈에 오시는 날이 있었습니다. 그런 날은 차를 타고 어디론가 헤매다 돌아오곤 했습니다.

반구대 암각화에 동심원을 새겨 넣은 호모사피엔스를 만나고, 실크로드를 따라 열하를 건너 신라에 온, 붉고 푸른 유리잔과 섬세한 금세공 예술품으로 환생한 아라비아의 무역품을 만났습니다.

우연히 국보141호 다뉴세문경을 만나 미스터리한 그의 내력을 따라가다 나의 전생을 점쳐보기도 하였습니다.

시인은 샤먼이라는 의식이 사람들의 뇌리에 각인되었다면 그것은 아마도 참일 가능성이 높은 것 같습니다.

내 詩의 밑바닥 기저에 흐르고 있는 슬픔의 정서는, 온통 상처투성이로 떠돌아 늘 무언가를 갈망하는 결핍증에 시달리기 때문이 아닌가 합니다.

내가 사랑하는 것 그리운 것들은 멀리 있거나 손가락 사이로 빠져나가 나를 울리기 일쑤였습니다만 이제 외로워도 슬퍼도 울지 않겠다는 캔디가 되기로 합니다.

내 영혼의 쓸쓸한 슬픔의 거처들이 둘러쓰고 있는 페르소나를 벗겨내어, 잘 다독이고 묵혀 승화된 詩가 되도록 애쓰겠습니다.

아직은 미숙한 작품에 눈맞춤 해주신 심사위원님과 직장인신춘문예에 감사드립니다.

한 줄의 약력을 쓸 때마다 잊지 않고 상기하겠습니다.

최종적으로 남은 작품은 장서영 씨의 「급정거하는 아침」
외 6편, 문희숙 씨의 「아버지는 나비 따라 봄으로 가고」 외
3편, 김우진 씨 「적막」 외 6편, 전영아 씨의 「다뉴세문경」
외 2편들이었다. 이 네 분의 시는 어느 것이 당선이 되어도
좋을 수준의 것이었고 일간지의 신춘문예 수준보다 높았
다(시라는 것이 비교되는 것이 아닌 줄 알지만……). 우선 이분들
의 시는 유행에서 자유롭게 시 자체에 충실한 작품의 면모
들을 보여주고 있었다. 삶의 갈피에서 우러나온 산물들이
라는 느낌이 강했다. 진정성이라는 가장 중요한 미덕을 갖
추었다는 것이 읽는 이로 하여금 행복하게 했다. 짐작컨대
직장인들이어서 그랬을지 모른다는 엉뚱한 생각이 들었
다. 문예창작과 등에서 강조하는 '당선'의 강박에 의한 기
술이 강조된 허황된 문건들과는 달랐다.

두 분의 것을 떨어뜨리는 일이 곤혹스러웠다. 또 두 분의
작품에 서열을 정하는 일도 그랬다. 응모된 여러 편의 시
가 나름대로의 여러 역량을 보여주고 있다는 점을 높이 사
서 당선의 영예는 김우진 씨에게 돌아갔다. 당선작인 「적
막」은 체험된 세계를 예리한 통찰로 힘 있게 제시해 주었
다. 아파트 지하 주차장이라는 일상의 공간을 악어가 사는
공간으로 이동시킨 인식의 신선함도 돋보였다. 동봉한 「모

과의 세 시 방향」은 독특한 서정의 세계를 보여주고 있다. 시간을 새롭게 해석한 역량이 느껴졌다.

　가작인 전영아 씨의 시는 제목에서도 느껴지지만 독특한 매력이 있었다. 오래 들여다본 시간의 저편을 이만큼 형상화하기는 쉽지 않다. 가작으로 정하는 아쉬움이 있었지만 어쩌랴. 그날의 우연은 우리 인생에서도 자주 있는 일. 운이 나빴다고 생각해주시길. 나머지 두 분도 마찬가지다. 놀라울 만큼 좋은 작품들이니 다시 곧 만나게 될 것으로 생각된다.

　　─ **심사위원** : 박덕규 장석남

슬픔을 삽니다

박슬기

　그렇게 오래도록, 가만히 지켜봐준 사람은 그가 처음이었다. 특히나 우는 내 모습을 말이다. 보통 우는 모습을 보면 안절부절하며 울음을 그치게 하려고 섣부르게 행동하거나 귀찮음과 짜증 사이의 그 어디 즈음이 슬픔에 대한 일반적인 태도였으므로. 그는 눈도 깜빡이지 않고 곧은 눈빛으로 숨을 헐떡이며 우는 나를 오래도록 바라보았다. 슬픔을 관음하는 자와 관음당하는 자. 그것이 그와 나의 관계였다. 울음이 온몸을 관통하는 여파에 나는 누군가 보고 있다는 것에 체면을 차리며 울 여력이 못되었다. 오로지 울음의 열기와 진동만이 세계에 울리고 있었다. 나중에 생각해보니 오히려 그래서 더 나의 슬픔이 그의 마음에 들었는지도 모른다고 생각한다. 목 안이 버석버석하게 말라 단내가 날 때 즈음에야 나는 울음을 멈추었다. 감정의 소용돌이가 한바탕 휩쓸고 간 자리는 물기 하나 없는 폐허였다. 얼굴로 앉아있는 내게 그는 만족스럽다는 표정을 설핏 짓고는 내게 10만 원을 건네주었다. 그것이 내가 처음으로 본 그 남자의 '표정'이었다.

첫 번째 만남 이후로 남자는 열흘 만에 두 번째로 의뢰를 해왔다. 저번과 같이 내 슬픔을 사겠다고 말했다. 으레 그래왔다는 듯이 건조하고 가벼운 말투였다. 첫 번째 만남 이후로 어쩐지 나는 합격 발표를 기다리는 심정으로 그의 전화를 내내 기다리고 있던 참이었다. 마침내 걸려온 그의 전화에 합격,이라고 속으로 되뇌며 나는 기쁨으로 떨리는 목소리를 억눌렀다. 약속 시간보다 훨씬 이르게 일어나 오랜만에 나갈 채비를 시작했다. 오래도록 실내에만 고여 있었던 몸은 마음과 다르게 묵직하게 가라앉았다. 부러 분주하게 움직이며 오래도록 샤워를 하고 살갗 같은 옷을 벗고 흰 원피스를 입었다. 스무 살 무렵 그날따라 유난히 엄마가 살가웠던 날, 억지로 사준 원피스였다. 슬픔을 파는 행위에는 그런 신성성이 부여되어야 할 것 같았다. 특히 그 남자에게 슬픔을 파는 일은. 길을 나서기 전 고시원 출입문의 현관 거울을 마주하고 나는 오래도록 옷을 여몄다.

그의 집은 내가 사는 동네인 P동에서 멀지 않은 곳에 접하고 있었다. 지도상으로는 멀지 않은 곳이지만, 그래서 더욱 지나치게 먼 곳. 동네는 지척이었으나 남자의 동네와 내가 사는 동네는 결코 맞닿을 수 없는 평행선 같았다. 고개를 돌리면 언제고 맞닿을 듯 펼쳐지는 세계지만 결코 가닿을 수는 없는 곳. 남자의 동네는 흔히 부촌이라 일컬어지는 대명사인 K동의 가운데 새로 지은 오피스텔이었다.

빈틈없이 욱여넣어 다닥다닥 붙은 다세대 주택과 낡은 주택들이 쟁여져 있는 동네 옆으로 세워진 부촌은 한층 더 부티나 보였다. 그 대비는 선명했고 그 대비에서 오는 환멸은 한층 더 선명했다. 그 풍경을 바라보며 천천히 걸었다. 버스를 타면 십 분이면 도착할 거리였지만 남자를 생각하며 한 걸음 한 걸음을 곱씹어 걸었다. 걸음마다 남자의 얼굴이, 목소리가 따라붙었다. 내게는 차고 넘치는 슬픔을 사야만 하는 남자. 그에 대한 물음들이 두서없이 떠올랐다.

드라마에서나 보았던 반듯한 집의 외관을 보자 표정도 동요도 없는 그의 얼굴이 겹쳐 떠올랐다. 벨을 누르고 가늘게 목소리를 가다듬으며 남자를 기다렸다. 남자가 문을 열기 전까지의 몇 초가 길게 느껴졌다. 혹시나 그사이에 남자의 마음이 변한 것은 아닐까. 혹시 남자에게 전화가 걸려온 것은 꿈이 아니었을까. 그런 두려움이 소란스럽게 고개를 추켜세웠다. 이제 겨우 한 번 본 그가 못 견디게 그립다는 생각도 들었다. 영원 같은 찰나가 지나자 표정 없는 남자가 소리 없이 문을 열었다. 남자는 살아가기 위한 최소한의 몸짓, 호흡만을 갖고 있는 것 같았다. 그의 눈빛은 무기질에 가까웠다. 남자는 말없이 내게 들어오라는 듯이 눈짓을 했다. 남자처럼 나도 소리를 삼키고 조용히 그를 따라 들어가 검은 가죽소파의 그때 그 자리에 앉았다. 전체적으로 블랙과 그레이톤으로 정갈하게 인테리어 되어 있는 거실은 표정 없이 가라앉아 있었고 그곳에서 나만 동요하고 있는 것 같았다. 그는 아무런 말을 하지 않은 채로 가만히 내 맞은편에 앉았다. 고요가 흐르자 나는 안절부절하는 마음이 되어 그가 어떤 말이라도 건네주길 바랐지만 그는 조용히 나를 응시하기만 했다. 사실 아무런 말은 필요하지 않다. 이제 나는 그에게 슬픔을, 울음을 팔기만 하면 될 일이다. 심호흡을 하자 건조한 공기가 폐부로 부풀며 스며들었다. 가만히 눈을 감고 무의식의 아래로 눙쳐두었던 슬픔들을 재생시켰다. 가두어두었던 슬픔이 싸르르 발끝에서부터 밀려왔다.

마인드 무빙의 대표라던 재인은 거짓으로 울면 들통나기 십상이라고 주의를 주었다. 슬픔에는 진실이 필요하다고, 그래야 슬픔을 사는 소비자들의 만족도가 높다고 당부했다. 배우급의 연기력이거나 가짜라도 진심으로 빠져들어 울 정도로 공감력이 뛰어나거나. 보통은 그것이 어려우므로 자신의 슬픔을 떠올려 진심으로 우는 게 중요하다고 했다. 슬픔에 그 무엇보다 중요한 것은 그것뿐이라고. 진심 혹은 진실 따위. 연기력이니 공감력이니를 차치하고서라도 내게 슬픔은 차고 넘쳤다. 그런 삶을 물려준 엄마에게, 혹은 나를 둘러싸고 돌아가는 어떤 운명이나 신의 섭리에 감사할 정도로 말이다. 마치 내 삶은 이 아르바이트를 위해 조성되기라도 한 것처럼 나는 이 직업에 가장 적합한 이가 아닐까 하는 생각도 들었다. 처음으로 내가 있어야만 할 어떤 자리를 찾은 기분도 들었다.

스멀스멀 눈물이 떨어져 내렸지만 어쩐 일인지 그와의 첫 번째 만남 때처럼 울음이 쏟아져 나오지 않았다. 초조해졌다. 나는 다시 숨을 고르고 단전 아래에 깊이 묻혀있는 슬픔을 게워냈다. 때로는 속내도, 슬픔 따위도 의지로 게워지기도 하는 것이다. 내 슬픔이 이 정도뿐이라면 더 이상 그는 내 슬픔을 사지 않을 지도 모른다. 그 생각을 하자마자, 갑자기 울음이 울컥하고 치밀어 올랐다. 새된 소리가 목에서 터져 나왔지만 아마 그는 그럴수록 만족할 것이었다. 이번에도 그는 집요하게 나를 바라보고 있었다. 눈물이 장막을 드리워 그가 이지러져 보였지만 그가 나를 바라보고 있다는 사실만큼은 내 온몸 감각 하나하나에 전해졌다. 그는 미세하게 지나가는 표정 하나 놓치지 않겠다는 의지가 보이는 눈빛으로 내가 온몸으로 재생해내는 슬픔을 집요하게 바라보고 있다. 그럴 것이다. 그런 그에게 표정 따위는 보이지 않았지만 그 눈빛에서 내 슬픔에 만족하고 있다는 것을 나는 알 수 있었다.

*

슬픔을 삽니다. 고수익 알바 보장 - 감정대행업체 마인드무빙.

그 전단지를 발견한 것을 자궁 속에 작게 자라나던 세포를 긁어내고 나오던 참이었다. 세포가 떨어져 나갔는데도 더 묵직해진 것 같은 아랫배를 붙잡고 여남은 마취 기운에 잠시 버스정류장 의자에 앉아있던 때였다. 무심코 눈길이 닿은 곳에 간도 아니고 여자도 아닌 '슬픔'을 사겠다는 쌩 뚱맞은 전단이 붙어있었다. 어쩌면 말 같지도 않은 그 전단을 눈여겨보고 전화까지 건 것은 약하게 피를 떠돌던 마취 기운 때문이었을 것이다. 멍한 머리로 내 슬픔이라면 충분한 값어치를 매겨 많이 팔 수 있지 않을까. 그런 생각을 했던 것 같다.

　자신을 재인이라고 소개한 감정대행업체의 대표는 반색하며 내게 바로 면접을 보러 오라고 일러주었다. 마인드무빙에서는 정말 감정을 '대행'하는 일을 했다. 한눈에 보면 대학생으로밖에 안 보이는 재인은 일에 대해 유창하게 설명했고 유능한 청년사업가처럼 보였다. 앳된 얼굴이었지만 물 흐르듯이 유려한 말솜씨에서 사업가의 기질이 다분해보였다.

"이제 '감정대행'이 앞으로 시대를 풍미할 새로운 물결이죠. 역사적으로 초기에는 '일'을 대신하던 형태에서부터 발전되어 '역할'-이를테면 애인대행, 하객대행-을 지나 사과대행, 이별대행, 효도대행 등의 감정대행 서비스까지 발달되어 있는 차에요. 여기서 저는 더 발전시켜 이제 '슬픔대행서비스'를 개발한 거죠. '슬픔' 대행. 그야말로, 타인을 대신해서 슬퍼해주는 서비스에요. 자칫 쉬워 보이지만 사과대행이나 이별대행보다 슬픔대행은 더 높은 수준의 연기력이 요구되죠. 더 이상 감정이 사치가 되어버리거나 우는 것, 슬퍼하는 것조차 비효율적이 된 그들에게 대신 눈앞에서 슬퍼해줌으로써 그들에게 카타르시스를 선물하는 것이 알바의 주된 업무내용이에요."

재인은 내게 동의도 구하지 않은 채 누나라고 부르며 친근하게 굴었다. 싱긋 웃는 인상이 이미 얼굴에 밴 인상에 꽤나 잘생긴 남자가 살갑게 구는 것이 나쁘지 않았다. 슬픔대행서비스는 결국엔 성욕이 아닌 슬퍼하는 욕망의 배설을 대신해주는 셈이었다. 울음 즈음이야, 참는 것이 익숙해진 만큼 묵혀둔 울음을 꺼내는 일도 쉽다. 적어도 내게는 그랬다.

"괜찮을 것 같네요. 일, 해볼게요."

자꾸만 묵직한 돌이 구르는 것 같은 아랫배를 꾹 누르며 나는 호기롭게 말했다.

"생각하는 것보다 쉽지가 않아요. 슬픔을 대행하는 거라, 고객들이 많이 까다롭거든요. 슬픔을 '사야' 할 만큼 고객분들은 그들은 감정들이 잃어버려서 울고 싶어도 울지 못하거나 그조차도 시간과 에너지가 아까운 이들이거든요. 까다로운 그들을 충족시키려면 진실된 슬픔, 울음이 필요해요. 누나, 그럼 한 번 슬퍼해보시겠어요? 보통은 다 울음의 형태로 나타내지만 꼭 그렇지만은 않아도 되요. 다만 보는 사람으로 하여금 슬픔이란 감정을 통감하게 해주시면 되는 거죠. 중요한 것은 그것을 보고 그들이 카타르시스를 느끼는 거니까요."

재인은 아메리카노를 주문하듯 가벼운 말투로 내게 '슬픔'을 주문했다. 내가 눈을 감고 후욱, 숨을 들이쉬자 곧바로 후두둑 눈물이 떨어졌다. 내 몸에서 긁혀져 나간 세포도 이렇게 쉽게 후두둑 내게서 떨어져 나갔을까. 어쩌면 내게는 슬퍼하는 재능이 있는지도 몰랐다. 재인은 처음에는 만족스런 표정을 짓더니, 나중엔 좀 걱정스런 표정으로 나를 다독였다.

"이제껏 본 사람 중에 제일 재능 있는 분 같아요. 누나, 하지만 고객분들 앞에서는 조절을 해주셔야 해요. 무슨 말인지 알죠?"

재인은 다소 곤란한 표정으로 웃어 보이며 그런 말을 덧붙이는 것도 잊지 않았다.

*

이번에도 내 온몸에 수분이 증발되고 나서야 겨우 울음을 그쳤다. 울음이 잦아들자 남자는 내게 돈을 건네주었다. 내게 슬픔을 다른 형태로 표현할 창의력이란 없었다. 울음은 슬픔을 표현하기에 가장 공감을 얻는 방식이자 내가 행하기 쉬운 방식이었다. 15만 원. 내가 물끄러미 손바닥을 내려다보고 있자 "5만 원은 팁이에요." 라고 남자는 말했다. 남자는 오열하며 슬픔을 쏟아내는 내 앞에서도 태연했다. 돈을 건네는 손이 아니었다면 그가 TV화면쯤으로나 나를 관전하고 있다고 착각할 정도였다. 두 번째 슬픔의 끝은 좀 찝찝했다. 아무래도 첫 번째만 못하다는 생각이 들었다. 어쩌면 남자와의 첫 번째 만남에 이미 많은 슬픔을 내쏟았기 때문인지도 몰랐다. 다시 남자를 볼 수 있을까. 그런 의문이 떠올라 자꾸 마음을 바닥으로 가라앉혔다.

밖으로 나서자 대문 밖의 세상은 여전했다. 슬픔을 팔고 사기도 하는 세상이 저 대문 안에 있다. 바깥에는 찬란한 오월의 햇살이 풍경 위로 그어져 내리고 있었다. 눈을 감았다 뜰 때마다 한층 더 초록이 무성해졌다. 남자의 거실과 거리의 대비가 마치 P동과 이 부촌의 대비처럼 두드러지는 것 같았다. 남자가 지켜보는 가운데 울어낸 것이 다인데도 수치심이 개미떼가 내 몸을 기어다녔다. 이런 수치심은 도대체 어디서 비롯되는 것일까. 두 손으로 팔을 가만히 쓸어내리며 남자의 집을 등 뒤로 두고 걸었다. 여전히 아랫배가 묵직했다. 수술을 한 지 벌써 반달이 넘어가고 있었다. 혹시나 병원에서 세포를 긁어내지 못하고 오히려 메쓰 같은 걸 집어넣은 게 아닐까. 물기 어린 바람이 뺨을 스치자 눈물이 마른 자리가 뻑뻑하고 굳었다. 슬픔의 원형은 소금 같은 것일까. 필요하고도 쓰고 텁텁한. 어째서 남자는 슬픔을 사야만 하는 걸까. 문득 돌아본 10여 층의 오피스텔은 무연한 얼굴로 나를 내려다보았다.

— 두 번째 의뢰자가 있어요. 누나 연결해 드릴까요?

재인의 메시지였다. 남자의 얼굴이 스쳐갔다. 다른 이에게 또 슬픔을 판다면 어쩐지 남자를 배신하는 것 같은 기분이 들었다. 게다가 내게 남은 슬픔이란 게 있을까. 속에 채여 온 슬픔이야 차고도 넘쳤지만 한 번에 뱉어낼 수 있는 슬픔이란 게 생각보다 적었다. 단기간 내에는. 그건 이번에 남자에게 슬픔을 팔면서 느낀 첫 번째 사실이었다. 슬픔은 무한하지 않다. 아물지 않아 피가 철철 흐르는 상처가 있어도 그것을 재생하면서 계속 '슬퍼'하기란 그 에너지가 차오를 시간만큼은 필요했다. 그러니까 슬퍼하는 데도 체력이 필요하단 이야기였다. 게다가 오래된 슬픔이라면 더더욱이. 남자에게 슬픔을 판 첫 날은 몸에 기운이 죽 빠져 집에서 늘어져 오래 잠을 잤었다.

─ 다음에요. 오늘은 힘드네.

재인에게 문자를 보내고 버스에 몸을 실었다. 울음을 힘껏 쏟고 나자 몸 안이 텅텅 빈 것만 같았다. 배가 고팠다. 어쩐지 지금 어디에라도 부딪치면 온몸이 공명해 낮고 큰 진동의 악기 소리가 날 것 같았다. 어쩌면 그건 슬픔의 소리일지도 몰랐다. 이렇게 단기간에 힘껏 슬픔을 쏟아본 일은 처음이었다. 마치 변을 참듯이 언제나 삼키고 견디며 누군가 보지 않을 때 홀로 배설하기에 급급했기 때문이었다.

*

이제 연락이 오지 않으리라는 예상을 깨고 남자는 반달

만에 다시 의뢰를 해왔다. 수수료 때문에 전화를 걸자 재인은 보통 한두 달, 길게는 반년을 단위로 슬픔을 사는데 남자는 꽤나 빈도수가 잦은 편이라고 했다. 그런 만큼, 어쩌면 위험한지도 몰라요. 누나, 조심해요. 재인은 그 남자가 듣고 있는 것도 아닐 텐데 목소리를 낮춰 그렇게 말했다.

재인의 말에는 아랑곳없이, 남자의 문자를 받은 이후부터 가슴이 뛰고 있었다. 남자를 볼 수 있다. 모호한 암호 같지만 좋지 않은 신호라는 것만은 알았다. 이것은 내가 누군가를 쉽게 사랑할 때 느껴지는 전조 같은 거였다. 사랑, 이라고 생각하자마자 다시금 아랫배가 쿡 하고 아렸다.

세포 덩어리를 심은 남자는 기현이었다. 내가 열 번째로 사랑한 남자. 스스로 꽤 이성적이라고 생각했던 것과는 달리 나는 쉽게 사랑에 빠졌다. 차도에서 나를 안쪽으로 걷게 해주는 남자를 보고 사랑에 빠졌고, 컴퓨터가 고장나 쩔쩔 매는 내가 우는 소리를 하자 새벽 두 시에 달려온 남자에게 사랑을 느꼈다. 그 속내에, 진심이나 진실 따위에 기울일 정신도 없이 그렇게 됐다. 기현은 아홉 번째 남자와 이별을 하고 엉망으로 술에 취한 내게 달려와 술값을 계산해주고 내가 토한 것까지 닦아 방에 뉘여준 남자였다. 당연히 나는 사랑에 빠졌다. 우리는 미래 같은 건 생각하지 않았다. 장난처럼 희망마저 포기했지만 사실 그건 장난을 가장한 진심이었다. 무언가를 상상하거나 미리 기대할 만큼의 무엇이 내게도 기현에게도 없었다. 우리는 바퀴벌 레처럼 몸을 납작하게 한껏 낮추고 고시원 중에서도 하급 의 고시원을 전전했지만 그 마저도 명목상 고시생이었다. 무언가가 되기엔 여전히 하루를 지키기 위해 해야 할 일은 너무 많았고 자연스레 무언가를 이루겠다는 생각은 사라 졌다. 그런 것은 생각하지 않은 채로, 그런 엄두조차 내지 않은 채로 우리는 그저 한 몸을 채 뉘이기도 힘든 햄스터 상자 같은 방에서 숨소리도 거칠게 내지 않으려 목이 아프 게 숨을 삼키며 서로를 안았다. 아르바이트가 고단하면 고 단할수록, 겨우 손에 쥐어진 90만 원의 아르바이트 비를 득달같이 엄마가 뜯어갈수록, 격하게 서로를 찾았다. 우리 에게 허락된 공짜의 쾌락은 그것뿐이었다. 서로를 안는 것. 당연하다는 듯, 인생이 우리를 비웃듯 어느덧 생리가 멈추고 세포덩이가 내 몸에 자랐다. 기현에게 책임지겠다 는 말은 애초에 바라지도 않았다. 그런 기대는 우리에게 애초에 없는 것이었다. 아무것도 스스로 하지 못하는 생명 체를 낳을 생각 같은 건 없었다. 그런 존재에게 내어줄 자 리라고는 없었다. 기현에게 바란 것은 다만, 수술비의 반 만이라도 부담해주길 바랐다. 아니 가능하다면 전액을. 그 래도 그에게는 그를 걱정하는 부모가 있었으니까. 나를 자 기 인생을 파먹는 좀벌레 취급하는 엄마나, 내 존재 자체 를 알지도 못할, 나를 만들고 사라진 아빠가 아니란 말이 다. 하지만 내게 말을 꺼내자 기현은 벌개진 눈으로 "조심

좀 하지."라고 말했다. 조심해야 할 것은 자기 새끼를 내뿜은 그였을 텐데도 나는 어쩐지 수치스러워 입을 꾹 다물고 발끝을 내려다 보았다.

"그런데 내 애 맞아?"

기현은 그렇게 말했다. 밥 먹을 시간이 없어 길을 걸으며 폐기 김밥을 겨우 먹는 내게, 누구보다도 내 하루 일과를 낱낱이 아는 그가 내게. 궁금했던 건 아닐 것이다. 그러니까, 그의 세계에는 몰이해밖에 없었던 것이다. 자신의 삶을 어디로 눙쳐놓고 다른 삶을 이해할 만큼의 어떤 공간이 없을 것이다. 나 역시 마찬가지였으므로. 이해한다고 해서 수긍이 되는 건 아니다. 역시 사랑 따위는 없었던 거라고 생각한다. 나를 경멸하듯 바라보는 그의 눈에서 열여덟에 나를 낳아 길렀다는 우리 엄마를 바라보는 그의 시선을 읽었다. 그 에미의 그 자식, 사람들이 혀를 내두르던 그 말을 눈빛으로 하고 있었다. 그 순간 나는 그를 증오하기보다는 술기운에 헛돌며 나의 상처를 고백한 스스로를, 나를 내뿜고 사라진 아버지란 사람을, 지울 용기를 내지 못하고 낳을 용기를 낸 엄마를 증오했다.

미지근한 물이 머리부터 발끝까지 흘렀다. 속내도 뒤집어 씻어낼 수 있다면, 기억의 찌꺼기 같은 것도 씻어낼 수 있다면 얼마나 좋을까. 문득 떠오른 기현의 기억이 오래도록 머리 위로 쏟아지며 두드리는 중력의 작은 무게를 따라 흘러갔다. 기현도, 떨어져 나간 세포도 떠올랐지만 다시 또 나는 남자를 사랑하고 있었다. 그러니까, 그렇게 가만히 나를 오랫동안 쳐다봐준 사람은 그가 처음이었다. 아래가 뜨거워지는 것 같더니 핏덩이가 묵직하게 흘렀다. 아랫배가 아팠다. 세포가 떨어져 나가고, 자랄 세포마저 떨어져 나간 것이다.

*

　반달이라는 슬픔이 다시 괴일 시간의 사이가 있어서 그랬는지, 호르몬 때문인지 아니면 기현을 떠올렸기 때문인지 이번 슬픔은 꽤나 질이 좋았다. 질이 좋다고 생각했다. 남자 앞에서 다시 목소리가 끊어지다 말다 온몸을 긁는 울음을 뱉어내면서 스스로 만족했다. 남자에게 슬픔을 팔기 시작한 이후로 종종 나를 지켜보는 일이 잦아지고 있었다. 그런데 남자는 어딘지 상심한 표정이었다.
　"이런 게 아니라, 더 진짜가 필요해요."
　남자는 처음으로 내게 먼저 대화를 건넸다.
　"네?" 내 슬픔이 마음이 들지 않은 건가. 가슴이 철렁하며 발 아래로 떨어졌다. 핼쑥한 표정으로 나를 바라보는 남자의 얼굴이 새하얗게 질려 있는 듯했다. 안쓰럽다는 감정이 진득하게 목구멍 안쪽부터 차올랐다.
　"아, 아니요. 그쪽의 슬픔이 가짜라는 게 아니라. 조금 더 제 슬픔에 가까운 게 필요하단 말입니다."
　남자는 괴로운 듯이 마른세수를 했지만 남자의 표정에는

괴로움도, 곤혹스러움도 떠오르지 않았다. 남자는 마치 무표정, 그 자체인 것처럼 보였다. 밀랍으로 만든 가면을 쓴 것만 같았다. 저 얼굴을 벗기면 진짜 남자의 얼굴이 있지 않을까.

"잠깐 담배를 펴도 되겠습니까?"

남자의 말에 나는 재빨리 고개를 끄덕였다. 그가 하는 무슨 말에라도 나는 고개를 끄덕이고 싶었다. 슬픔이 자른 자리는 소금기 때문에 따가웠다.

"저는 울지 못합니다. 언젠가부터…… 그렇게 되었습니다. 사실 이제는 아무런 감정도 제대로 느끼지 못합니다. 처음에는 슬픔이라는 감정만 잃어버렸습니다. 슬픔을 완전히 잃고 나자 서서히 시간차를 두고 어떤 감정도 느낄 수 없게 되었습니다. 가끔은 정말로 제가 기계가 되어버린 게 아닌가, 하는 생각을 합니다. 무미건조함 그것 이 외에 제게 그 무엇도 없습니다. 도저히 이대로는 안되겠다는 생각이 들어 슬픔을 사기 시작한 겁니다. 뭔가 다른 사람의 슬픔을 목도하면 어딘가 저도 어딘가 조금은 환기되는 게 있지 않을까 해서요. 처음에는 조금 나아지는 것처럼 느껴졌습니다. 슬픔이란 사실, 필수불가결한 감정이지 않습니까. 그런데 이걸로는 한참 부족하다는 느낌이 듭니다. 이대로는 정말 제가 사람 같은 기계가 되어버릴 것 같습니다. 게다가 저는 창작을 하는 사람입니다. 작품을 써내려면 슬픔이라는 윤활유가 절실하게 필요합니다."

그렇게 말하는 남자의 눈동자는 텅 비어 있었다. 고해하듯 자신의 문제를 늘어놓는 그의 말이 흩어지는 가운데 나는 그 눈동자를 채워주고 싶다는 생각을 했다. 지나치게 무언가를 많이 느끼는 것과 무엇도 느낄 수 없음 어느 쪽이 더 괴로운 것일까.

"그럼, 제가 정말 그쪽을 대신해서 슬퍼해 드리면 어떨까요?"

스스로도 알아차리지 못하는 사이에 말이 밀어내졌다. 남자는 고개를 떨구고 있다가 고개를 들어 나를 바라보았다. 의아한 눈빛이었다. 하지만 어딘가 생기가 도는 것 같기도 했다. 처음 울음을 샀을 때 만족감이 언뜻 스친 그 이후의 처음 보는 미묘한 '표정'이었다.

"제가 선생님의 얘기를 들어 드릴게요. 그 이야기를 듣고 슬퍼해 드릴게요. 최대한 제가 그쪽이 되어서 슬픔을 느껴볼게요. 그러니까 제 몸체를 빌어서 슬퍼하시는 거죠."

남자의 눈동자를 채워 주리라. 이 남자를 계속해서 보리라. 그런 욕망들이 자꾸만 말들을 입밖으로 내밀었다. 남자는 조용히 고개를 끄덕였다.

"좋습니다. 그럼 이렇게 하죠. 일주일 한 번씩. 수요일 저녁 아홉 시. 이곳에서 보도록 하죠. 제가 한 시간가량 이야기하고, 그 이후에 슬픔을 제게 파시면 됩니다. 비용은 지금과 같이 쳐드리면 될까요?"

나는 고개를 끄덕였다. 이대로라면 생활비도 어느 정도는 해결될 것이다. 기현과 헤어지면서 알바를 그만두고 빠른 속도로 헐어지고 있는 생계를 어떻게 메워볼 수 있을 것이다. 다시 말을 잃어버린 것처럼 나는 남자에게 가볍게 목례를 하고 나왔다. 문밖의 세상은 언제나 지나치게 찬란했다. 봄이라 그랬는지도 모른다고 생각했지만 나중에 생각하고 보니 계절과 상관없이 바깥은 언제나 찬란했다. 고등학교 시절, 문학시간에 배운 천일야화가 생각났다. 왕에게 이야기를 하며 천일의 밤을 보내고 결국엔 사랑을 이룬. 나는 몇 밤의 슬픔을 남자에게 주고 그와 나도 사랑을 이룰 수 있지 않을까. 그런 맥없는 기대가 희미하게 명치에서 타올랐다. 아랫배에서 경고하듯이 다시 묵직한 돌이 굴렀다. 나는 배를 움켜쥐고 고시원으로 향했다. 기현과 사랑을 나누었던 그 고시원은 그나마의 방값이 너무 싸서, 나는 떠나지 못하고 있었다. 기현의 기억이 떠올라서인지 방에만 돌아오면 배가 더 묵직해졌다. 생리가 시작된 걸 보면 자궁은 다시 제 시간대로 공전을, 자전을 시작하기 시작한 것 같은데 왜 내 세계는 아직도 자전을 제대로 하지 못하는 걸까. 벽 너머의 소음들을, 살아있다는 증표와 같은 소음들은 들으며 책상 앞에 앉아 9급 공무원 책을 폈다. 앞쪽만 까맣게 손때에 절은 페이지는 뒤로 넘어가지 못하고 있었다. 무언가를 해야 하지만 이루어야겠다는 의지도, 기대도, 희망도 없었다. 다만 견디기 위해 나는 빈 시간에 책장을 넘겼다.

남자에게 슬픔을 팔고 나자 홀로 있을 때 울지 않았다. 울고 싶지 않았다. 가끔 차오르다 못해 비져나오던 울음을 낡은 머릿내가 나는 베개에 묻고 울던 기억이 벌써 아득했다. 울음이 나오지 않았지만 여전히 무엇이 되겠다는 의지도, 기대도, 희망도 생기지 않았다. 그러나 평생 내 발목을 끌어 잡는 엄마의 미친년 소리로부터 벗어나기 위해서. 그래도 내가 열여덟에도 너를 낳아 길렀는데 그 소리로부터 자유롭기 위해서 무언가가 되어야만 한다. 아니 무엇이 되지 않기 위해서 내가 나이기 위해서 무언가 되어야 했다. 그러니까 내가 가장 신분을 상승할 수 있는 신데렐라 구두는 겨우, 겨우, 대단히 이 공무원 시험밖에 없었으므로. 내게 쥐어진 패라고는 그 흔한 어떤 패라도 없었으므로.

"할 말 없으면 전화 끊어 이년아. 얼른 공무원 시험이나 빨리 붙어. 붙어서 엄마 호강시켜줄 때 되면 연락해. 그전엔 연락하지 마."

기현의 아이를 임신했다는 것을 알았을 때, 기대했던 것은 아니었지만 엄마에게 전화를 걸고 말았다. 엄마는 고작 열여덟에 그런 일을 겪었다는 걸, 그럼에도 나를 낳아 키웠다는 게 위로가 될지도 모른다고 생각했다. 나는 그간의 엄마의 말보다도 내가 믿고 싶은 걸 믿고 싶었는지도 모른다. 그래도 엄마지 않을까. 그런 생각을 은연중에 했던 것 같다. 점점 더 목을 휘감아 오는 듯한 엄마의 목소리에 나는 더 아무 말도 못하고 전화를 끊었다.

가끔 엄마는 이유 없이 기분이 좋은 날이면 "넌 내 팔자 닮지 마라, 얘. 딸은 엄마 팔자 닮는다던데. 그래도 넌 내가 고등학교까진 보내놨으니. 어디 가서 가랑이 함부로 벌리고 다니지 말란 거다."

그렇다면 엄마는 함부로 그랬다는 걸까. 그런 생각은 자주 들었지만 말할 수는 없었다. 결국 나는 엄마 최대의 모성 어린 그 말조차도 나는 어겼다. 나는 지구를 맴도는 달처럼 인력 때문에 엄마에게 멀리 떨어질 수도 없었지만 그 간극만큼 가까워질 수도, 엄마를 이해할 수도 없었다. 굳이 이렇게 나를 평생 원망할 거였으면 차라리 지우는 편이 낫지 않았을까. 그러니까, 나는 엄마와 다르기 위해서 지웠다.

*

나는 남자를 만나 대신 울어주는 날을 슬픔의 밤이라 부르기도 했다. 그러고 나자, 조금은 괜찮은 일을 한다는 생각이 들었다. 이름을 붙이는 것은 그런 이유에서 필요했다. 단순히 내 슬픔을 팔기 위해서가 아니라 남자를 대신해서 울어주기 위해 만나자 우리 주변을 맴도는 공기가 묘하게 달라졌다. 남자는 자기 얘기를 해야 한다는 것에 곤혹스러운 듯이 한숨을 내쉴 뿐 쉽게 입을 떼지 못했다. 표정 없는 남자의 얼굴이 안쓰러워 견딜 수 없었다.

"엄마는 저를 이름으로 불러준 적이 없어요. 늘 미친년,

기분이 좋으면 야, 이것아. 그 정도였죠. 열여덟에 엄마는 나를 낳았다고 했어요. 얼굴조차 희미하고 이름도 모르는 남자의 아이. 엄마는 하룻밤 불장난에 나를 가지고 나서 그 남자를 수소문했지만 나중에 그 남자의 이름도, 다닌다던 대학교도 다 거짓말인 걸 알았죠. 그 남자는 알까요. 자기의 세포 덩이가 자라 이렇게 세상에 살고 있단 걸……그런데 엄마는 모든 걸 내 탓을 했어요. 그 남자가 아니라. 하수구의 수챗구멍이 막혀도 내 탓, 세들어 사는 반지하 방에 물이 새는 것도 내 탓이었어요. 창창하고 예쁘던 엄마의 인생을 진창으로 처박은 걸 결국 나라고. 그럴거면 왜 낳았어, 그냥 지우지. 그런 말이 언제나 울컥울컥 치밀었지만 이상하게도 그 말만은 할 수는 없었어요."

넘실넘실 슬픔이 차오르는 게 느껴졌다. 아래에서부터 느리게 다시 목으로 차오르고 있다. 슬픔을 팔면서 두 번째로 알게 된 사실은 묵을 대로 묵은 상처는 이런 울음 따위로 전혀 나아지지도 나빠지지도 않는다는 것이다. 남자는 내 이야기의 끝을 몇 번 곱씹다가 입을 열었다.

"울지 않게 된 것은 그날 이후입니다. 열한 살 무렵의 일입니다. 사실 그 전까지는 오히려 '우는 쪽'에 누구보다도 가까웠다고 자부합니다. 한 달에 한 번씩, 우는 날을 정해울 정도로 저는 슬픔에 누구보다도 섬세한 아이였으니까요. 어쩌면 슬픔이란 세상에서 가장 깨끗한 감정이라고 생각했을 만큼이요. 세상의 이치 같은 건, 아버지의 발길질 속에서 그의 술냄새 밴 주먹에서 애저녁에 배웠죠. 울면 아버지의 발길질이 더 거세어진단 걸 깨달은 후부터는 저는 슬픔을 저장했다가 홀로 있을 때 배출하는 방법을 익혔었습니다. 그때까지만 해도 저는 괜찮았습니다. 아이에게는 다만 견디는 것밖에는 방법이 없었지만 그 나름으로 저는 괜찮다고 믿으며 살았습니다. 그날 전까지는요. 떠났던 엄마라는 여자가 제멋대로 날 찾아온 그날 이후로 저는 울수 없게 되었습니다. 그 여자는 제멋대로 찾아왔습니다. 그것도 학교로 말이죠. 죄책감이란 걸 덜기 위해서였겠죠. 그 여자가 저를 피자집에 데려가 접시에 피자를 덜어줄 때만 해도 어렸던 저는 잠시나마 기대를 했었습니다. 그 여자가 화장실을 간 사이 여자의 휴대폰으로 온 전화에서 해맑게 "엄마"라는 목소리를 들은 이후로 그 여자가 그냥, 정말이지 죄책감을 덜기 위해서일 뿐이란 걸 확인했습니다. 그 길로 집에 돌아와 한동안 앓고 난 후로 울 수 없게 되었습니다. 처음에는 울 수 없는 것에 지나지 않았는데 점점 감정이 사라졌습니다. 사실 그렇잖습니까. '슬픔'이란 게 사실은 그것에 잠겨있을 때 가장 예민하게 세상을 지각하게 해줍니다. 모든 감각을 활성화시키죠. 또 감정을 정화시켜주기도 하고 말입니다. 그런데 이제 그 감정을 느낄수 없으니 곤혹스럽기 그지없습니다. 게다가 저는 영화 시나리오를 쓰는 작가입니다. 이래선 어떤 작품도 섬세하게 써낼 수가 없습니다."

슬픔을 느낄 수 없을 뿐 아니라 감정이 사라졌다는 남자에게서 이상하게 동질감 같은 것이 느껴졌다. 결국 남자와 나는 뿌리부터 슬픔에 담겨져 있는 것이 아닐까. 남자가 안쓰러워 견딜 수가 없었다. 남자의 색채가 섞여 번지고 이지러지며 흘러내렸다. 재인은 진심 또는 진실, 그런 게 중요하다고 했지만 모르겠다는 생각이 들었다. 그런 게 있기나 한 걸까. 사실은 사람들은 진짜의 진심이나 진실보다는 진심이나 진실인 것처럼 보이는 것들 중 자신이 믿고 싶은 것을 믿는 게 아닐까. 남자는 다시 고요하게 제 이야기를 듣고 울기 시작하는 나를 집요하게, 하나의 표정이나 일그러짐도 놓치지 않으려는 듯이 응시했다. 그저 TV브라운관 너머의 일을 관전하는 것처럼. 남자는 멀리 있었다. 남자는 울음이 그치고 나자 말없이 돈을 건네주었다. 지폐는 여전히 봉투에 담겨있지 않았다. 어쩐지 오늘은 한참을 울었음에도 텅 빈 느낌이 들지 않았다. 외려 어딘가 농밀하고 끈끈한 것이 들어찬 느낌이었다.

"누나 괜찮아요?"

재인이 전화를 걸어왔다. 아마도 매주 수요일 밤마다 슬픔을 판다는 이야길 기억하고 있던 모양이었다.

"응. 괜찮아. 네가 걱정하던 것처럼 이상한 사람 아니야. 그냥 슬픔이 고픈거지."

"슬픔이 고프다고요? 하하…… 다행이네요. 일이 새로 들어왔는데 할래요?"

"괜찮아. 충분해."

"내가 가던지 해야겠네. 알았어요 누나."

재인은 줄곧 활기찬 목소리로 이야길 하다 전화를 끊었다. 그런 재인이 우는 모습이라니 머릿속으로 잘 그려지지 않았다. 재인에게도 재생할 슬픔 따위가 있는 걸까. 하기는 모두가 다 껍데기로 살아갈 뿐 그 속내는 알 길이 없다.

*

남자와의 슬픔의 밤들은 더 이상은 소란스럽지 않은 내 울음만이 스며든 채 놓이고, 스치고, 멀어졌다. 그 밤들을 거듭하면서 남자에 대해서, 울지 못하는 남자에 대해 알게 되었다. 이를 테면, 그의 아버지가 소주를 네 병 먹으면 가장 심하게 때리고 거기서 한 병을 더 마시면 오히려 잠잠해져 긴 잠을 잤다는 것. 가끔 술을 마시지 않는 날이면 손을 떨며 헛소리를 했다는 것. 열한 살이던 그가 피자집에 엄마의 전화기를 들고 뛰쳐나온 뒤로 그의 엄마는 단 한 번도 그를 찾지 않았다는 것. 남자는 영화 시나리오는 두 편 썼다는 것과, 그의 시나리오는 너무 딱딱하다, 지나치게 감정이 절제되어 있다라는 평을 받는다는 것. 남자에 대해 아는 것이 많아질수록 그것이 어떤 남자의 뿌리에 가까운 것들일수록 나는 점점 더 그를 사랑하게 되었다. 걷잡을 수 없을 수도 있다는 생각이 뱃속에서 아프게 굴러다녔다.

열여덟의 엄마와 지나간, 한껏 부풀어보이나 쉽게 한 줌도 안되게 사그라들고 마는 사랑들과 기현에 대해서 그리고 떼어낸 세포에 대해서 나도 이야기했다. 이야기를 듣는 남자의 얼굴 위로 떠오를 듯 떠오르지 않는 표정을 보면서 어쩌면 남자가 사고 싶었던 것은 울음이 아닌 이런 것인지도 모른다는 생각을 했다. 그러니까 어떤 불행, 고난, 삶의 폭력성이나 벗어날 수 없는 것들.

"어머니를 찾아볼까 했어요. 근원지는 거기니까. 어쩌면 어머니를 만나면 울게 될 수 있지 않을까. 어쩌면 내가 눈물을 앗아간 것은 그날, 그 여자니까 다시 만나면 되돌려받을 수 있지 않을까 했습니다. 몇 년에 걸쳐 지지부진한 수소문 끝에 어머니를 찾았습니다. 한 번만 만나달라는 것을 단칼에 거절하더군요. 미안한 기색도 찾아볼 수 없는 목소리였어요. 몇 번을 그 여자가 산다는 동네 아파트를 서성거렸지만 엄마의 얼굴이 기억나지 않아서, 그 아파트에서 나오는 쉰 중후반의 모든 여자들을 바라보았지만 도대체 누군지 알 수가 없었습니다."

여덟 번째 슬픔의 밤이 끝나가고 있었다. 그는 시간이 지나면서 충실하게 자기 이야기를 기꺼이 했다. 나는 기꺼이 듣고, 울었다. 그가 원한 것이 내 울음인지 내 슬픔의 근원이 되는 이야기인지 몰랐지만 그가 사기로 한 것은 내 슬픔이거나 내 울음이었으므로 나는 둘 다 했다. 그러는 동안에도 그는 단 한 번도 울지 않았다. 웃지 않았다. 가끔 괴로운 듯 마른세수를 할 뿐이었다. 여전히 남자의 얼굴은 밀랍으로 빚은 가면을 쓴 것처럼 굳어져 있었다. 거듭될수록 희열도 만족감도 줄어들었다. 그러나 나는 그와 다르게 함께 있는 내내 점점 더 숨쉬는 것조차 조심스러워졌고 그의 얼굴을 어루만지고 싶은 충동을 억누르느라 우는 것에 집중하기가 어려워졌다. 쏟아지던 울음이 이내 잦아들고 있었고 그건 곧 오늘도 끝무렵이라는 뜻이었다. 언제나 남자와 나의 관계는 그것을 신호로 끝났다. 울음이 다 쏟아져 나오면 침묵했고 남자가 건넨 돈을 받고 친밀한 눈짓 하나 없이 헤어졌다. 언제나 정확하게 내 손에는 10만 원이 들린 채였다. 평소처럼 일어서려다 말고 어렵게 말을 건넸다.

"술 한 잔 할래요?"

남자는 생각보다 더 흔쾌히 고개를 끄덕였다. 남자는 잠깐만요, 라고 말하고는 주방으로 갔다. 그가 사라지고 나서야 남은 숨을 몰아 내쉬었다. 내뱉은 날숨에 남은 슬픔의 여운이 느껴졌다. 남자와 묵은 상처를 내어 보이는 새에 모르는 사이에 부쩍 가까워졌다고 나는 생각했다. 하지만 타인과 함께 공간에 존재하는 한 다 몰아 내쉬지 못하는 숨이란 건 언제나 존재하는 법이다. 나는 남자가 주방으로 간 사이 여남은 숨을 털어내며 앉은 반경에도 조금도 벗어나지 않은 채로 착한 아이처럼 남자를 기다렸다. 그는 맥주캔 서너 개와 안주를 들고 다시 거실로 돌아와 소파에 파묻히듯 앉았다. 여전히 건조한 얼굴과 몸짓이었지만 소파에 파묻혀 있는 그가 어린 소년 같다는 생각이 들었다. 어쩌면 그의 몸과 피부, 핏줄 그 모든 게 그는 이미 슬픔이 되어 버린지도 몰랐다. 그 자체가 이미 슬픔이어서, 그는 더 이상 슬퍼할 수 없는지도 모른다.

　다시 남자는 소리도 표정도 삼킨 듯이 침묵했다. 그러니까 역시, 그와 나의 관계는 그렇게 규정될 수밖에 없는 것이었다. 슬픔을 관음하는 자와 관음당하는 자. 조용한 거실에는 맥주가 목으로 넘어가는 소리와 맥주 내음이 약하게 부유했다. 나는 발끝을 시선으로 따라 그리며 침묵을 안주 삼아 맥주를 삼켰다. 문득 고개를 들어보니 남자는 두 캔째에 얼굴이 불콰하게 달아올라 있었다. 지난날을 멍에를 지듯 살다가 슬픔마저 잃어버린 남자가 술이 약하다니. 아이러니했다. 열한 살의 그 소년이 바알개진 얼굴로 앉아 있는 것 같아 웃음이 슬쩍 비져나왔다. 남자는 맥주를 마시다 말고 의아한 표정으로 나를 쳐다보았다.
　"술이 약한가봐요. 뭔가 안 어울리는 것 같아요."
　남자는 얼핏 웃는 것같이 보였다. 착각일지도 모르는 그 표정이란 게 마치 구원처럼 느껴졌다. 나도 모르게 남자의 곁으로 다가갔다. 살갗이라기보단 가죽처럼 느껴지는 그의 얼굴에 손을 가져다 댔다. 분명 이미 나는 남자를 사랑하고 있었지만 그 동작은 남자를 향한 동작이었다기보다는 어떤 피조물을 촉감으로 감상하는 기분이었다. 남자는 고요하게 데워졌다. 주변의 공기들도 달궈졌다. 남자의 자연스럽게 다음 동작을, 그리고 나는 자연스럽게 그 동작을 이어갔다. 어쩌면 이 순간을 위해 슬픔의 밤을 지나왔는지도 모르겠다고 생각했다. 남자는 내 위에서 절정을 맞았다. 그 절정에서 남자의 땀인지, 남자도 모르게 나온 눈물인지도 모를 물 한 방울이 내 뺨 위에 톡, 하고 떨어졌다. 그것이 톡, 하고 떨어지던 순간에 나는 영영 남자에게 가 닿지 못하리라는 생각을 했다.

　방안으로 스미는 푸른 어둠에 방 전체가 잠겨있었다. 창밖도, 방안도 창백하게 찰랑이고 있는 듯했다. 그 안에 누구보다도 슬픔을 소중히 여기던 소년이 등을 돌리고 잠들어 있다. 열한 살에 이미, 세상이 시시하다는 것을 알아버린 소년은 한치도 자라지 못한 채로 웅크려있다. 한때는 뜨겁게 사랑해서 새벽의 도피도 마지않고 함께 살기 시작했던 소년의 어머니는 다시 사랑을 찾아 떠나고 사랑을 잃은 소년의 아버지는 술독이 되었다. 술독이 된 소년의 아버지는 처음에는 어머니가 그리워 우는 소년을 매섭게 때렸고 나중에는 한 계절이 가고 다른 계절이 오듯이 소년에게 손을 댔다. 눈물을 흘리거나 슬퍼하는 모습을 보이면 열 대면 끝날 아버지의 관성의 시간이 두세 배로 늘어난다는 것을 알게된 소년은 더 이상 남 앞에서 울지 않았다. 우는 모습이 어머니를 닮았다는 건 나중에야 알게 된 사실이었다. 하지만 이미 그때는 소년은 아무런 감정을 느끼지 못하게 된 후였다. 어른들이 갈수록 괴팍해지기만 하고, 삶을 제대로 느끼지 못하는 것은 진심으로 슬퍼할 줄 모르기 때문이라는 것을 소년은 알았다. 소년은 아버지가 되고 싶지 않았고 그렇다고 어머니가 되고 싶지도 않았서 소년은 아버지가 잠든 새벽 두 시면 늦쳐두었던 슬픔을 꺼내고 울었다. 울음들이 온몸을 할퀴면서 지나고 나면 소년은 말개졌다. 그러나 소년의 어머니가 찾아온 날, 차마 남자는 더 이상 울 수 없게 되었다.

슬픔의 밤에 놓이고, 스쳐 지나고, 멀어진 말들이 남자의 등으로 흐르고 있었다. 그것들은 줄을 지어서 스스스스 소리를 내며 흘러 다녔다. 홀로 소리를 내고 진동을 가진 말들을 더듬듯 나는 남자의 등에 손을 얹었다. 그것들을 아무리 읽어내도 그것들은 내게로 건너오지 않았다. 이제 다시는 남자를 보지 못하리라는 예감이 등 뒤를 타고 흘렀다.

휴대전화에는 부재중 전화 4통이 남겨져 있었다. 3통은 기현의 전화, 1통은 엄마의 전화였다. 이제 어디로 가야 할지 알지 못하는 채로 나는 휴대전화를 손에 꼭 쥐었다. 내가 남자에게 판 것은 진정 슬픔이었을까. 나는 진짜 슬퍼할 수 있는 걸까. 창밖은 서서히 빛이 어둠으로 스며 짙푸르게 빛나고 있었다. 새벽인지, 저녁인지도 분간할 수 없었다. 여전히 발끝부터 밀어 올리면 나는 금방이라도 울음이 터져 나올 것 같은 기분이었지만 그것이 진정한 슬픔인지는 알 수 없었다. 알 수 있는 것은 아무것도 없었다. 저녁인지, 새벽인지, 그가 슬픔인지 내가 슬픔인지 슬픈 것이 나은지 슬프지 못하는 것이 나은지.

나는 조용히 남자의 집을 빠져나왔다. 남자는 미동 없이 고요하게 잠들어 있었다. 후에 대해서 아무것도 생각나지 않았다. 밀려오는 공기는 다만 스스스하고 진동을 가진 채 스쳐 지나갔다.

글을 쓴다는 것은 나도 미처 헤아리지 못한 어린 시절의 어느 찰나부터 가만가만히 자라온 꿈인 것 같다. 대여섯 살부터 동화책을 한가득 쌓아놓고 달뜬 가슴을 억누르며 이야기 속으로 빠져들던 때부터 언젠가는, 사람들 마음에 자욱을 남기는 그런 글을 쓰고 싶다는 생각을 했었다. 그 열망이 기울지 않는 달처럼 차고 차올라 어느 정도 자란 후부터는 모른 척 할 수 없는 꿈이 되어 오래도록 나를 괴롭혔다. 글을 쓰고 싶어 마음은 늘 들썩였지만 마음처럼 잘 써지지 않았고, 꿈에 매달리자니 나는 간도 작고 그 외에도 지고 가야 할 일상들은 무겁기도 소중하기도 한 그저 그런 사람에 불과해서였다.

그래도 놓지도 못하고 써왔다. 덕분에 마침내 차마 기대도 못했던 당선이라는 큰 기쁨을 마주하게 되었다. 먼 날을 바라고 써왔기에 아직은 여전히 너무 부족한 솜씨지만 너무도 감사하게 당선이라는 소식을 접하게 된 것이다.

확정 전화가 오기 전 잠시 내 인적사항을 묻는 전화가 주말에 왔다. 그 전화가 왔다는 사실만으로 나는 주말 이틀을 저도 모르게 슬금슬금 부푸는 마음을 억지로 누르며 주말을 보냈다. 섣부르게 기뻐했다간 나중에 그 기대가 빠져나가 버린 자리를 감당할 자신이 없었기 때문이다. 다행히도 월요일에 당선을 알리는 전화를 받았다. 얼떨떨한 기분에 기쁨을 마구 표현하지는 못했지만 그 전화를 이후로 삶이 전과 후로 나뉠 만큼 내게는 뜻깊은 순간이었다. 그렇다고 꿈을 이루었다라고 말할 수는 없을 것이다. 평생에 걸쳐 글을 쓰겠다는 꿈을 이루어갈 그 첫걸음을 이제 내딛게 된 것이라 생각한다.

이제껏 삶은 내게 언제나 지나오고 나서야 뒤돌아보면 그제서야, 안타까움이 섞인 작은 탄성을 내뱉으며 이해하게 되는 것이었다. 시절의 중간에 있을 때는 늘 한참을 모르고 말이다. 그런 안타까움이나 이해들, 혹은 시절 중간의 어리석음 같은 것들도 소설이 되고 보면 그것이 위로가, 살아가는 따뜻함이, 지탱이 되어 좋았다. 수많은 그와 그녀들을, 삶을 긍정할 수 있어서 다행이었다. 그런 소설을 써가고 싶다. 이제 숨을 더 고르고 찬찬히 삶의 결을 훑으며 오래오래, 이 길에서 남아 글을 써갈 수 있기를 진심으로 바라본다.

2017년 제2회 소설 부문 가작

데카르트를 좋아하는 이가 모텔에 갔다

최웅식

온탕 가운데에서 물방울 수십 개가 솟아올랐다. 그것들은 한 곳에 모여 있다가 사방으로 퍼져나갔다. 내 몸으로 다가오는 물살을 봤다. 물방울이 또르르 물살을 타고 굴러와 가슴팍에 부딪친 후 사라졌다. 여자친구가 한 말을 물방울처럼 사라지게 할 수는 없을까.

여자친구는 결혼하자고 했다. 그 말을 받아들인다면 나는 그녀와 더 많은 시간을 보내야 한다. 같이 잠을 자는 시간만 계산해도 내 인생의 대부분을 그녀와 함께 해야 한다는 결론이 나왔다. 결혼하지 않으면 이제 그녀와의 연인 관계를 청산해야 한다. 그녀의 청혼 때문에 나는 목욕탕에서 고민을 하고 있다.

데카르트의 좌표를 떠올렸다. 데카르트는 방안에서 날아다니는 파리를 보다가 좌표라는 개념을 제시했다. 데카르트는 이동하는 파리의 위치를 나타낼 방법을 찾은 것이다. 좌표계의 가로축은 'x'축, 세로축은 'y'축, 두 축이 교차하는 지점을 '원점'이라고 했다. 파리의 위치를 좌표로 표현한 데카르트. 나는 데카르트의 좌표계를 그려놓고 내가 어디로 가야 할지 생각하곤 했다. 결혼을 하게 되면 좌표계를 다시 그려야 한다. 결혼식은 새로운 좌표계의 '원점'이다. 내가 x축이면 그녀는 y축이다. 나는 그녀라는 축 하나를 그릴 준비가 되어 있는가.

내 왼손에는 손목시계 자국이 선명하다. 내 시계는 스위스 시계였는데, 중앙에는 톱니바퀴 두 개가 맞물려 있었고, 톱니바퀴 한가운데는 붉은색을 띤 루비가 박혀있었다. 톱니바퀴 위로 시침, 분침, 초침이 움직였다. 시침과 분침에는 형광물질이 코팅되어 있어 밤에도 잘 보였다. 어머니는 정교하게 시간을 사용하라며 그 시계를 나에게 선물했다.

벽에 시계가 걸려있다. 뿌연 증기 때문에 희미하게 보였다. 벽시계가 보여주는 시간이 정확하다면 34분 후, 위층 찜질방에서 그녀에게 대답을 해 주어야 한다. 내가 선택할 수 있는 답은 두 개밖에 없다. '아니'와 '네'. 내가 네라고 대답하면 그때부터 그녀는 내가 원할 때 같이 잠자리에 들겠다고 했다.

어머니는 J대 철학과 교수였고 아버지는 S대 생물학과 교수였다. 나는 어머니에게 불어를 배웠고 어머니의 친구인 K대 영문과 교수에게 영어를 배웠다. 어머니가 번역한 책을 읽고 나는 어머니와 토론을 해야 했다. 죽음이란 무엇인가, 자유란 무엇인가, 신이란 무엇인가, I.Q란 믿을 만한 것인가, 등의 주제였다. 어머니는 감정을 따르지 말라고 나에게 가르쳤다. 어머니는 불쾌한 일이 생겼을 때 마음이 흔들리면 누구 손해냐고 물었다. 나는 동요되면 동요된 사람의 손해라고, 자신이 해야 할 일에 집중할 수 없어 시간 손해를 본다고 대답했다. 어느 날, 학교로 가는데 이웃집 개가 차에 치어 내 눈앞에서 죽은 일이 있었다. 단지 동물이기 때문에 교통 규칙을 몰라 도로를 가로질러가다가 닥친 우연한 사건이라고 여겼다. 연민이라는 감정에 휩싸일까봐 고개를 돌렸다. 내가 죽은 개 앞에서 머뭇거리면 학교에 도착할 시간이 늦춰질 뿐이었다. 아버지는 방에 틀어박혀 초파리에 관한 연구를 했다. 아버지에게 무슨 연구를 하고 있냐고 물으면 항상 초파리라고 대답했다. 십 년 정도 초파리만 탐구하고 있었다. 아버지는 바깥에 나갔다 오면 손을 꼭 씻으라는 말을 강조했다. 나는 집에 돌아오면 먼저 화장실로 향했다.

나는 온탕에서 나와 의자에 앉았다. 샤워기의 꼭지 부분에 달려 있는 버튼을 누르자 물이 나왔다. 십 초가 지나면 물은 쏟아지지 않을 것이다. 물이 필요한데 물이 나오지 않으면 다시 버튼을 눌러야 했다. 물을 절약하게 된 목욕탕은 어느 정도의 비용을 절감하게 되는 걸까. 하루를 기준으로 하여, 버튼이 있을 때와 버튼이 없을 때의 비용 차이를 수치로 표현하면 얼마가 기록될까.

머리가 반쯤 벗겨진 아저씨가 내 옆구리를 살짝 찔렀다.

"학생, 서로 등 밀어주기 할까?"

"아니요."

아저씨는 때밀이에게 등을 맡긴 적은 없다고 서로 밀어주자고 다시 말했다. 나는 중요한 생각을 하고 있어서 그럴 수 없다고 다시 한 번 거절했다.

여자친구와 결혼을 해야 하는 걸까. 위층에서 기다리는 여자친구에게 어떤 대답을 해주어야 하는 걸까. 그녀는 자판기에서 커피를 뽑아 종이컵을 건네면서 너와 결혼했으면 좋겠다고 했다.

그녀와 모텔에서 자야 하는 걸까. 그녀는 결혼을 하는 것에 동의한다면 그 즉시 같이 자겠다고 나에게 말했다. 모텔비는 자기가 내겠다는 말도 덧붙였다. 그녀와 모텔에 가면 나는 그녀와 결혼을 해야 한다.

나는 데카르트를 떠올렸다. 데카르트는 황제의 대관식을 보고 부대로 복귀하는 도중 겨울철을 맞아 어느 촌락에 머무르게 되었다. 그 촌락에는 마음을 흐트러뜨리게 하는 이야기 상대가 없어 데카르트는 자신의 철학을 찾아가는 일에 골몰할 수 있었다. 데카르트는 온종일 난로 있는 방에 틀어박혀 한가로이 여러 가지 생각에 잠기게 되었고, 그 결과 방법서설을 쓸 수 있었다. 데카르트가 머물렀던 촌락이 나에게는 바로 공중목욕탕이었다.

아저씨는 내 얼굴에 때수건을 들이대면서 같은 말을 반복했다.

"때를 밀어줄 사람은 학생밖에 없는 걸, 학생, 정말, 등 밀어주기 안 할래?"

"네. 하고 싶지 않아요."

머리가 반쯤 벗겨진 그가 자신의 얼굴을 일그러뜨렸다. 그가 인상을 구기는 것은 고집의 결과일 뿐이기에 나는 그에게 미안할 필요가 없었다. 갑자기, '고집과 자꾸 빠지는 머리카락의 상관관계'라는 논문이 있다면 읽어보고 싶다는 생각이 들었다.

온탕 속으로 다시 들어가서 다른 사람이 나의 생각하기를 방해하지 못하게 해야겠다. 온탕 속에서 말을 건네는 사람은 없으니까 탕 안은 혼자 이것저것 생각하기에 안성맞춤의 공간이었다. 온탕 쪽으로 걸어가는 길에 잠을 자고 있는 사람들의 모습이 보였다. 수건으로 자신의 성기를 가린 채 자고 있는 사람들이 있었고 아무것도 가리지 않은 채 자고 있는 사람도 있었다. 한 사람의 성기는 발기되었다. 몸을 수건으로 덮지 않아 천장을 향해 누워 있는 몸을 모두 볼 수 있었다. 성기를 꼿꼿이 세운 그 사람은 십 대로 보였다. 꿈속에서 어떤 여자를 만나 배를 맞대고 있을까.

여자친구의 구애에 대한 나의 대답은 무엇인가. 그녀와의 섹스는 결혼을 하겠다는 동의의 징표이다. 구애한 날, 여자친구는 속눈썹을 바짝 올리고 아이라인을 그렸다. 진하게 화장한 그녀를 본 적이 없었던 나는 그녀의 새로운 얼굴이 나의 시선을 끌기 위한 거냐고 물었다. 여자친구는 내 말에 고개를 젖히며 웃었다. 위층 찜질방에서 나를 기다리고 있는 그녀는 화장을 지웠을까. 우리는 캔을 따고 맥주를 마실 거다. 그런 다음 그녀의 요청을 받아들인다면 나는 모텔로 가야 한다.

기말고사 시험이 다가오자 형이상학 수업을 종종 빠졌던 그녀는 나의 노트를 빌리자며 전화를 했다. 나는 노트가 없었기 때문에 그녀의 부탁을 들어줄 수 없었다. 어머니는 노트를 사용하지 말라고 했다. 머릿속에 있는 지식이 참된 지식인데, 노트에 적다보면 기록만 남을 뿐 머릿속에 들어간 정보는 사라진다는 것이다. 수업시간에는 듣기만 하고 강의가 끝나면 분량을 정해 교재를 요약하라는 게 어머니의 가르침이었다. A급 성적 장학생인 이유가 요약에 있었던 거냐고 그녀는 물었고, 나는 그렇다고 대답했다. 그녀는 그 말을 들은 후 수업 교재였던 데카르트의 방법서설을 읽은 후 자신이 한 요약문을 보여주었다. 그녀는 맥을 놓치지 않았고, 중요한 것과 중요하지 않은 것을 분별했다. 어머니는 방법서설 중에 5부, 6부를 제외하고 1부에서 4부까지는 외우라고 했다. 나는 외우려고 했지만 다 외울 수 없었다. 데카르트가 말하려는 논리적 흐름만 기억할 뿐이었다. 그녀의 요약문은 내 머릿속에 있는 방법서설의 맥락을 정확하게 짚고 있었다.

나는 그녀를 생각하며 종종 자위를 했다. 그녀가 나의 여자친구여서 그녀의 얼굴이 다른 여자보다 빨리 떠올랐기 때문이다. 고환에 들어 있는 정액은 어떻게든 배출해야 한다. 이 생리적인 현상은 상당히 신경이 쓰이는 일이라서 나는 내 성기를 버리고 싶었다. 버릴 수 없어서 정액이 고일 즈음 나는 기계적으로 손을 성기에 갖다 댔다.

데카르트를 죽음으로 몰고 간 여왕이 생각났다. 데카르트는 여왕의 과외 교사였다. 크리스티나의 궁에서 데카르트는 새벽에 그녀에게 철학을 가르쳤다. 감기에 걸려도 데카르트는 수업을 포기하지 않았고 결국 폐렴으로 죽었다. 데카르트는 이성의 능력을 칭송했다. 그는 "나는 생각한다, 고로 존재한다."라는 유명한 명제를 남기기도 했다. 그런데 납득하기 어려운 점이 있다. 독감에 걸렸는데, 데카르트는 여왕에게 철학을 가르치는 것을 포기하지 않았다. 이성의 잣대로 볼 때 심한 감기에 걸리면 철학 수업을 잠시 보류했어야 했다. 왜 데카르트는 자신을 궁으로 데려가려고 여왕이 보낸 마차를 타야 했을까. 나는 데카르트의 죽음만큼은 이해할 수 없었다.

수학을 좋아해서 이학부에 입학한 나는 철학을 복수 전공했다. 철학을 복수 전공한 것은 철학과 교수인 어머니의 영향 때문이다. 근대철학을 들은 후 자판기에서 커피를 뽑아 종이컵을 들고 있는 나에게 그녀가 말을 건넸다.

"다른 과 학생이 왜 철학을 공부하세요?"

"어머니가 철학과 교수인데요. 어렸을 때부터 어머니와 철학 공부를 많이 해서 철학 수업을 듣지 않으면 허전하거든요."

하늘에서 빗방울이 떨어지고 있었다. 비가 내리 꽂힐 때마다 바닥에 고인 물에 둥그런 파장이 일어났다. 비가 내리면 원들이 생겼다가 사라지곤 했다.

"무슨 생각을 하세요?"

"동심원요."

그녀가 허리를 숙이고 종이컵을 꺼낼 때, 그녀의 젖가슴이 보였다. 그녀는 커다란 원을 갖고 있었다.

그녀는 지금 열 개의 과외를 하고 있어 자신이 하고 싶은 공부를 할 시간이 부족했다. 나와 결혼한다면 우리집의 도움을 받을 수 있기 때문에 공부할 수 있는 시간을 충분히 확보할 수 있다는 것이 결혼을 원하는 제일 중요한 이유였다. 가진 자의 환경에서 공부를 해보는 것이 꿈이라고 했다. 열 개의 과외를 하면서 C급 성적장학금을 받는 여자친구에게 믿음이 가서 나는 좀 더 생각해본 후에 답변하겠다고 했다.

내가 A급 성적장학금을 받는 것은 부모덕이라는 그녀의 말은 일리가 있다. 나는 교수 집안에서 태어나, 어렸을 때부터 어머니에게 일대일로 철학 레슨까지 받았다. 그녀의 아버지는 택시기사였고 집안 형편이 풍족한 편은 아니라서 그녀는 뛰어난 강사에게 과외 교육을 받은 적이 없었다. 재수를 하며 고군분투해서 S대 철학과에 들어왔다고 했다. 그녀는 나를 부러워했다.

우리가 선택할 수 있는 것이 있고 선택할 수 없는 것이 있다. 부모를 떠나서 사는 건 선택할 수 있지만 자식이 부모를 선택할 수는 없다. 내 집에서 태어난 것은 나의 선택이 아니다. 그러므로 그녀에게 어떤 동정도 느낄 필요는 없다. 아이가 부모를 선택해서 태어날 수 있는 거라면 그녀는 내 부모를 선택했을 것이다.

그녀는 나하고 모텔로 가기 전에 술을 제법 많이 마셔보 겠다고 했다. 그녀는 술의 힘을 빌려 내 몸에 안길 것이다. 자신의 가슴이 C컵이기 때문에 기대하라고 했다. 콘돔을 쓰는 법을 미리 배우라는 말도 덧붙였다. 나는 그녀의 생 각을 받아들여야 할까.

사실, 이성적으로 볼 때 여자의 C컵은 중요한 것이 아니 다. 나에게 여자의 가슴이란 도표에 그려진 큰 원, 작은 원 같은 도형일 뿐이다. 육체적 조건만 본다면, 그녀가 언급 한 젖가슴에 끌리지 않으므로 그녀의 청혼을 거절해야 한 다. 그런데 그녀의 벗은 몸이 이상하게 눈앞에서 아른거렸 다.

나는 그녀와 함께 삼촌의 입관식에 갔다. 삼촌을 생각하 면 운전대가 함께 떠올랐다. 아버지와 어머니, 나, 삼촌은 노르웨이로 여행을 갔다. 호텔에서 아버지와 어머니가 쉬 고 있을 때 삼촌은 아름다운 계곡을 보여주겠다며 나를 데 리고 산으로 갔다. 차가 산의 중턱으로 진입했다. 삼촌은 나에게 차를 운전해 보겠냐고 물었고 나는 고개를 끄덕거 렸다. 나는 삼촌의 허벅지에 앉아 운전대를 잡았다. 뒤에 삼촌이 있어서 삼촌이 마음만 먹으면 운전대에 손을 뻗을 수 있기 때문에 나는 운전대를 돌렸다. 길이 직선으로 되 어 있어 시야가 탁 트여 있었다. 차는 비뚤비뚤 중앙선을 침범했다. 곡선으로 뻗어가는 길이 눈앞으로 튀어나오자 나는 운전대를 삼촌에게 돌려주어야 한다는 생각을 했다.

저만치 우리 차 쪽으로 다가오는 차가 보였다. 삼촌은 운전대를 잡아 오른쪽으로 꺾었다. 내 심장 뛰는 소리가 귀에 들렸고 내 손바닥에 땀이 맺혔다. 그날, 어머니는 삼촌에게 혹독하게 꾸중했다. 예측할 수 있는 범위에서만 행동하라고 가르치고 있는데 자신의 교육 방침을 훼손했다는 것이다. 나는 삼촌과 가깝게 지낼 수 없었다.

삼촌은 뇌출혈로 갑자기 쓰러졌다. 예상하지 못한 죽음이었다. 아버지와 어머니는 벨기에에 있었기 때문에 나는 혼자 그 소식을 들었다. 부모님이 집으로 전화를 해야만 나는 삼촌의 부고를 전달할 수 있었다. 외국 여행을 가면 부모님은 고국으로 돌아오는 날에만 전화를 하기 때문에 여행이 끝나는 날에 부모님은 삼촌이 죽었다는 사실을 알 수 있을 것이다. 나는 여자친구에게 전화를 했다. 운전대에 관한 기억을 말해 주었다. 여자친구가 시체를 보고 싶다고 해서 나는 삼촌의 입관식에 참관하기로 했다. 나는 병원의 위치를 외숙모에게 물었다.

두 사람이 시체 보관함에서 삼촌의 시신을 꺼내 탁자에 올려놓았다. 염습사가 실오라기 하나 걸치지 않은 삼촌의 몸을 수건으로 닦고 손톱과 발톱을 깎았다. 그것을 주머니에 넣고는 엄지손가락과 엄지발가락에 주머니를 묶어놓았다. 그러고는 수의를 입혔다. 사람들의 곡소리가 점차 잦아들었다. 스님의 염불 소리가 커지자 사람들의 곡하는 소리도 다시 커졌다. 염습사가 가족을 불렀다. 외숙모와 삼촌의 아들, 딸이 먼저 삼촌의 입에 쌀을 넣었다. 그 뒤로 친척들이 줄을 섰다. 눈을 감고 있는 삼촌의 입을 염습사가 벌렸다. 내가 쌀을 입안에 넣었을 때, 삼촌의 입술과 이빨이 선명하게 보였다. 입관식에 참가한 사람들 대부분은 울었는데, 나는 울지 않았다. 나는 다른 사람들처럼 곡도 할 수 없었다. 나에게 운전대를 잡게 했던 삼촌이 떠올랐을 뿐이다. 손가락 하나 까닥할 수 없는 손은 이제 핸들도 잡을 수 없을 것이다. 여행을 좋아했던 삼촌이 더 이상 여행을 할 수 없게 되었다. 염습사는 삼촌의 몸을 삼베로 묶고는 열십자 모양으로 열두 개의 매듭을 만들었다. 몇 사람이 삼촌을 들어 올려 관에 넣었다. 묶인 매듭을 열 두 명이 풀자 염습사가 말했다.

"이제 마지막입니다."

외숙모는 울었고, 몇 사람들은 다시 곡을 했다. 관에 자기가 사온 부적들을 다 넣어야 한다며 관 뚜껑을 잡고는 관 뚜껑이 닫히는 것을 막는 사람이 있었다. 관 뚜껑이 덮여 사람들은 삼촌을 더 이상 볼 수 없었다.

나는 아침 식사를 하러 갔다. 사람들이 아버지와 이미니는 오지 않는 거냐며 나에게 물었을 때 나는 아무 답변도 하지 않고 조용히 죽만 먹었다. 내가 죽 한 그릇을 깔끔히 비우자 여자친구는 말했다.

"그게 넘어가?"

"응."

"너의 삼촌인데, 슬프지 않아?"

"글쎄, 손을 씻어야겠어."

"손?"

"너도 손을 꼭 씻어."

다른 사람들의 귀에 들리지 않게 나는 속삭였다. 나는 일어서서 화장실로 갔다. 장례식장을 빠져나오자 그녀는 물었다.

"무슨 생각을 해?"

"운전대."

"운전대?"

"……"

내가 입관식에 참가한 이유들 중에 하나는 그녀의 요구를 들어주고 싶어서였다. 전에, 그녀는 시체를 보며 죽음에 대해서 생각하고 싶다고 말한 적이 있었다. 그녀가 생각하는 죽음이 무엇이냐고 물어보려고 계획했지만 삼촌의 시신을 본 후 이상하게도 그녀가 생각하는 죽음에 대해 묻고 싶지 않았다. 나는 더 이상 먹지 못하는 삼촌의 입에 쌀을 넣는 게 정확하게 무슨 의미인지 궁금했다. 데카르트는 죽은 삼촌을 보고 생각하지 못하는 사람으로 여겼을 것이다. 사람들이 죽은 삼촌의 입에 생쌀을 떨어뜨리는 행위를 이해할 수 없을 것이다.

찜질방으로 올라갔다. 그녀는 의자에 앉아 마사지를 받고 있었다. 기계가 움직이며 등을 두드리자 그녀의 상체가 앞으로 나왔다. 그녀가 내민 가슴이 눈에 들어왔다. 젖가슴은 여자 신체의 특이한 점인데, 나와는 다른 여자친구의 신체가 궁금했다. 여자친구의 나체를 보고 싶기는 하다. 그러나 결혼을 약속하고 성관계를 한다는 것에는 그다지 끌리지 않는다. 어머니의 철저한 교육의 성과인가. 나는 온탕 속에 있는 내내 그녀와 자는 일로 어떤 일이 파생될지 면밀히 따져보았다. 이성적인 행동을 하지 않는 것은 철학을 공부하는 사람이 피해야 할 일이라고 어머니는 말했다. 이성의 힘으로 살아가야 한다는 것이 어머니의 지론이었다.

그녀의 허벅다리에 있는 실핏줄이 눈에 띄었다. 허벅지를 자세히 들여다보자 파란 실핏줄이 도드라져 보였다. 실핏줄이 터져 멍이 든 자국처럼 보이는 검은 부분도 있었다. 근육으로 탄탄한, 그녀의 다리는 인상적이었다. 많이 걷고 뛰는 모양인지 그녀의 하체는 튼튼했다.

"내 다리를 왜 그렇게 보고 있어?"

"파란 실핏줄이 도드라지게 보여서."

"맥주 마시러 갈까?"

"응."

어머니는 술이 인간의 지성을 마비시키기 때문에 경계하라고 했다. 이성의 힘을 흔들어놓는 음료를 마시는 것은 데카르트를 좋아하는 사람이 해서는 안 될 일이었다. 나는 맥주를 두 잔 넘게 마시면 머리가 흐릿해지므로 한 잔만 천천히 먹을 작정이었다.

그녀는 내가 교수 집안의 독자이니 부모님이 확실하게 밀어줄 거라고 확신했다. 네 집의 힘을 빌리고 싶기 때문에 너와 사귀고 싶다고 했다. 나는 솔직한 그녀가 마음에 들어 고개를 끄덕거렸다. 그녀와 사귀게 된 뒤 용돈을 받는 날, 나는 그녀에게 책 이십 권을 선물했다. 선물한 책 중에는 어머니가 번역한 프랑스 고교철학 책도 포함되어 있었다.

그녀는 맥주를 한 잔 따라 주었고, 나도 그녀에게 맥주를 따라 주었다. 술이 들어가니 나른해졌다.

"나는 보봐르를 공부하고 싶어. 제 이의 성을 쓴 보봐르. 그리고 그녀가 추구한 계약결혼도 궁금해."

"계약결혼?"

"아직 그들의 사랑을 정리하지 못해서 확실히 설명할 수는 없어. 연구해 볼래?"

"계약결혼을 연구해 보라고?"

"응. 그들이 추구한 사랑은 연구해 볼 가치가 있어. 외국에 가서 칸트를 전공하고 보봐르는 개인적으로 공부하고 싶어. 우리가 결혼한다면 나는 공부에만 전념할 수 있겠지. 난 나중에 철학교수가 되고 싶은데, 그렇게 될 수 있을까?"

"그렇게 될 가능성은 얼마든지 있지만."

"가능성을 실현시킬 수 있을까?"

"잘 생각해 보면 답이 나오겠지."

모텔비를 여자친구가 냈다. 나는 약간 몽롱했다. 맥주 두 잔을 훌쩍 넘긴 탓이었다. 여자친구는 팝콘을 갖고 와서 우적우적 씹었다. 우리는 엘리베이터를 타고 삼층으로 올라갔다. 엘리베이터 천장에는 소행성이 빛을 뿜어대고 있었다. 나는 그녀와 잘지 말지 아직 결정하지 못했다. 방에 들어가서 그녀와 대화를 하다 보면 어떤 확실한 결심을 할 수 있을까. 성관계를 갖지 않고 그녀와 잘 수도 있겠지만 그녀가 만약 적극적으로 섹스를 원한다면 나는 뿌리칠 수 있을까.

여자친구는 301이라는 번호가 적혀 있는 키를 쥐고 있었다. 엘리베이터에 네모난 상자가 부착되어 있었다. 키를 담는 곳인 모양이었다. 그녀는 상자를 가리키며, 아침에 일어나서 모텔 주인과 마주치기를 꺼려하는 손님들이 있어 설치해놓은 것이라고 했다. 많이 아는 것으로 보아 전에도 와본 적이 있는 게 틀림없다. 보봐르처럼 자유로운 성생활을 즐겼을 가능성도 있었다. 나와 결혼을 한 뒤에도 그녀는 다른 남자를 만날 수 있을 것이다. 그녀가 생각하는 결혼이 무엇인지, 단 한 번도 그 점에 대해서 나는 물어보지 않았다.

복도의 벽에는 어떤 소녀가 그려져 있었다. 가방을 멘 발랄해 보이는 소녀가 나를 쳐다보고 있었다. 날씬한 여자애가 반바지를 입은 채 두 갈래로 땋은 머리를 흔들어대며 쉿, 하는 입술 모양을 짓고 있었다. 쉿, 모텔에서의 하룻밤을 표현하면 쉿, 인가.

여자친구가 문에 키를 꽂고 문을 열었다. 방으로 들어가기 전에 키를 네모난 곳에 꽂았다. 여자친구가 먼저 씻겠다며 옷을 벗고 화장실로 들어갔다. 나는 의자에 앉아 두 손으로 머리를 눌렀다. 손을 씻어야 하는 것은 알겠는데, 그 이후 무슨 행동을 해야 하는 걸까. 여기까지 왔는데 옷을 벗어야 하는 걸까.

김승옥의 무진기행을 읽은 후, 남녀가 처음 만나서 성관계를 갖는 것이 가능하냐고 어머니에게 물은 적이 있다. 어머니는 소설을 읽지 말라고 했다. 소설은 이성을 마비시키는 힘이 있다는 것이었다. 데카르트의 방법서설을 다시 읽으라고 지시했다. 사랑도 이성적으로 하라고 어머니는 이해할 수 없는 이야기를 덧붙였다. 이성적으로 사랑한다는 게 뭐냐고 묻자, 어머니는 데카르트의 방법서설을 외우다시피 읽으라고 말했다. 나는 데카르트의 방법서설을 읽고 또 읽었지만 이성적으로 사랑하라는 말의 의미를 알 수 없었다.

어머니는 내가 철학과에 입학하기를 바랐다. 하지만 나는 어머니에게 이학부에 입학하고 싶다고 했다. 학자가 하는 사색이 상식에서 벗어날 때 학자들은 기교를 부리고 그 기교는 단지 허영심을 만족시키는 것밖에 아무런 쓸모가 없다고 한 데카르트의 말을 인용하고는 내가 철학서들을 읽어보니 저자들의 허영심이 보인다고 말했다. 학교를 버리고, 선생을 버리고, 나 자신을 연구하는 것이 방법서설을 읽고 터득한 일이라고, 나는 내 내면을 탐구한 결과 철학자보다는 수학자가 되고 싶다고 했다. 부모를 배신하는 것이 데카르트를 진정 좋아하는 사람이 할 일이라고 말했을 때, 어머니는 한참을 침묵한 끝에 알았다고 했다. 아버지는 어머니의 눈치를 보면서 그래도 데카르트를 계속 공부해보라고 했다. 아버지는 어디 갔다 오면 손은 꼭 씻으라는 말을 덧붙이고는 초파리를 연구하기 위해 초파리 연구실이라는 이름을 붙인 방으로 들어갔다.

나는 피곤해서 잠을 자고 싶었다. 나는 그녀와 성관계를 하지 말아야겠다고 결심했다. 술을 먹어서 최선의 선택을 내릴 수 없는 상태였기 때문이다. 손목시계를 풀었다. 나는 의자에 앉아 내 관자놀이를 꾹 눌렀다. 속옷만 입은 여자친구가 화장실에서 나왔다. 그녀가 내 맞은편에 앉아 가슴을 자신의 손으로 받치자 가슴이 위로 쑤욱 올라갔다. 그녀는 탁자 위에 자신의 가슴을 올려놓고는 나를 쳐다봤다. 나는 둥그런, 큰 두 개의 원이 내 코앞에서 출렁이고 있을 뿐이라고 애써 마음속으로 외쳤다. 그녀의 가슴이 흔들거리자 나는 슈퍼에서 파는 수박을 떠올렸다. 나는 벌떡 일어나 침대로 가서 이불 안으로 들어갔다. 그녀의 가슴에 현혹될까봐 눈을 감았다. 벌거벗은 여자친구가 이불 속으로 들어왔다.

"안 씻어?"

"지금 상태로는 좋은 결론을 내릴 수 없어. 난 그냥 자야겠어."

나른하고 피곤해서 잠이 금방 찾아왔다. 아랫도리가 팽팽하게 부풀어 오르는 것을 느꼈다. 누군가가 팬티 속에서 내 성기를 만지작거리고 있었는데, 내 성기를 만지작거리는 것은 분명 내 손이 아니었다. 여자친구가 말했다.

"커졌어. 하고 싶지 않아?"

"엄연히 성폭행이야."

그녀는 내 팬티에서 손을 빼지 않았다. 팬티를 무릎까지 내리고는 이불 속에서 내 하체를 바라봤다. 그녀는 입으로 내 성기를 빨고는 콘돔을 씌웠다. 하체에서 퍼져가는 야릇한 기분 때문에 나도 모르게 신음이 흘러나왔다. 데카르트의 방법서설의 내용을 떠올리려 했지만 기억이 나지 않았다. 그녀는 내 성기를 꼭 쥐더니 자신의 몸 안으로 넣었다. 그녀는 허리를 아래위로 움직였다. 그녀가 콘돔을 벗겨버려서 놀랐지만 나는 그녀의 몸을 밀어낼 수 없었다.

나는 그녀보다 빨리 일어났다. 방에는 창문 두 개가 있었지만 검은 커튼이 쳐져있어 빛이 잘 들어오지 않아 어두침침했다. 나는 휴대전화기가 내는 빛으로 내 속옷을 찾았다. 옷장에서 옷을 꺼내 입었다. 조심스럽게 움직였지만 그녀를 깨울 수 있는 소리가 방안에서 울려 퍼졌다. 다행히 그녀는 깨어나지 않았다. 그녀는 깊은 잠에 빠진 모양인지 아무런 반응이 없었다. 손목시계는 테이블에 놓여있었다. 어둠이 깔려있어도 잘 보이는 내 손목시계를 집어 바지 주머니에 넣었다. 나는 되도록 조용하게 문을 열고 복도로 나갔다. 내 휴대전화기가 보여준 시간은 새벽이었지만 모텔은 컴컴해서 '밤'을 벗어나지 못하고 있었다.

나는 찬 기운을 맞으며 모텔을 벗어났다. 모텔 앞에서 과일을 사라고 확성기로 소리를 지르는 사람이 있었다. 여자친구는 그 소리에도 깨지 않을 것이다. 그녀는 너무 많은 술을 마셨다. 적절하게 통제하고 싶었지만 나도 내가 정한 술의 양을 초과해 먹고 말았다.

바지 주머니에 있는 손목시계를 꺼내 찼다. 6시 38분이다. 그만그만한 거리들을 헤매고 다니다가 버스 정류장에 줄지어 서 있는 사람들을 보았다. 버스가 연이어 도착했다. 어떤 사내가 보던 신문을 돌돌 말아 휴지통에 집어넣고 뒤에 있는 버스로 뛰어갔다. 나는 먼저 도착한 버스를 탔다. 뒷좌석에 앉아 내 지갑을 열었다. 지갑에 꽂은, 작은 메모지를 꺼내고 재킷 안주머니에 매달려 있는 볼펜을 꼬집어내었다. 여자친구와 결혼, 이라는 말을 적었다. 정사는 했지만 그녀와의 성행위로 계약이 성립되지 않는다. 나는 분명 거절한다는 의사를 표명했다. 그녀와 자서 그녀와 더욱 가까워졌다는 생각이 든다. 그러나 그건 분명 육체가 만들어내는 착각일 뿐이다. 모텔에서의 일을 잊어야 한다. 이성의 잣대로 자신이 살아가는 최선의 방법을 선택해야 한다. 데카르트의 표현을 빌자면 철학적 방법론을 세우기 위해 혼자만의 여행을 떠나야 한다.

바깥은 온통 아파트 천지다. 버스는 아파트 주위를 빙빙 돌다가 단지 앞에서 멈췄다. 사람들이 너무 많이 타서 나는 버스에서 내려 또 다른 버스에 올라탔다. 고요한 곳에서 그럴싸한 풍경, 내 시선을 사로잡는 풍경을 보고 싶었다. 대여섯 명이 탄 버스 325번을 탔다. 좌석에 앉아 바깥을 쳐다보았다. 나무들이 많이 보였다. 사람들이 점점 보이지 않는 곳으로 버스는 달렸다. 생각하기 좋은 여건이지만 생각하는 것을 보류하기로 했다. 창문을 열고 크게 숨을 들이마셨다. 공기에 실려 오는, 나무들의 냄새에는 뭔가 감미로운 것이 섞여 있는 듯했다.

대학교 때 나는 철학을 복수 전공했다. 형이상학이라는 과목을 수강했는데, 그때 나는 데카르트의 방법서설 4부를 발표했다. 발표문을 보면서 발표했는데, 선생님이 보지 말고 발표를 다시 해 보라고 했다. 나는 다시 내 머릿속에 있는, 데카르트의 방법서설 4부를 떠올리며 발표를 했다. 그 수업 덕분에 20년이 지났지만 데카르트의 방법서설 일부를 말할 수 있다.

소설을 쓸 때 많이 사용하는 방식을 나는 잘 따르지 않는 편이다. 그러한 방식을 안 따르는 소설을 만났을 때 나는 즐거웠기 때문이다. 밀란 쿤데라의 '참을 수 없는 존재의 가벼움'과 알랭드 보통의 '왜 나는 너를 사랑하는가'를 읽었을 때 신선했다.

철학과 문학이 만나는 지점을 생각하며 이 소설을 썼던 것 같다. 당선되었다고 연락을 받으니 기쁘다. 아내는 네 살이 된 딸에게 아빠가, 당선되었다고 하자 숨결이는 당선, 그게 뭐냐고 했다. 좋은 장면이다. 고마움을 전해야 할 사람은 많지만 특히 두 분이 떠오른다. 나에게 형이상학을 가르쳐주신 남기영 선생님, 내 소설을 읽고 칭찬과 좋은 조언을 해 주신 정지아 선생님께 감사하다는 마음을 전하고 싶다.

작품을 발표할 기회를 준 직장인신춘문예 관계자분들에게도 감사하다는 말을 하고 싶다.

　많은 작품이 응모되었고, 예심을 거쳐 본심에 올라온 작품의 수도 20편이 넘었다. 조금이라도 가능성이 있는 작품은 모두 한 번 기회를 주자는 뜻일 것이다. 그 가운데 최종적으로 골라낸 작품은 「청담 근린고시원」, 「선택받은 남자들」, 「데카르트를 좋아하는 이가 모텔에 갔다」, 「슬픔을 팝니다」였다. 네 작품 모두 특색이 있다.

　「청담 근린고시원」은 제목이 말하듯 서울 어느 고시촌에 모인 사람들의 이야기다. 1970년 「삼포가는 길」의 주인공들이 길 위에서 만나서 길 위에서 흩어진다면 이 소설의 주인공들은 도시의 밀려난 고시원에서 만난다. 설정은 좋았으나 문장도 거칠고 결말에 파국으로 이끌어가는 솜씨도 거칠다.

　「선택받은 남자들」은 외도를 하러 나온 여자가 모텔에서 사망하고, 현장에 출동한 형사 역시 부인이 바람나 집을 나갔다. 이야기는 흥미롭게 진행되는데 사건도 심리도 너무 스토리텔링 중심이라 다 읽고 났을 때 소설을 다시 복기하는 재미가 없다. 너무 설명적이다.

　「데카르트를 좋아하는 이가 모텔에 갔다」도 재미있는 작품이다. 여자친구가 청혼했다. 받아들이면 그때부터 그녀는 남자가 원할 때마다 잠자리를 같이 하겠다고 한다. 어떻게 해야 할지 함께 들어간 찜질방의 목욕탕에서 데카르트를 통해 풀어내는 삶의 좌표와 작가의 사변이 작품을 읽는 재미를 더하게 한다. 그러나 진지함과 치밀함에서 밀린다. 이 작품을 가작으로 올린다.

당선작 「슬픔을 팝니다」는 말 그대로 누구에겐가 자신의 슬픈 감정을 파는 이야기다. 설정도 재미있고, 슬픔을 사고파는 사람의 만남과 이야기도 진지하다. 슬픔의 근원에 대한 삶의 사유가 잘 녹아 있다. 치밀한 문장으로 소재와 이야기를 잘 장악하고 있다. 훌륭한 신인의 탄생을 함께하는 기쁨이 크다. 지금의 시작처럼 부디 바르게 자신의 세계를 잘 펼쳐나가길 바란다.

아울러 모든 응모자들의 정진과 훗날의 행운을 기원한다.

— 심사위원 : 이순원 문흥술

헛기침

김만년

밤이 이슥해지자 상을 차리고 제향을 사른다. 아버지 생전에 하신대로 열을 맞추어 음식을 진설하고 정성을 들여 잔을 올린다. 늘 아버지 옆자리에서 지켜만 보다가 오늘은 내가 제주祭主가 되어 처음으로 아버지를 뵙는 것이다. 종헌終獻이 끝나고 긴 부복의 시간을 가졌다. 아버지 생전의 나날들이 아리게 스쳐간다. 묵배 끝에 일어설 무렵 아이들이 뒤에서 '킥킥' 웃는다. 이유인즉 내가 할아버지 헛기침 흉내를 내더라는 것이다. 어색하다며 아내도 아이들을 거든다. 그런가 싶기도 해 뒷머리를 긁적인다.

지금은 멀어져간 풍습이지만 삼십여 년 전만 하더라도 집안에 대제大祭라는 것이 있었다. 조부님과 아랫대 24종반 제종당숙들, 그리고 조카항렬까지 한자리에 모이면 종갓집은 문전성시를 이루었다. 돼지를 잡고 떡메를 치고 아이들은 구운 가래떡을 들고 마당을 몰려다니던 시절이었다. 상이 진설되면 나는 언제나 아버지의 두루막 뒷자락에서 절을 했다. 엉덩이를 치켜들고 종조부님의 헛기침 소리에 귀를 쫑긋 세우곤 했다. 헛기침은 제일 연장자가 하며 그때까지 불문율로 내려오고 있었다.

엄격한 유가풍이 몸에 밴 아버지는 유난히 헛기침이 많았다. 어릴 적 아버지의 헛기침은 예령신호 구실을 했다. "어흠~"하며 마당을 들어서시는 아버지의 헛기침 소리에 우리들은 후다닥 읽던 만화책을 숨기고 공부하는 척했으니 말이다. 지금 생각해보니 '애들아 아버지 들어가신다.'는 시간적 말미를 부러 주신 것이 아닌가도 싶다. 아버지의 헛기침은 기상나팔 역할을 하기도 했다. 식전 밭일을 마치고 마당에 푸성귀들을 부리며 "어흠"하시는 헛기침 소리에 남매들은 부리나케 일어나곤 했다. 어쩌다가 혼날 짓을 해도 밥상머리에서 "어흠~"한 번 하시는 것으로 끝이었다. 그처럼 어릴 적 아버지의 헛기침은 자식들에게 말없는 규율이며 엄격한 훈시이기도 했다.

아버지의 헛기침은 난처한 자리를 피하는 수단이 되기도 했다. 집안일로 어머니의 잔소리가 길어질 때 아버지는 말로 응수하는 법이 없었다. 흠흠, 하며 철저히 묵언으로 일관하시다가 점점 당신 자신이 궁지에 몰리시면 "어흠, 허어~"하시며 휑하니 자리를 뜨는 것이다. "저, 저 양반 좀 보소!" 하시며 어머니는 답답증으로 속이 뭉그래지곤 했다. 아버지의 헛기침은 싸움을 말리는 기능을 발휘할 때도 있었다. 집안대제가 끝나면 제종당숙들이 빙 둘러앉아 음복을 나누어 드신다. 몇 순배의 술잔에 얼큰한 취기가 오르면 으레 제법이나 이장문제를 놓고 논쟁을 벌인다. 결국 도가 지나쳐 언성들이 높아진다. 그럴 때 조용히 묵관하시던 아버지가 "어흠~, 고만들 하게"라며 큰 기침 한 번이면 좌중은 순식간에 조용해진다. 서열이 높은 점도 작용했을 터이지만 아버지의 헛기침은 그처럼 백 마디 말보다 유효할 때도 있었다.

헛기침은 먼 옛날부터 사용되어 온 언어 이전의 소통수단이란 생각이 든다. 어쩌면 우리 민족 만이 가지고 있던 고유한 음성학적 특질이 아닐까도 싶다. 목젖을 타고 발화되는 후두음이 선대先代에 남성 중심의 양반유교문화와 어우러지면서 하나의 의사 표현 양태로 정착되지 않았을까? 하회탈에 나오는 초랭이나 관아의 이방이 헛기침을 한다는 것은 선뜻 상상이 가지 않지만 양반이 도포 자락을 휘날리며 육간대청 앞에서 "이리오너라! 어흠 흠"하는 것은 충분히 짐작이 가기 때문이다. 그처럼 말을 아끼고 은유의 덕목을 중시하는 유가적 전통이 이심전심의 언어로 체화된 것이 헛기침이 아닌가 싶다.

헛기침은 수많은 언어를 내포하고 있다. 그 숨은 뜻을 다 알아 챌 수 있는 사람은 가족들이다. 헛기침의 장단과 강약에 따라 하던 동작을 멈추거나 짐작되는 상황에 대처한다. "날이 꾸무리하다."는 말이 빨래 걷으라는 속뜻이 있는 것처럼 헛기침으로 아침밥을 재촉하기도 하고 밥상머리 언쟁을 중지시키기도 한다. 대문 앞 헛기침 소리를 듣고 젖을 주던 며느리가 옷매무새를 고치기도 하고 식솔들은 하던 동작을 멈추고 어른 맞을 채비를 한다. 이처럼 헛기침은 환기와 예령 기능 외에도 수없이 많은 지시와 생활규범을 함의하고 있다. 이 불립문자를 다 알아챌 수 있는 사람은 오랜 유대로 맺어진 가족들이다. 그런 면에서 보면 우리 실생활에서 헛기침만큼 경제적인 표현수단이 또 있을까?

차츰 헛기침이 사라지는 시대에 살고 있다. 급격한 핵가족화와 도시 중심의 삶에 떠밀려 집안에 어른이 없다. 삼대가 함께 사는 예도 드물다. 어쩌다 함께 산다고 해도 그 옛날 호기스럽던 아버지상은 사라진 것 같다. 어쩌면 시대의 퇴물처럼 공명한 헛기침으로 잉여인생을 소일하는 것이 도시에서 노년老年을 보내는 이 시대의 아버지상이 아닐까. 아버지 역시 적조한 노년을 보내셨다. 상처하시고 고향을 떠나 도시의 방 윗목을 지키다가 쓸쓸히 가셨다. 자식 따라 도회로 떠밀려서 온 삶이기에 어딘들 정 붙일 곳이 있었을까. 봄이면 신도시 철로 변을 개간해서 채마밭을 가꾸는 것이 아버지의 유일한 낙이었다. 이따금씩 기차가 지나가면 아버지는 구부정한 옹이 손을 흔들며 헛헛한 기침을 하시곤 했다. 손바닥만 한 된비알에 먼 기억의 실금을 촘촘히 그어놓고, 아버지는 어쩌면 긴 실향기失鄕記를 쓰고 계셨을지도 모른다. 도시에 살면서부터 근엄하고 호기스럽던 아버지의 헛기침도 차츰 쇠잔해져 갔다. 때가 되었으니 밥을 재촉하는 신호와 밤새 안녕하시다는 아침기척 정도로 그 기능도 축소되었다. 낡은 명심보감을 읽거나 부치지 않을 편지를 쓰시며 방 윗목에서 간간히 내 뱉던 아버지의 헛기침은 어쩌면 사라져가는 옛것들을 호명하는 외로운 독백이었는지도 모른다.

정갈하고 풍성한 제사상을 바라본다. 살아생전에 이처럼 풍성한 상을 차려 드린 적이 몇 번이나 있었던가. 육포와 삼채를 오가며 살갑게 당신께 수저를 권해드린 적이 있었던가. 생전의 죄스러움이 촛불에 스치운다. 그래서 산 효자는 없고 죽은 효자는 있다고 했는가. 어리석은 게 자식인지라 이제는 죽은 효자가 되어 아버지를 뵙는다. 소지燒紙를 사르고 철상을 하자 막내가 윗옷을 훌러덩 벗는다. "음복도 제사다. 아직 제사 안 끝났다."는 나의 말에 "에이 아부지도 안계신데 뭐 어때요."라며 밉살스럽게 응수를 한다. 그런가보다. 나는 아직 신참 제주이기도 할 뿐 더러 아무려면 아버지의 헛기침 한 번의 무게만큼이나 할까. 헛기침은 그만한 성품과 연륜이 따라야 자연스러워지는 법이다. 세월의 더께가 더 쌓이면 언젠가 내 헛기침도 자연스러워지기도 할 것이다. 방문을 열고 금방이라도 "어험~" 하며 나오실 것 같은 아버지의 헛기침, 그 말 없는 말씀이 더 없이 그리워지는 저녁이다.

해토 무렵이다. 겨우내 움츠렸던 땅이 가쟁이 같은 햇살을 머금고 굼실굼실 부풀어 오른다. 나무들도 물관을 열고 겨우내 움츠렸던 팔을 뻗어 기지개를 켠다. 농부들도 묵정밭에 거름을 내며 한해의 농사 준비를 시작한다. 하늘이 시리고 파랗다. 이즈음에 봄소식이 찾아왔다. 당선소식이었다. 죄송하고 고맙다. 직장 일을 핑계 삼아 농부들처럼 부지런하지도 못했고 정직하게 땀 흘리며 긴 사숙의 시간을 가지지도 못했다. 두어 평 글밭을 일구어 놓곤 한해 농사를 다 지은 양 밖으로 나돌기가 일쑤였다. 그러다가 잡초 무성한 덤불을 걷어내고 밀린 숙제처럼 띄엄띄엄 글을 썼다. 늘 치열성과 지속성이 문제였다. 중단하지 말고 부지런히 글밭을 일구라는 격려로 받아들이고 싶다.

집이 광화문에 가깝다 보니 촛불집회를 자주 본다. 때로는 방관자처럼 지나기도 하고 때로는 촛불을 들기도 했다. 여전히 정치의 날씨는 사납고 을씨년스럽다. 통과의례라고 위안하기엔 너무 가혹하다. 그러나 태풍이 몰아치는 순간은 두렵지만 태풍이 지나가고 나면 바다는 다시 잔잔해진다. 그리고 건강한 바다로 재생된다. 그렇게 받아들이고 싶다. 자정과 재생능력을 믿는다. 내 글도 그 바다 언저리 어디쯤으로 흘러갔으면 좋겠다. 팍팍한 삶 속에 따뜻한 불

씨 하나 지폈으면 좋겠다. 언 손 녹이며 한 촉 한 촉 움터 오는 봄처럼,

부족한 글을 선해주신 심사위원님들께 머리 숙여 감사의 마음을 전한다. 더 낮게 엎드려 열심히 쓰겠다. 그리고 삶에 지친 직장인들에게 이렇게 멋지고 뜻있는 신춘잔치의 마당을 마련해주신 '전국 직장인신춘문예' 관계자 여러분에게 큰 고마움을 전한다.

까치발

정문숙

허리가 아파서 병원을 찾았다. 컴퓨터단층촬영 결과 양쪽 다리 길이가 다르고 골반도 틀어져 있단다. 발의 아치가 무너져 자세에 영향을 주면서 나타난 연쇄반응이라고 의사는 덧붙였다. 결국 발이 통증의 원인이었던 셈이다.

몇 년 전에도 비슷한 증상 때문에 고생을 한 적이 있었다. 그때 치료를 하며 발바닥의 오목한 부분을 아치라 부른다는 것을 알았다. 아치가 무너지면 평발이 되어 다른 근육들에도 큰 변화를 미친다고 했다. 의사의 권유에 따라 아치를 살리는 교정치료용 깔창을 샀지만 자주 사용하지 않아 효과를 보지 못했다.

직업의 특성상 주로 정장을 해야 하기에 하이힐을 신을 수밖에 없었기 때문이다. 하루 종일 굽 높은 구두 위에 나를 얹고 다니다 보면 발은 퉁퉁 부어 있기가 일쑤였다. 하이힐이라는 까치발을 한 채 발끝으로 세상을 지탱하느라 얼마나 힘이 들었는지, 일 욕심 많은 주인을 만난 탓에 발이 고생을 벗어나지 못했다.

돌이켜보면 어린 시절에도 까치발을 자주했던 것 같다. 내 키보다 높은 곳에 닿기 위해 조그만 발끝에 빳빳이 힘을 주곤 했다. 뒤꿈치를 들고 보는 세상은 분명 내가 갖고 싶어 했던 무언가를 숨겨두고 있었다. 까치발은 내가 원하던 것을 어김없이 가져다주었으니까. 손이 닿지 않는 시렁 위에 숨겨진 달콤한 과자나 사탕도 까치발을 해야 주어지는 것들이었다. 보이지 않는 곳을 보고, 잡히지 않는 물건을 잡기 위해서는 까치발을 해야만 한다고 일찌감치 터득한 셈이다.

어린 시절 나의 까치발은 희망이나 기다림이기도 했다. 해는 뉘엿뉘엿 기우는데 들일 나간 엄마는 돌아오지 않았다. 엄마 젖을 찾느라 칭얼거리며 내 등에 연신 입을 갖다 부비고, 손가락을 빨며 배고픔을 달래는 동생을 업고 마을 앞 들녘을 내다볼 때도 아마 까치발이었을 게다. 그럴 때면 저 멀리 구불구불 굽은 대천머리 논두렁에서 흰 머릿수건을 흔들며 바삐 걸음을 옮기는 엄마가 눈에 들어왔다. 까치발로 폴짝폴짝 뛰며 엄마를 부르면 동생도 덩달아 뒤에서 엉덩이를 콩콩 찧으며 뛰었다. 그때 동생도 엄마를 보느라 까치발을 하고 있었지 싶다.

오래전에 태백 철암의 명물인 까치발건물에 들른 적이 있다. 철암천에 기둥을 세워 지어진 건물이다. 좁은 땅에 많은 사람이 살 수 있도록 탄광촌 사람들이 고안해낸 방식이란다. 환경을 극복한 인간의 피조물이었다고 할까. 폐광 후 거의 사라지고 몇 동만 남아서 힘든 시절, 고단했던 사람들의 흔적이 되고 있었다. 마치 얼기설기 기운 누더기처럼 사방으로 갈라진 틈을 메우느라 건물은 회벽 땜질로 덧칠되어 있었다.

삐걱거리는 문을 열고 닫으며 얼마나 많은 사람들이 삶을 기대었을지. 즐비한 건물들이 까치발을 든 것 같다고 하여 까치발건물이라 불렀다고 하지만 삶의 애환이 묻어나는 이름에 마음속에서 바짝 치켜들었던 까치발이 저절로 내려지기도 했다. 이제는 전시관이나 역사관으로서 명맥을 유지하고 있었다. 하이힐을 신고 힘들게 서 있는 까치발건물에는 광부들의 삶이, 탄광촌 사람들의 가파른 숨결이 새어 나오는 듯해서 관광지에 왔다는 가벼운 생각보다 역사탐방을 다녀온 듯 한동안 숙연한 마음을 떨칠 수가 없었다.

그 당시 내가 처한 현실의 모습과 꼭 닮은 듯해서 돌아오는 내내 마음이 짠했던 기억도 있다. 그때 나는 채권자들의 빚 독촉으로 인해 하루하루를 아슬아슬하게 버티던 때였다. 주식 열풍이 불어 하루아침에 떼돈을 벌었다는 사람들의 얘기가 심심치 않게 흘러나올 때였다. 때마침 친구가 주식으로 큰돈을 벌었다. 그 돈으로 창업을 해서 몇 배의 재산을 손에 거머쥐는 것을 내 눈으로 보았던 터였다.

처음엔 수입이 제법 짭짤했다. 굳이 육신을 굴리지 않고도 주머니가 든든히 채워진다는 사실이 나를 부풀게 했다. 발품을 팔아 증권가 정보를 얻기도 하며 남편 몰래 투자를 하게 되었다. 컴퓨터 앞에 앉아 몇 번의 클릭으로도 월급

보다 큰돈이 매일 통장으로 들어왔다.

　그쯤에서 그쳤어야 했다. 결과는 참담했다. 뒤늦게 거품이 빠지며 주식은 급락하게 되었고 무릎에서 사서 어깨에서 팔겠다던 야무진 생각이 모두 헛된 꿈이라는 걸 깨닫는 데는 그리 오랜 시간이 걸리지 않았다. 외려 머리에서 사서 발바닥 끝에서 판 꼴이 되고 말았다.

　지금에서야 돌이켜보면 일확천금이야말로 함부로 가져서는 안 되는 주의를 요하는 것들의 또 다른 이름이었다. 현실이 뒷받침되지 않고, 땅에 발을 붙이지 않은 까치발이야말로 허투루 해서는 안 되는 것이었던 셈이다.

　새로운 직장을 구하고, 다시 처음이라는 각오로 열심히 뛴 덕분인지 몇 년 지나지 않아 평온한 현실로 다시 돌아왔다. 그러나 이미 까치발이 익숙해져버린 탓일까. 요즈음도 문득 높은 곳을 바라보게 된다. 내 능력보다 위에 있는 것을 마음에 품고 안달하기도 한다. 이상은 높게 가지라지만 생각해보면 나는 이상 그 이상의 무엇에 목숨을 걸고 달려오지 않았나 싶기도 하다. 그러니 내 두 발은 늘 까치발을 벗어나지 못했을 게다. 제아무리 무쇠다리라 해도 고장이 날 수밖에.

　의사의 처방에 따라 굽이 낮은 신발을 샀다. 안쪽 밑창에 볼록한 아치 모양이 있는 치료용 신발이다. 발바닥의 무너진 아치를 되살려준다고 하여 시간이 날 때마다 부지런히 신다보니 허리 통증도 한층 나아졌다. 발이 편해서인지, 평소보다 더 많이 걷고 더 많은 사람을 만나며 그들과 함께한다. 걷다 보면 악지 세게 끓어오르던 마음은 시부저기 가라앉고 어련무던해지곤 한다.

요즘은 또 다른 까치발을 연습하는 중이다. 욕심 많았던 발을 내려놓고 어린 시절 했던 순수한 까치발을 자주 한다. 새벽에 일어나 식구들의 잠을 깨울까 봐 조심조심 발끝으로 걸으며 아침을 열고, 저녁이면 일터에서 돌아와 가족을 기다리며 종종걸음으로 저녁을 준비하며 가족을 위한 까치발을 한다.

미처 손이 닿지 않는, 구석지고 소외된 곳의 이웃을 위해 남모르게 까치발을 들기도 한다. 그리고 그들의 목소리를 좀 더 가까이에서 듣기 위해 다가가기도 한다. 내 욕심을 채우기 위해서가 아니라 남을 배려하는 까치발이랄까. 무너진 아치 덕분에 순순한 삶을 살아야겠다는 지침 하나를 일으켜 세우며 다시, 까치발을 한다.

수필, 바둑을 복기하듯 지난 시간을 뒤돌아보는 일이다. 눈을 질끈 감고 덮어두었던 상처를 자세히 들여다보는 일처럼 아픈 일이기도 하다. 그러나 한 편의 수필을 마무리할 즈음에는 어느새 상처는 아물어 있고 그 일에 대한 이해, 상대에 대한 용서와 화해가 이루어지고 있음을 느낀다.

그런 이유로 수필의 매력에 빠져 새벽에 일어나 글을 쓰고 일자리를 마치고 집으로 돌아와 책상에 앉는 일이 습관이 되었다. 들불처럼 번지는 생각을 담아내고 싶어 안달이나, 2016년 늦은 나이에 대학원에 진학했다. 직장과 학업을 병행하며 글을 쓰는 일은 쉽지 않았지만 새로운 것을 알아가고 또 다른 세상을 꿈꿀 수 있어서 행복한 시간이었다.

며칠 전, 그간의 시간에 대한 칭찬과 격려의 전화를 받게 되었다. 말로 표현할 수 없을 만큼 감사한 마음이 크다. 자신의 길을 묵묵히 열어가고 있는 아들과 나이팅게일의 꿈을 꾸는 딸 덕분에 지금 이 순간을 마음껏 누릴 수 있음에 고맙다는 말을 전한다. 또 나의 수필 대부분을 차지하고 있는 남편에게 당신이 있기에 마음껏 행복할 수 있어 감사하다는 말을 전하고 싶다.

마음속에 살아계신 아버지, 늘 격려해주시는 어머니, 형제들, 문우들과 함께 지금처럼 한 걸음 한 걸음 쉬지 않고 걸어가려고 한다. 많이 아파하고 힘든 시간을 보내고 있는 분들께 위안이 되고 힘이 되는 글을 쓰는 작가가 되겠다는 다짐을 잊지 않겠다.

작년 처음 시작한 '전국 직장인신춘문예'에 올해는 수필도 시·소설과 함께 한 자리를 차지했다. 그 결과 응모작도 많았고, 작품 수준도 예사롭지 않았다. 더러 풍문에 기대어 수필의 문학적 수준을 깔보는 발언을 서슴지 않았던 문학인도 수필 영역에 들어와 자세히 들여다보고는 탄탄한 글솜씨에 놀란다. 붓 가는 대로 쉽게 쓰는 것이 수필이라는 생각이 선입견이라는 것을 깨닫게 된다. 수필만의 고유한 형식과 방법이 다른 장르에 뒤지지 않는 문학적 심미성을 구현하고 있음을 확인한다. 이번 신춘문예에서도 그랬다. 본선에 오른 작품은 나름대로 개성적인 세계를 보여주었고, 완성도도 수준급이었다. 이제 수필 쓰기가 대중의 취미 수준을 넘어서 전문 영역으로 성장했음을 확인할 수 있었다.

그런데 전반적으로 수준 향상은 의심할 여지가 없었지만, 부분적으로 수필의 병폐에 가까운 관습과 통속은 여전했다. 화제가 가족 이야기로 쏠리는 경향이 그것이다. 시나 소설이 허구 세계에 빗대어 문학적 메시지를 간접적으로 드러낸다면, 수필은 작가가 직접 말하는 교술의 방법을 취한다. 그래서 수필가는 개인적 인격 노출을 방지하기 위해 적절한 윤리적 가면을 선택한다. 이것이 어쩔 수 없는 수필의 운명이긴 하지만, 여기에 머물고서는 수필이 수확할 수 있는 문학적 성취는 미미할 수밖에 없다. 가면의 두께가 얇아야 수필가의 진솔한 목소리를 들을 수 있다. 가족 이야기는 수필가가 가장 쉽게 선택할 수 있는 이야깃거리지만, 어떤 경우든 솔직하게 말하기는 가장 어려운 대상이다.

「까치발」과 「헛기침」이 마지막으로 남았다. 두 작품은 우열을 가리기 어려웠다. 어느 것을 선정하든 뽑힌 작품은 충분히 자격을 갖추었고, 다른 작품은 운이 없었다고 할 수밖에 없다. 심사위원의 주관적 관점이 작동할 수밖에 없다. 작품 창작이 인간과 세계에 대한 해석인 것처럼, 독자나 평자의 독서도 작품을 자기 관점에서 해석하는 일이다. 굳이 그 해석에 객관적 기준을 제시한다면 「헛기침」의 주제가 좀 더 독창적이었다고 할 수 있다. 「까치발」은 주제를 자로 잰 것처럼 정확하게 구현했다. 마치 교과서 어디에서 학습한 것 같은 느낌을 줄 정도였다. 이것이 흠으로 작용했을는지 모른다. 어느 절에 있는 난초를 몰래 캐려고 했던 순간을 풍성한 언어로 이야기하고 있는 「도둑」도 좋은 작품이다. 수필보다는 소설에 더 가까운 작품이 아닌가 싶다. 필력이 돋보였다.

당선자에게 축하의 박수를 보낸다. 수필을 아끼는 좋은 수필가가 되기를 기원한다.

— **심사위원** : 신재기 고미석

2018년
제3회 투데이신문 직장인신춘문예
당선작

시 부문 당선
한영희
전남 영암 출생
한국방송통신대학교 국문학과 졸업
건설회사 재직

시 부문 가작
원옥진
강원도 평창 출생
춘천교육대학교 교육대학원 졸업
경기도교육청 재직

소설 부문 당선
최민하
성균관대 경영대학원 졸업
영어강사

소설 부문 가작
배석봉
대구 출생
건국대학교 무역학과 졸업
(사)한국광고영상제작사협회
재직

수필 부문 당선
이수정
경주 출생
국공립 베니어린이집 교사

수필 부문 가작
김연희
강원도 삼척 출생
효성여자대학교 국문과 졸업
논술강사

직장인들의 문학 열기를 새삼 느낀 자리였다. 의사, 주차요원, 문화재단 직원, 교수, 교사, 간호사, 공무원, 세무사, 법무사, 학원 강사, 연구원, 경비원, 출판인, 연극인, 일용직 등 직업은 다양했고 체험은 폭넓었다. 부문마다 풍요로웠다. 시 부문 총 887편(투고자 201명), 소설 부문 총 118편(투고자 111명), 수필 부문 총 157편(투고자 63명)으로 예측을 크게 넘어섰고, 수준 또한 기성문단에 자극을 주기에 충분했다. 각 부문 당선 1인을 내려는 계획을 변경해 가작 1인을 추가한 것도 이런 까닭이었다. 당선과 가작으로 뽑힌 분들에게 축하의 박수를 보내며 앞으로의 문학 활동을 최대한 지원할 것을 약속한다.

이번 직장인신춘문예는 (사)한국사보협회(회장 김홍기), (사)한국문인협회 소설분과(회장 김선주), 투데이신문(대표 박애경), 한국문화콘텐츠21이 공동주최해 2017년 12월 1일부터 2018년 1월 31일까지 작품을 접수, 2월 20일 심사를 완료했다. ― 심사위원회

응시

한영희

묘지 울타리를 가르는 찔레나무들

언제부터 그 아래 살았는지 모른다

어젯밤

어깨를 들썩이던 여자가 축축함을 내려놓고 간 후

의자는 전염병에 걸린 듯 식은땀을 흘리고 있다

어둠이 걷히기 전에

아기 눈빛 같은 이슬을 모아 세수를 마쳐야 한다

환경미화원의 빗자루는 나의 넓은 품을 달래줄 것이다

따스한 햇살로 아침밥을 지어먹고

밤사이 뭉친 근육을 풀어줘야 한다

사람들이 몰려와 자신을 덜어내기 시작하면

나는 만삭의 배가 불러온다

겉옷의 색이 점점 야위어 간다

더운 바람은 계절도 없이 불어오지만

체온은 비석 아래 쌓여가는 먼지를 닮았다

허물어져 가는 몸에서 꽃을 피우고

나비가 내려와 노란 꽃가루를 털고 간다
목련꽃봉오리 피워 물었던 가지에서
내부수리 중 푯말이 숨을 쉰다

비가 내리고 싹이 튼다는 우수가 하루 지났다. 작년 이맘 때쯤 회사 앞 작은 화단에 홍매화가 피고 비가 내렸었다. 올 해는 추위가 길어 작년에 피었던 홍매화 식구들이 아직 밖으로 나오지 못하고 있다. 사월이 찾아오면 기차를 타고 하얀 목련꽃을 맞으러 가야겠다. 어젯밤 꿈에는 난해한 수학 시험을 치르고 백점을 맞았다. 그리고 오늘 반가운 전화를 받았다.

제 시에 싹을 틔워주신 심사위원 선생님과 직장인신춘문예 관계자분들께 감사한 마음을 전합니다. 시심을 잃지 않고 겸손한 마음으로 시를 대하고 쓰겠습니다. 함께 시를 쓰고 다듬고 울타리가 되어주신 태권브이 선생님, 진봉은 성완 고맙습니다. 시가 아득히 멀어 질 때쯤 등 떠밀어 주신 부록 선생님 고맙습니다. 언제나 첫 번째 애독자가 되어주는 유빈이 고맙고 조용히 응원해주는 가족들께도 감사한 마음을 전합니다.

그림자놀이

원옥진

당신의 팔베개가 심심해지면
내 그림자를 잘라 당신 팔에 붙이며 놀았다
긴 팔은 허리를 두 번 감고도 남았다

가을 햇살로 짙어진 앞마당

당신의 팔을 잡고 뜀을 뛰었다
그림자가 몸을 벗어났고
플레어스커트가 낙하산처럼 펼쳐졌다

허공에 머무는 것이 재미있어서 자꾸 뜀을 뛰자 했는데

얼굴도 없고 무엇을 입었는지도 알 수 없고
이름표도 없는
그래서 마침내 당신이 누구인지조차 알 수 없게 된
저녁이 왔다

〈

백열등을 켜고 저녁상을 차렸다
등은 쉽게 식었고
밤은 어제처럼 서늘하고 심심했다

당신의 헐렁한 긴 팔
손잡았던 그림자만 남았다

글을 쓰는 것은 삶을 즐기는 나의 방법이고 오래된 즐거움이다. 빼곡히 짜여진 일상에서 벗어나 숨을 쉬는 나만의 공간이고 자유다. 그 속에서 수다를 떨며 깔깔대고, 어깨가 처진 하루를 격려하거나, 늙거나 어린 나를 만난다. 직장생활을 하면서 글을 쓴다는 것은 둘 다 잘하거나, 하나만 잘하거나, 둘 다 제대로 못하는 경우인데 나는 번번이 둘 다 제대로 못한다는 자괴감에 빠지곤 했다. 출장지 회의가 끝난 주차장에서 당선 소식을 들었다. 어떻게 얼마큼 기뻐해야 좋을지 어리둥절했고, 시간이 지나면서 내가 채익지 못했다는 생각에 와락 두려움이 일었다. 하지만 나는 내가 보낸 시간과 나를 지지해 주는 사람들을 믿는다. 새벽부터 아침 여섯 시까지 자판을 두드리던 손을 믿는다. 손끝을 따라 깨어나던 감성과 춤추는 리듬, 말캉거리며 태어나 제 몸을 단단하게 만드는 시를 만난다. 즐겁다, 다시 시작이다.

   투고작 수준이 예상 이상이어서 예심에서 미처 내리지 못하고 본심에 올린 편수가 너무 많았다. 그걸 두세 번씩 보고 거르느라 시간이 꽤 흘렀다. 그중 아홉 분의 작품을 또 보게 됐는데 이들은 크게 3개 유형으로 나누어졌다. 1 유형에 「아몬드 나무가 있는 미슐랭」(양우정), 「장미의 순간」(이만영), 「결실하지 않은 계절」(박정희), 2유형에 「천연 기념물 멸종 소식에 슬프다」(송형근), 「역행」(박종현), 「부활」(김영순), 3유형에 「발자국」(강수화), 「그림자놀이」(원옥진), 「응시」(한영회)가 놓였다.

   1유형은 우리 시에 남아 있는 서정의 전통에 일상의 체험에서 우러나온 언어 감각이 얹어져 있었다. 여기서 새로움이란 결국 세상을 보는 인식의 깊이에서 나오게 마련인데 세 분의 시가 모두 이 점에서 아쉬웠다. 2유형은 달라진 세태를 보는 새로운 언어를 빛낸 경우로 각각 시사적 주제(송형근), 낯선 언어 형식(박종현), 일상적 서술언어(김영순) 등이 장점이었지만, 그것이 또한 약점으로도 작용했다 할 수 있다.

   3유형은 1유형에서 한걸음 나아간 예라 할 수 있다. '발자국'을 통해 '다른 행성을 걷는 사람들'을 유추하거나(강수화), '그림자'로써 지금은 없는 '당신'을 그리거나(원옥진), 죽음의 세계를 '응시'해 삶의 빛깔로 채색하는(한영희) 식의 형상화는 사물을 보는 시인의 진지한 성찰의 결과로 보였다.

결국 「응시」를 당선작으로 놓은 것은 현실을 함부로 재단하지 않고 끝까지 객관성을 유지해 바라보려는 태도를 신뢰하게 돼서다. 이건 시적 견고함에 해당하겠는데, 함께 보낸 작품 모두에 이런 면이 잘 느껴졌다. 「그림자놀이」는 없는 대상을 생생한 존재로 드러낸 그 힘만으로 당선작에 밀릴 것이 없는데 함께 보낸 작품이 이런 수준에 못 미친 아쉬움으로 가작에 머물게 됐다. 축하드리고 정진을 기원한다.

— 심사위원 : 박덕규

카와라우

최민하

2시간 뒤에 출발하는 카와라우행 버스표 두 장을 샀다. 크라이스트 처치 버스 터미널 앞에 세워진 시계탑을 올려다보니 1년 전 여름이 떠올랐다. 그때 나는 불안한 미래에 방황하던 시절이었다. 시계탑 건너편에 있는 벤치에 앉아 주위를 둘러봤다. 시계탑 아래에 배낭을 놓고 기대어 앉아 있는 배낭여행객들, 부산한 발걸음으로 오고가는 사람들, 시끄럽게 울어대는 매미 소리. 그러고 보니 같은 곳에서 같은 사람을 기다리고 있었다.

재희에게 전화가 걸려온 건 1주일 전이었다. 크리스마스 연휴라 늦잠을 잘 요량으로 잠자리에 들었지만, 눈은 출근 시간인 새벽 3시에 여지없이 떠지고 말았다. 불도 켜지 않은 채 손을 더듬어 휴대폰을 집어 들었다. 뉴스를 검색하며 자다 깨다를 얼마쯤 반복했을까. 요란하게 전화벨이 울렸다. 액정에 보이는 이름을 본 순간, 나는 얼떨결에 응답 버튼을 눌렀다. 재희와는 언제나 그랬다. 나는 그녀와 마주할 때 제대로 준비된 적이 없었다. 재희는 카와라우의 도현의 묘를 참배하고 싶다고 했다. 나밖에 같이 갈 사람이 없다고. 그녀는 내게 어떤 안부도 묻지 않은 채, 그렇게만 말하고 내 대답을 기다렸다. 그동안 내 삶에 일어난 변화, 특히 우리가 그렇게 취득하기를 바랐던 영주권에 대해서 한마디도 묻지 않았다. 꺼내면 아픈 기억들이 카와라우와 함께 연상되자 그녀를 다시 볼 자신이 없어졌다. 침대 옆 협탁 위에 올려진 탁상시계 초침 소리가 불규칙하게 들렸다. 달라질 게 없을 거라는 것을 알면서도 그녀를 한번쯤 다시 보고 싶은 마음 또한 들었다. 나는 태연하게 언제 크라이스트 처치로 올거냐고 물었다. 그녀는 1주일 후 버스 터미널에서 만나자고 했다. 휴가 기간이라 카와라우에 다녀 올 시간은 넉넉했다.

　재희는 출발 시간 1시간 전에 나타났다. 멀리서 두리번거리는 그녀가 보였지만 나는 그녀의 모습을 잠시나마 지켜보고 싶었다. 검정색 반바지와 흰색 셔츠를 입은 그녀가 시계탑을 향해 걸어왔다. 핼쑥해진 그녀의 모습에서 그녀가 겪었을 어려움을 짐작케 했다. 나를 발견한 그녀가 손을 흔들었다. 그제서야 나는 그녀를 발견한 양 벤치에 일어나서 손을 흔들었다.

　"잘 지냈어?" 다가온 그녀에게 나는 가볍게 인사를 건넸다.

　"여기는 변한 게 하나도 없네." 그녀가 고개를 끄덕이며 대답했다. 더 이상 대화가 이어지지 않았다. 눈앞에 보이는 타야 할 버스를 향해 걸었다. 우리의 엇갈리는 보폭처럼 어색함이 그녀와 나 사이에서 불거져 나왔다. 가벼운 대화조차도 나눌 수 없는 사이가 되어 버렸다는 생각이 들자 서글퍼졌다.

카와라우행 버스는 배낭여행객들로 북적거렸다. 짐칸에 배낭을 밀어 넣는 그들의 모습에 도현의 배낭이 겹쳐졌다. 도현의 유품이 되어 버린 낡은 배낭. 배낭여행객들처럼 그도 50리터짜리 회색 배낭을 메고 이곳에서 카와라우로 떠났다. 배낭여행객들의 몸에선 미지의 세계를 탐험하려는 모험심 가득한 눈빛, 생기 발랄한 청춘의 한 단편들이 뿜어져 나왔다. 그건 우리들에게는 없었던 모습들이었다. 불안한 미래에 저당 잡힌 우리들의 일상은 비참할 정도로 구질구질했다.

재희는 창가 자리에 앉았다. 그녀에게서 맡아본 적 없는 냄새가 났다. 그녀가 뿌리는 달콤한 로즈향의 향수를 나는 기억한다. 1년 전 그날 밤도 그 향이 내 몸을 감싸 안았었다.

버스가 흔들리며 도로를 달렸다. 헛꿈처럼 부풀어진 구름이 닿을 듯 말 듯한 그녀의 어깨와 내 어깨 뒤로 소심하게 따라왔다. 버스가 크라이스트 처치를 벗어나고 있었다.

"다른 유학생들이랑 연락하고 지내?"

"아니." 그녀는 물어보는 질문에만 짧게 답하곤 차창 밖으로 고개를 돌렸다. 그녀를 처음 만났을 때도 이렇게 곁을 주지 않은 채 조용히 앉아 있었다.

뉴질랜드 요리학교에서 재희와 도현이를 처음 만났었다. 한국 유학생들이 오리엔테이션을 마치고 카페에 모여서 인사를 나누던 날이었다. 서로 인사를 나누며 이민의 고단함과 영주권 취득자격에 대해 소란스럽게 떠들 때도 그녀는 말없이 앉아 있었다. 그때 그녀는 내 앞에 대각선상으로 앉아 있었다. 나는 그녀를 주시하다가 몇 번 허공에서 그녀의 눈빛과 부딪혔다. 한 학기를 나보다 먼저 등록한 재희는 나와 도현이랑 동갑이었다. 그 후로 우리들은 주말에 시티에서 가끔씩 만나 술을 마시곤 했다. 그때만 해도 가벼운 위로가 주는 즐거움이 있었다.

요리학교를 졸업하고 재희와 나는 도무지 미래가 보이지 않는 현실에 맞닥뜨렸었다. 영주권을 향해 쉬지 않고 달려온 우리에게 잔존하는 건 피로와 무기력함이었다. 나는 요리학교를 졸업한 후에도 한동안 취직하지 못한 채 건축 현장에서 일용직으로 일을 했다. 영주권과 관련없는 직종이라 취업비자를 받기 어려웠다. 학생비자가 만료되기 전에 요리 관련된 업종에 취직해야 했다. 끝이 보이지 않는 출구를 바라보며 맷집을 시험하는 고된 시간이었다.

도현만 요리학교를 졸업하기도 전에 프랑스 셰프 선생의 추천을 받아 크라이스트 쳐치에서 이름만 대면 알아주는 레스토랑에 취직했다. 그가 말하는 마초적 성향의 헤드세프 고함소리가 울려 퍼지는 역동적인 주방이 그려졌다. 내겐 영화에서나 나올 법한 꿈같은 일이었다.

그는 학교가 끝나면 매일 시티로 나가서 설거지를 했다. 산더미 같이 쌓인 접시를 고개 들어 올릴 시간도 없이 닦아서 어깨가 자주 쑤신다고 했다. 사람이 할 짓은 아니라고 투덜대면서도 그의 얼굴에선 미소가 사라지지 않았다. 정규직 채용이 되고 나면 취업비자와 함께 바로 영주권 취득자격이 확실시 되는 코스였다.

그러나, 영주권을 가장 먼저 받을 것 같았던 도현에게 예기치 못한 일이 일어났다. 도현의 정규직 채용이 거절된 것이다. 그날, 우리는 '블루문'이라는 호프집에서 함께 술을 마셨다. 금요일 밤마다 라이브 음악이 연주되는 곳이었다. 우리 셋은 그곳에서 라이브 음악 듣는 것을 좋아했다. 도현이 술에 취해 자신을 가누지 못하는 모습을 처음 보았다.

"너 파키스탄 사람 어떻게 생각해?" 도현의 생뚱맞은 질문에 술을 마시다가 재희와 함께 뭔 소리냐는 식으로 쳐다보았다.

"아무 생각 없어." 나는 술이나 비울 요량으로 와인잔을 들고 건성으로 말했다.

"그놈들은 나를 미워해. 그래서 나를 해고시키려고 얼마나 애썼는 줄 알아?" 갑자기 격앙된 목소리로 테이블을 주먹으로 쳤다.

"그게 뭔 소리야?" 재희가 눌러붙은 피자의 치즈를 떼어먹다가 놀라서 물었다.

도현이 다니던 레스토랑 주방에는 9명이 일했다. 서열별로 보면 헤드세프, 수세프, 데미세프, 쿡 2명, 키친핸드 4명으로 구성되었다. 그중 데미셰프 한 명이 파키스탄인이었는데 매번 그가 하는 일에 시비를 걸었다고 한다.

"파키스타인 데미셰프가 내 정규직을 반대했어. 한국인이 싫다고. 그게 말이 돼?"

"왜?" 재희가 갸우뚱하며 물었다.

"자기 형이 한국에 가서 가구공장에서 일했을 때 괴롭힘을 당했다는 거야. 게다가 사장한테 맞아서 절름발이가 된 채 고국에 돌아왔데. 내게 경멸하듯이 치를 떨며 얘기하는데. 거기 인도인인 키친핸드 아저씨가 없었으면 들고 있던 후라이팬으로 면상을……." 그는 쥐고 있던 와인잔을 세게 움켜잡았다. 잔이 깨지며 손에서 피가 흘러 내렸다.

그의 영주권이 파키스타인 데미셰프로 인해 막히게 될 줄은 누구도 예상하지 못했던 일이었다. 그건 도현에게 하나밖에 없는 밧줄이었다.

상황이 나쁠 때 잘못된 선택은 쉽게 이루어진다. 급박해진 도현은 혼이 나간 사람처럼 2천 불을 지불하고 취업비자를 샀다. 한국인들 상대로 영주권 장사를 하는 악덕업체라고 업계에 소문이 파다했는데 그는 신경 쓰지 않았다. 그 시기에 맞물려, 재수 없게도, 뉴질랜드 국세청에서 조사가 들어왔고 사장은 악명 높은 세무 조사를 받았다. 국세청의 조사가 끝난 후 불법 체류자들이 무더기로 이민성에 넘겨졌다. 그는 월급도 받지 못한 채 2천 불을 한 달 만에 날렸다. 그 후 다른 불법 체류자와 함께 불법 취업으로 강제추방 명령을 받았다.

이민성은 그에게 출국 준비할 수 있는 시간으로 2주를 주었다. 매미가 시끄럽게 울어대는 한여름이었다. 그는 방 안에 틀어박혀 술만 마셨다. 어느 날은 고래고래 소리를 지르다가 쓰러져 잠이 들기도 하고, 어느 날은 울부짖으며 물건들을 때려 부수기도 했다. 조용한 날도 있었는데 그런 날은 더 소름끼쳐서 그의 방을 지날 때마다 문을 두들겼다. 그는 자기를 가만히 놔두라고 했다. 일주일 정도 지났을까. 그가 방문을 열었다. 50리터짜리 회색 배낭을 메고선 잠시 여행을 다녀오겠다고 했다. 그 배낭은 그가 한국을 떠날 때 메고 온 배낭이었다. 혼자 여행을 보내면 안될 것 같은 예감에 그에게 같이 여행을 가자고 제안했다. 도현은 카와라우를 가고 싶어했다. 면접 본 베이커리 공장으로부터 합격 여부를 기다리며 크리스마스 연휴를 보내던 때라 짧은 여행은 갈 수 있었다.

크라이스트 처치 버스 터미널 시계탑 아래에는 카와라우행 버스를 기다리는 여행객들로 북적거렸다. 매미들이 떼로 몰려나와 나무는 물론 시계탑에도 달라붙어 울어대고 있었다. 자신의 존재를 알리려는 듯 허공을 부여잡고 내내 울어댔다.

"카와라우 말고 다른 곳은 가고 싶은 데 없어?" 도현에게 물었다.

"거기면 충분해."

"매미 소리 정말 사람 미치게 한다."

"매미는 수컷만 소리를 낼 수 있고 소리에는 세 가지 의미가 있는데."

"암컷을 불러 짝짓기를 하기 위한 거 말고 또 있어?"

"두 가지 더. 하나는 내 영역을 침범하지 말라는 경고이고 마지막 하나는 친구들에게 자기의 존재를 알리려고 운다는 거야."

"그럼 지금 저놈들은 지금 왜 우는 걸까?"

"글쎄……, 내가 좋아했던 시에 매미에 대한 시가 있어. 재희 빌려줬는데, 시 구절에 그런 말이 있어. 매미는 진짜 울기 위해 지금 울지 않는다……." 그가 그 구절을 소리 내서 말할 때 피곤에 지쳐 웃던 그의 미소가 내 눈에 박혔다. 왠지 모르게 울적해졌다.

카와라우 가는 버스를 타고 가는 내내 그는 별다른 말을 하지 않았다.

"재희도 같이 갔으면 좋았을 뻔했다. 오랜만에 셋이 같이 어울리게." 도현이도 나처럼 재희를 좋아하고 있다고 생각했다. 다만 가진 것 없는 불안한 현실 앞에서 그도 자신의 마음을 쉽게 내색할 수 없었을 것이다. 우리는 요리학교를 졸업하고 오직 영주권을 따는 데 집중했다. 서른을 코앞에 둔 우리 셋은 다시 한국에 돌아가서 살기 힘들다는 것을 알고 있었다. 이 나라에서 정착하기 위한 방법을 찾아야 했다. 영주권은 우리에게 뉴질랜드에 정착하는 데 필요한 더할 나위 없는 울타리였다.

"주말에 시간 되면 온다고 했어. 거기 한국 사장이 개 같잖아. 크리스마스 때도 쉬지 않는다고 하더라고."

취직한 사람은 다음 단계인 영주권 취득을 위해 바빴고, 취직이 안 된 사람은 취직하기 위해 바빴다. 재희는 학교를 졸업한 후에 거의 만나지 못했다.

뉴질랜드의 카와라우 번지점프센터에 도착한 시간은 해가 지기 두 시간 전쯤이었다. 계곡 사이로 강이 흐르고 있었고, 그 위에 다리가 이어져 있었다. 나무로 만들어진 다리는 불안감과 함께 긴장감을 주었다. 번지점프센터에서는 크리스마스 시즌이라 캐롤이 울려 퍼졌다. 사람들이 번지점프 다리 위에서 쉬지 않고 차례차례 뛰어 내렸다. 그 반복적인 모습을 한참 지켜보고 있자니, 이상한 기분에 사로잡혔다. 뭐랄까, 삶과 죽음 사이의 경계선에 서서 선택을 강요당하는 듯한 느낌. 도현이 이곳에 오고 싶어 한 이유가 갑자기 궁금해졌다.

그를 찾아 두리번거리는 데 그는 이미 안내센터에 들어간 후였다. 그는 주저 없이 번지점프를 신청하고 있었다. 3불짜리 커피 한 잔조차도 쉽게 사 마시지 못했던 그가 300불 가량의 돈을 썼다. 번지점프 체험과 함께 사진과 동영상까지 주는 제일 비싼 상품이었다.

세계 각국에서 온 관광객들은 다리 위에서 번지점프를 하는 사람들을 쳐다보며 환호했다.

"한 번은 꼭 이곳에 와서 해보고 싶었어." 도현의 얼굴에 기대감 찬 듯한 얼굴빛이 오랜만에 스쳤다.

"무섭지 않아?"

"목숨 지켜주는 밧줄도 있는데 뭐." 그는 승리의 브이자를 하고 카메라를 향해 웃음을 지었다. 뛰어내리는구나 싶게 쏜살같이 강 아래로 곤두박질했다. 발목에 매달려 있던 꼬불꼬불한 밧줄이 부드럽게 허공에 풀렸다. 카와라우 강 1미터 지점 즈음에서 밧줄이 팽팽해지자, 강한 탄성과 함께 그의 몸통이 솟아올랐다. 사람들의 환호하는 모습과 함께 곧이어 고개 숙여 계단을 터벅터벅 밟고 다리 위로 올라가는 그의 모습이 교차해서 보였다. 붉은 노을을 등진 그의 모습이 구부정했다. 그의 모습을 보면서, 이상하게도, 나는 이대로 추락하고 싶지 않다는 강렬한 욕망에 사로잡혔다.

안내센터에서 사진과 동영상을 받은 그는 허탈한 표정으로 하늘을 쳐다보았다.

"번지점프하는 동안 무슨 생각이 들었는지 알아? 내가 날아오른 걸까? 아니면 추락하는 걸까? 7년을 영주권 하나만 보고 달려왔는데……." 그의 손바닥에 펼쳐진 사진 속의 그는 세상을 다 가진 듯 웃고 있었다.

뉴질랜드 서쪽하늘 노을이 우리들의 희망처럼 희미해져갔다. 사라져 가는 노을을 등에 지고 숙박할 게스트 하우스를 찾기 시작했다. 시꺼먼 절망의 밤이 우리의 발자국 속으로 아가리를 벌리고 있었다.

"여행 오기 전에 재희 집에 잠깐 들렀어. 재희가 많이 울었어." 도로에서 허우적대는 매미를 그가 신발로 비벼 밟았다. 그의 신발 바닥에 짓이겨진 매미에 시선이 고정된 채 말하는 도현의 목소리는 습기가 가득했다.

"재희랑 뭔 일 있었어? 얼굴 다시 보고 얘기하면 같이 되지 않을까?" 짐짓 가라앉은 분위기를 띄우려고 명랑하게 말했지만 그는 계면쩍게 웃었다. 길은 여러 가지가 있다고 생각했다. 강제추방이지만 한국에 갔다가 다시 돌아올 수도 있다고 생각했다. 재희는 영주권 서류가 들어간 상태로 알고 있었고, 서류만 통과되면 100% 합격이었다.

그녀는 나보다 6개월 먼저 졸업하였다. 뉴질랜드 선생과의 갈등 때문에 취업에 필요한 추천서를 받지 못했다. 결국 한국인 사장이 운영하는 식당에 취업했다. 그녀는 매일 푸드코트에서 데리야끼 치킨을 튀겼고, 쇼핑센터에 오는 손님들에게 주문을 받았다. 똑같은 영어로 똑같은 웃음으로 영주권이 나오는 날을 묵묵히 기다렸다.

"남들 다는 영주권이 왜 이렇게 힘이 드는 건지. 이제 지쳤어……." 그의 표정은 피곤해 보였다. 그날 저녁 우리는 게스트하우스를 한참 동안 찾지 못해 어둠 속에서 갈 길 잃은 사람들처럼 헤맸다. 매미가 나무가 흔들릴 정도로 울어댔다.

들녘을 덮은 하늘이 온통 회색빛이다. 길 위에 달리는 건 오직 버스뿐이었다. 의자를 살짝 젖힌 채 머리를 기대고 있는 그녀는 잠이 든 것처럼 보였다. 나는 차창 밖으로 스쳐 지나가는 푸른 초원과 양떼들을 무심히 쳐다보았다. 버스 차창에 겹쳐지는 재희의 얼굴을 보면서 하나의 영상이 펼쳐졌다. 지나가는 모든 것을 얼어붙게 하는 장면. 폭우가 몰아치는 다리 위에서 도현이 강 아래로 떨어지는 모습이었다. 그가 번지점프 다리 위에서 뛰어내렸다 올려졌다 무한 반복되고 있었다. 다시 한국으로 돌아가지만 않는다면 어느 곳이 되어도 상관없다던 그의 마지막 말이 선명하게 떠올랐다. 그의 마지막을 죽음이라는 단어로 채워서 보낼 줄은 몰랐다.

"재희야, 우리는 추락하고 있는 걸까?" 나는 읊조리 듯이 말했다. 답답했던 마음이 차올라 입밖으로 꺼내진 말이었다. 재희가 자고 있다고 생각했기 때문에 그녀의 대답을 들으려고 한 말은 아니었다. 그녀가 눈을 뜨고 고개를 돌렸다.

"추락하고 있다고 생각하면 무섭지. 눈을 감고 있어도 계속 떨어지니까. 회피하거나 받아들이거나 둘 중 하나야. 선택은 자기 몫인 거야." 원망하는 듯한 말투였다. 그것이 누구에 대한 원망인지 알 수 없었다.

그녀는 말을 끝내고 휴대폰의 홈버튼을 눌렀다. 누군가의 연락을 기다리기라도 하는 듯이 휴대폰에 시선을 고정한 채 그대로 있었다. 나는 문득 그녀의 불미스러운 일이 떠올랐다. 그때 그녀가 무슨 일을 당하고 있는지 몰랐다. 만약 알았다면 달라졌을까.

그녀의 얘기는 요리학교 다니면서 어울려 다녔던 준우 형에게서 들었다. 도현의 장례식을 치르고 크라이스트 처치에 돌아온 후였다. 준우 형은 그녀가 식당 사장과 애인

사이였다고 말했다. 누군가는 사장이 그녀를 겁탈했다는 말을 했고, 또 다른 누군가는 그녀가 먼저 영주권을 목적으로 사장을 유혹했다는 말도 했다. 그녀는 카와라우에서 크라이스트 처치로 돌아오자마자 사라졌다. 어째서 그녀를 만나던 그 시간에 그런 사정을 알지 못했었을까. 도현은 알고 있었던 걸까. 자괴감이 밀려왔지만 연락이 끊긴 그녀와 이어질 길은 없었다. 서운했지만 그게 나에 대한 그녀의 마음이라고 생각했다.

버스가 휴게소로 들어갔다. 뿌연 유리창 밖으로 비가 내리는 것이 보였다. 버스에서 배낭여행객들이 앞뒤에서 시끄럽게 떠들며 내렸다. 휴게소는 적막했다. 맥도널드와 카페가 전부였다. 둘 다 우산을 챙겨오지 않아 금세 머리가 젖었다. 나는 젖은 머리를 흔들며 카페에 들어갔다. 즐비하게 널려 있는 머핀과 페스트리와 도넛을 보자 뜨거운 라면 국물이 더욱 생각났다. 커피와 도넛을 사서 나왔다. 방금 나온 도넛이 입안에 들어가자 설탕이 온 혀를 감싸 안으며 식욕을 돋구었다. 하루 종일 아무것도 먹지 않았다는 것을 그제서야 깨달았다.

"너는 영주권 땄어?" 그녀에게 도넛과 커피를 건네며 물었다. 그녀가 고개를 가로저었다.

"너는?"

"1차 서류심사 합격하고, 최종면접만 남았어." 식어 가는 커피를 한 모금 마시며 말했다.

"그랬구나. 축하해." 그녀는 짧게 축하의 말을 하곤 더 이상 어떤 것도 묻지 않았다. 영주권을 어떻게 딿는지조차도 알려 하지 않았다. 요리학교를 졸업하고 함께 영주권만 보고 달렸었다. 답답한 미래에 숨이 막혀왔지만 주저앉을 수조차 없었던 시절을 같이 보냈다. 한동안 우리는 전염병처럼 피로와 무기력 속에 시달리기도 했다. 그녀와 나 사이에 휑한 바람이 가로질렀다. 식어버린 커피를 든 채 버스로 돌아가려고 하는 데 그녀가 말을 이어갔다.

"내가 연락해서 놀랬지? 근데 너밖에 생각 안 났어. 그곳에 혼자 갈 자신은 없었으니까." 그녀는 비 내리는 도로를 한참 동안 쳐다보았다. 비가 점점 거세지고 있었다. 일기예보를 못 봤는데 폭우가 또 올 것 같은 날씨다. 여름이면 한두 차례 이렇게 눈앞이 보이지 않을 정도의 태풍을 동반한 폭우가 뉴질랜드를 강타하곤 한다.

"너 혹시 도현이가 좋아했던 시 아니?" 재희가 회색빛 하늘을 쳐다보며 물었다.

"아니."

"도현이가 여행가기 전에 집에 들렀었어. 내가 식당 사장 때문에 억울해서 울고 있는데 자기가 아끼는 시집이라며 빌려주었어. 도현이가 떠난 후 그 시집을 다시 읽었는데, 시 구절 하나가 내내 떠나지 않더라."

"그게 뭔데?" 그녀는 비 내리는 허공에 시선을 둔 채 시구절을 전해줬다.

매미는 울기 위해 지금, 울지 않는다.

보이지 않고 들리지 않는다고 매미의 시절이 갔노라고

섣불리 엽서에다 쓰지 말 일이다.

몸속에는 늘 꼼지락거리며 숨 쉬는 게 있는 게 있는데

죽어도 죽지 않는 그게, 바로 흔히들 마음이라고 부르는 거란다.

수천 번을 되새긴 듯한 말투였다. 그녀와 헤어진 후 생겼던 동그란 구멍이 커졌다 작아졌다 하고 있었다. 그때 그녀의 휴대폰이 울렸다. 그녀가 나를 쳐다본 후 머뭇거리다 전화를 받았다. 그녀는 영어로 휴대폰 건너편 남자랑 통화했다. 그녀는 오늘밤 돌아갈 거라고 말하며 전화를 끊었다.

"남자친구가 배우자로 영주권 스폰해 주기로 했어. 곧 영주권 나올 것 같아." 담담한 목소리와 달리 그녀의 모습은 지쳐 보였다.

"내가 너 좋아했던 거 아니?" 한 번쯤 다시 만나면 털어놓고 싶었던 말. 나는 준비되지 않은 채 말했다. 언제나 그녀와 둘이 마주한 순간은 그랬다.

"매미는 울기 위해, 지금 울지 않는다, 라는 말…… 내가 매미처럼 여름 한 시절이라도 뜨겁게 사랑할 날이 올까? 추락할 것 같은 아찔함 속에 사랑은 사치라는 거……. 너도 알잖아." 나를 바라보는 그녀의 눈빛에 원망과 아쉬움, 분노와 슬픔이 교차되어 일렁였다.

"그래, 그렇지." 울컥해진 나는 그녀를 제대로 쳐다보기가 힘들었다. 동그란 구멍에 습기가 들어왔다. 나는 천천히 오라고 그녀에게 말하고 버스를 향해 발을 내딛었다.

도현이가 여행지에서 언급했던 그 시 구절의 마지막을 일 년이 지난 이제 알게 되었다. 그에 대해 가졌던 미련했던 아쉬움과 그녀와 어긋났던 시간이 준 상실감이 밀려왔다. 그날 이후 내가 그녀에게 가졌던 죄책감도 덜어지는 듯했다.

앞으로 그 둘을 기억하게 될 마지막 감정을 나는 방금 전 휴게소 앞 카페에서 시작하리라는 예감이 들었다. 나는 속으로 중얼거렸다. '괜찮아. 이거면 충분해.'

마지막으로 그를 본 것은 금요일이었다. 게스트하우스는 시끌벅적했다. 로비에 있는 호프집에서 신나는 음악이 흘러 나왔고 젊은이들은 맥주를 들고 몸을 흔들었다. 그와 나도 맥주 하나씩 시켜 야외 테라스로 나갔다. 하늘의 별들이 쏟아졌다. 뉴질랜드 와서조차도 하늘 한 번 제대로 쳐다본 적 없는 생활이었다. 그때 호프집에서 술을 마시던 외국인이 메리크리스마스를 외치며 말을 걸었다. 그들은 파키스탄에서 왔다고 했다. 도현은 인상을 찌푸리며 고개를 돌렸다. 그들은 몇 마디 나누다 금방 다른 무리들에게로 갔다.

"파키스탄인이라 그랬어?" 그는 그들이 나와 애기하는 동안 한마디도 하지 않았다.

"영주권, 파키스탄인, 아버지……, 지긋지긋해. 한국만 떠나면 된다고 생각했는데, 이제 더 이상 도망칠 곳도 없어." 맥주병을 움켜쥔 그의 손이 부들부들 떨렸다.

"한국이 왜 그렇게 싫어?"

"대학등록금 한 번만 내 달라고 했는데, 아버지라는 놈이 마시던 소주병으로 내 머리를 쳤어. 그때 방바닥에 산산조각난 소주병과 흘러내리는 피를 쳐다보며 생각했지. 저 개새끼가 없는 세상에서만 살 수 있다면……."

"아버지가?"

"알코올 중독자였어."

어색한 침묵이 흘렀다. 잠시 후, 우리는 호프집에서 나와 근처 슈퍼에 들렀다. 와인과 치즈와 간단하게 요기할 저녁으로 빵을 샀다. 방에 들어와 일회용 플라스틱 컵에 와인을 따랐다. 침대에서 치즈를 손으로 잘라가며 와인을 소주처럼 들이켠 지 얼마 되지 않아 둘 다 취기가 올랐다.

"여름 한때 울어보지 못하고 추락해 죽는 매미도 있겠지. 7년을 기다렸어도……." 와인 한 잔 들이켜며 넋두리처럼 말하는 그의 말이 오랜만에 쳐다 본 밤하늘의 별빛만큼 서글펐다. 클라우드 베이의 쇼비뇽 블랑이 그의 손가락 언저리에서 화려하게 출렁거렸다. 같이 밑바닥으로 내려가는 듯한 느낌을 잊고 싶어 와인을 쉬지 않고 마셨다. 고국을 등지고 떠나서 이민의 길을 선택했지만, 뉴질랜드 생활은 이 나라의 와인처럼 맞지 않았다.

취기와 함께 외로움이 몰려왔다

우리는 술에 취해 잠이 들었다. 그때 그의 부재를 느꼈다면 나는 그의 죽음을 막을 수도 있지 않았을까 하며 자책한 적이 있었다. 그 이튿날 그의 시체가 카라와루강 하류에서 발견되었다. 경찰이 현장검증을 나왔고 축제의 장소였던 번지점프센터는 사람들의 호기심 어린 구경거리 장소가 되었다. 도현이 남긴 휴대폰으로 한국에 연락을 했지만 연락이 쉽게 닿지 않았다. 그의 시체를 화장해야 할지 묻어줘야 할지 갈피조차 잡지 못하던 차에, 카와라우에 있는 교회의 뉴질랜드인 목사가 장례식을 도와줬다. 그를 교회 옆 무덤에 안치하기로 결정한 후에서야 재희가 도착했다. 그녀는 계속 울었다. 재희와 나만이 그의 무덤 앞에 서서 그의 마지막을 지켜보았다. 그가 마지막으로 찍은 사진을 묘비 앞에 올려놓았다. 번지점프하며 활짝 웃는 모습이었다. 그 사진을 보며 나는 울컥했다. 미래의 나도 이렇게 추락할 것 같은 불안함과 고통이 나를 후벼댔다.

　카와라우 버스 터미널에 도착한 건 거의 저녁이 다 되어서였다.

　빗발은 약해져 있었지만 바람이 세찼다. 떠밀리듯 버스에서 내린 그녀와 나는 당혹스러운 얼굴로 서로를 바라보았다. 나무가 도로 중앙에 쓰러지지 않았다면, 제 시간에 도착하고 마지막 버스를 타고 크라이스트 처치로 돌아갔을 것이다. 다시 만나지 말았어야 했던 만남일까. 처음부터 잘못된 길이었던 것일까. 택시를 불렀어야 했나 후회가 되었다. 교회로 가는 시내버스가 1시간 뒤에야 도착했다. 교회에 도착했을 때 이미 밤은 깊어져 있었다. 교회는 불이 꺼져 있었고 묘지는 음침하기 짝이 없었다. 우리 둘은 서로 눈을 마주치고 암묵적 동의라도 한 듯이 무덤을 향해 올라갔다. 관리되지 않은 무덤은 풀이 무성했다. 비석에 그의 이름과 태어난 해와 죽은 해가 기록되어 있었다. 그의 생은 그렇게 단순하게 기억될 것이다. 타인의 인생을 이해하는 일은 애초부터 힘든 일일 수 있다. 재희에게 넌지시 물었다. 내일 아침 일찍 오는 게 나을 것 같다고. 교회에 가서 무덤 관리도 부탁하고, 무덤 자리를 제공해 준 것에 대해 감사 인사도 드리는 게 어떻겠냐고 했다. 재희는 고개를 끄덕였다. 그녀는 더 이상 울지 않았다.

교회에서 내려와 생각 없이 발길을 옮긴 곳은 재희와 내가 1년 전에 머물렀던 게스트하우스였다. 우리는 호프집에 들어가서 맥주와 와인을 시켰다. 재희와 달리 나는 몇 잔을 더 마셨다. 하루 종일 도넛 외에는 음식이 들어가지 않아서인지 쉽게 취기가 올라왔다. 재희는 와인 한 잔을 조금씩 마시며 무신경하게 주위를 둘러봤다. 버스 터미널에서 어색했던 분위기가 다시 되살아났다. 이런저런 생각들의 꼬리가 이어지면서 눈이 감겨왔다. 재희가 나를 부축해 방으로 데려갔다.

1년 전에는 내가 재희를 부축했던가. 아마 그랬을 것이다. 그때 재희는 계속 울어서 거의 기진맥진해 있었으니까.

방으로 가는 내내, 방에 들어와서 우리는 한마디 말도 하지 않았다. 나는 두 개의 싱글 침대 중 벽 쪽에 있는 침대에 몸을 뻗었다. 눈을 뜨려고 애썼는데 졸음이 급속히 몰려왔다. 그녀가 가만히 나를 내려다보는 듯했다. 잠시 후

샤워하는 소리가 들린 것 같기도 했다.

　눈이 떠져서 핸드폰을 보니 새벽 3시였다. 주위를 살폈다. 두 개의 싱글 침대와 작은 냉장고가 어색했다. 나는 잠시 멍하니 누워 있었다. 바깥은 태풍이 거칠게 비를 내리꽂고 있었다. 건너편 싱글 침대를 보다가 그녀의 크로스 가방만 침대 위에 가지런히 놓여 있는 것을 발견했다. 침대 옆에 있는 휴대폰을 집어 그녀에게 전화를 걸었다. 그녀의 휴대폰 전화벨 소리가 건너편 침대 위에서 울렸다. 벨소리가 울리는 휴대폰을 크로스백에서 꺼냈다. 그때 도현이 빌려 주었다는 시집이 침대 아래로 떨어졌다. 나는 그제야 섬뜩한 예감에 머릿속이 아득해졌다. 그녀가 다시 찾은 카와라우에서 휴대폰과 가방을 남겨둔 채 폭우 속으로 사라졌다. "재희야……." 1년 전 뉴질랜드 경찰이 현장 검증 후, 카와라우 번지점프 다리 위에 남겨졌던 도현의 휴대폰을 건네주었다. 영주권 서류가 합격된 후 장롱에 있던 물건들을 정리하다가 구석에 처박혀 있던 도현의 배낭을 발견했다. 배낭 속에 있는 휴대폰을 보고 떨리는 마음으로 전원을 켰다. 그가 사용하던 SNS에 자동 로그인되어 졌다. 그의 계정 아이디는 MAEMI(매미)였다. 마지막으로 저장된 그의 글에는 이렇게 써져 있었다. '추락도 삶일 수 있음을…… 이제는 추락을 받아들이겠다.' 또 한 번 돌이킬 수 없는 상실의 시나리오가 발동했다. 나는 서둘러 그녀를 찾아 나섰다. 비는 잦아들었지만 이미 쏟아진 비로 거리는 온통 빗물이 넘쳐흘렀다. 가로등이 띄엄띄엄 있었지만 어둠을 밝히지 못했다. 쓰러진 나무들이 곳곳에서 발견되었다. 휴대폰에 내장된 전등을 켰다. "재희야, 재희야." 나는 떨리는 목소리로 그녀의 이름을 불렀다. 울음이 터져 나왔다. 그때 매미 울음소리가 끊어질 듯 말 듯 희미하게 들렸다.

카와라우 번지점프센터였다. 무작정 그곳으로 뛰어갔다. 급하게 뛰다가 넘어지고 무릎이 까졌다. 그때 매미들이 나를 보고 책망하는 듯 아우성쳤다. 비가 다시 내리기 시작했다. 재희가 카와라우 번지점프 다리 위에서 보였다. 달려가 그녀의 몸을 끌어당겼다. 그녀는 몽상에 깨어난 목소리로 말했다.

"여기구나. 도현이 뛰어내린 곳이." 순식간에 매미의 울음소리가 사라졌다. 내리던 비도 그쳤다. 절망의 시간은 끝났다고. 이제는 돌아가라는 신호인 양 해가 서서히 뜨기 시작했다.

돌아가는 크라이스트 쳐치 버스에서 그녀는 카와라우에 다시 한 번 오고 싶었다고 얘기했다. 그리고 이게 마지막일 거라고. 다시 안 올 거냐고 내가 물었다. 그녀는 그럴 거라고 말했다. 나는 차창 밖으로 시선을 돌렸다. 태풍이 지나간 자리의 풍경은 선명했다.

1년 전에도 나는 비 내리는 이 도로를 지나갔다. 크라이스트 쳐치로 돌아갈 때 나는 혼자였다. 그녀는 먼저 간다는 말도 없이 동이 트자마자 사라졌다. 그때 내 마음이 어떠했던가. 가벼웠던가. 아니었다. 간밤 한숨도 못 잤지만 나는 돌아가는 내내 눈을 붙일 수 없었다. 폭우에 보이는 건 흙탕물 투성이었다. 막상 크라이스트 쳐치에 도착했을 때 내게는 더 이상 도망칠 곳이 없었다. 버스 터미널에서 나는 그녀의 발자취를 찾아 헤맸다. 그녀가 지나갔을 듯한 매표소, 카페, 화장실을 두리번거리며 그녀가 입었던 회색 반바지와 체크무늬 티셔츠를 기억하려 애썼다. 그녀가 어딘가에서 나타날 거라는 막연한 기대를 갖고 오랫동안 터미널에 있었다. 그녀가 사라진 자리에서 기다림의 시간은 내게 형벌처럼 느껴졌다. 뒤늦게 따라온 감정에 몸둘 바를 몰라하며 휴대폰의 통화 버튼을 만지작거렸다. 끝내 그녀의 휴대폰 번호를 누르지 않았다. 그렇게 가만히 버스 터미널에 앉아 있다가 집으로 돌아왔다. 집으로 들어와 짐을 풀고 우편함 속에 가득 채운 우편물을 확인했다. 뉴질랜드 은행에서 온 서류에는 얼마남지 않은 잔고 금액이 찍혀 있었다. 한국에서 가져온 돈이 거의 바닥을 친 상태였다. 이윽고 합격일자를 기다렸던 베이커리 공장에서 채용되었다고 연락이 왔다. 주말을 제외하고 매일 새벽 3시 출근하는 정규직이었다. 영주권 취득할 기회가 가까워졌다.

휘청거리는 불안한 현실을 탓하며, 나는 내 자신에게 추락하고 싶지 않을 뿐이라고 변명했다. 그날 이후 나는 그녀를 볼 수 없었다. 크라이스트 쳐치에 돌아온 후 한동안은 도현의 일로 그녀의 불미스러웠던 소문은 덮어졌다. 그 둘에 관련되어 직접적인 상황을 알고 있었던 내게 사람들이 호기심 어린 질문을 던졌다. 소문들과 비난들, 조소들을 나는 해명도 동조도 하지 않은 채 가만히 있었다.

버스는 점심시간이 되기도 전에 크라이스트 쳐치에 도착했다. 버스에서 내린 그녀는 나와 약속이라도 한 듯 어제 만났던 터미널 시계탑 아래에서 걸음을 멈추었다.

"잘 지내."

"너도 잘 지내." 그녀가 내게 손을 내밀었고 나는 그녀의 손을 가볍게 잡았다. 그녀가 크로스백에서 도현의 시집을 꺼내 아무 말 없이 내게 주었다. 가끔 연락하며 지내자, 라고 말하려다 말고 나는 입을 다물었다. 악수를 나눈 뒤 나는 몇 걸음 걷다가 뒤를 돌아봤다.

우리는 왜 더 나아가지 못했을까, 하고 궁금했던 적이 있었다. 사랑을 하기엔 좋은 시절이 아니었을 수 있었다. 직장과 학교는 우리의 울타리가 되어주지 못했고 우리는 그 울타리를 만들기 위해 노력하는 것이 급선무였다. 가끔씩 가벼운 위로로 웃을 수 있었으나 마음 편히 의지하며 소통하지는 못했다. 우리가 서로를 향한 노력을 기울였다면 달라졌을까. 나는 그녀와 헤어진 후 그런 생각을 자주 해보았다.

1년 전 재희가 카와라우에 도착한 날에도 나는 도현의 장례를 치루느라 바빴다. 재희도 나도 지쳐 있었다. 그런 일을 예상하지 못했지만, 우리는 마치 오래전부터 그 순간을 기다려왔던 사람처럼 아무렇지 않게 같은 방으로 들어갔다. 그때도 싱글 침대가 두 개 있었다. 그녀가 내뿜은 오랜 침묵을 나는 내 방식대로 합리화시켰다. 그녀를 위로하고 싶었다. 그녀의 눈물 젖은 뺨을 어루만지며 그녀 위로 올라갔다. 잠시 후 그녀는 아무것도 남지 않은 자의 무기력한 말투로 한마디 내뱉었다.

"우린 왜 이리 아픈 걸까……." 그리고 나선 그녀는 미친 듯이 울었다. 미안함과 당황스러움으로 버둥대는 몇 초의 순간이 내겐 비겁한 욕망의 절정을 마주한 순간이었다. 그 방 창가에 해가 어스름히 뜰 때까지 우리는 숨소리조차 조심스럽게 내며 잠든 척했다. 그리곤 그녀가 침대에서 내려가 그 방을 빠져나갈 때까지 가만히 누워 있었다. 그녀도 알았을 것이다. 내가 깨어 있었음을.

그녀의 뒷모습이 터미널 화장실에서 벤치에서 사라졌다가 나타났다가 했다. 그녀가 버스를 타려 할 때 몸을 돌려 나를 바라봤다. 그녀와 눈이 마주쳤다. 그녀가 손을 흔들며 미소 지었다. 그녀의 미소 속에서 도현의 마지막 미소가 겹쳐졌다. 우리 둘 다 목격했고 경험했던 그의 이야기는 카와라우에 있는 그의 무덤처럼 덮여질 것이다. 그녀와 헤어진 후 내가 일궈놓은 일상의 세계로 돌아가고 나면 우리들의 절망했던 시간들도 같이 뒤편으로 사라질 것이다.

도현과 지냈던 그날 밤과, 재희와 지냈던 그 밤의 카와라우는 내게 선명하게 어제 일처럼 느껴진다. 이번엔 그녀가 떠나가는 것을 지켜보고 싶었다. 그녀를 배웅하고 터미널 시계탑 앞에 서 있는데 소란스럽게 울어대던 매미 소리가 뚝, 그쳤다.

내 기억의 잔해 속에서 허둥대던 매미 한 마리가 꿈틀거리는 것이 보였다. 이제 막 껍질을 벗은 매미는 힘겹게 시계탑을 기어 올라가고 있었다. 한낮의 여름 햇살이 매미의 등 위에서 뜨겁게 녹아 내렸다.

*안도현 「가을, 매미생각」

소설가로서 꿈의 시작은 단순했습니다. 어느 날 박완서 선생님의 소설을 읽는데 마흔 살에 뒤늦게 등단한 이야기, 무라카미 하루키 작가의 소설을 읽다가, 그가 서른 살이 될 무렵 소설을 쓰겠다고 결심한 야구장에서의 이야기들이 저의 마음속에서 작은 꿈의 불씨를 싹트게 했습니다. 험난한 과정을 예상치 못한 것은 아니지만, 어떻게 시작해야 하는지조차 모르며, 소설의 기초도 없이, 책만 무조건 읽고 또 읽었습니다.

아무것도 모르는 제게 소설의 과학성과 합리성을 가르쳐 주고 기초를 세우게끔 지도해 주신 조동선 선생님께 감사드립니다. 재미없는 소설의 첫 독자가 되어준 문우들, 특히 어려운 창작의 길을 같이 해 준 미진 언니, 유옥 언니, 광근 씨, 그리고 사랑하는 지영이에게 감사를 전하며 계속 앞으로 이 길 위에서 함께 하고 싶다고 말하고 싶습니다.

제 소설을 세상 밖으로 나오게 해 주신 심사위원분들께 진심으로 감사드립니다. 조금 더 용기를 내서 쓰라고 격려해 주는 공식적인 허락을 받은 듯합니다. 열심히 읽고 묵묵히 써서 제 글이 사람들에게 작은 위로와 희망이 되는 것으로 보답하겠습니다.

소중한 나의 가족들에게 감사드립니다. 특히 기쁨과 슬

품을 함께 해 준 엄마, 그리고 자랑스러운 엄마가 되고 싶은 나의 소망에, 언제나 힘이 되어준 사랑스러운 딸 은채에게 고마움을 전하고 싶습니다.

아주 오랫동안 당선 소식을 받았던 순간을 기억하며 행복할 것 같습니다. 흔들렸던 희망을 단단히 부여 잡겠습니다. 일일이 다 지면을 통해 언급하지 못하지만, 다시 한번, 또 다른 길의 시작점인 여기까지 오게 해 준 모든 분들께 감사드립니다.

사앙골

배석봉

　잠시 방을 비추던 햇살은 이내 사라졌다. 사내는 천호동 쪽으로 앉아 여전히 뭔가를 빚고 있었다. 새벽에 심한 갈증으로 깼을 때도 그렇게 앉아 있었으니 서너 시간은 족히 지났을 것이다. 하지만 사내는 밤을 새며 그 짓을 해왔을 것이다. 왜냐하면 사내는 곧잘 그러했기 때문이다.

　나는 실눈을 뜨고 방을 둘러보았다. 방안은 온통 난장판이었다. 묵은 때로 절은 옷가지와 함께 며칠째 웃목으로 밀려나 있는 냄비에는 먼지가 쌓여 있었다. 냄비에 눌러붙은 잔반에서 나는 쉰내와 습기를 잔뜩 먹은 좁은 골방이 내뿜는 눅눅하고 매케한 내음이 함께 어울리고 있었다.

　죽음의 냄새가 있다면 지금 내가 맡고 있는 냄새가 아닐까란 생각이 들었다. 운신을 못하고 자리를 깔고 누워 누군가에 의해 몸이 거둬질 때를 기다려야만 하는 노인네들 몸에서 나는 비린내. 또는 사람들이 오는 것을 싫어하게 만드는 쏘는 지린내가 몸에 자리잡기 시작하면 죽음도 그 깊이만큼 함께 내려앉으리라.

냄비 옆에는, 내 죽음의 마지막 순간을 지키려다 지친 사열병처럼, 제각각의 폐지들이 아무렇게나 널브러져 있었다. 나는 더 이상의 각혈을 받아내는 것은 무의미한 짓이라 생각되었고, 이제는 저놈의 각혈을 받아내기 위해 휴지를 쓰지 않으리라 작정했다

사내는 여전히 고개도 돌리지 않고 퍼질러 앉아 나신(裸身)을 빚고 있었다. 나는 사내가 빚고 있는 나신은 '기똥찬 몸매'를 가진 사내의 도망간 '멋쟁이 애인'임을 알고 있다. 이 남한산성 중턱의 사앙골 움막에 들어오며 알게 된 사내는, 천호동 쪽 길을 보며 나신을 빚지 않으면 언제나 멋쟁이 애인을 자랑했다. 아마 내가 죽을 때도, 사내가 내 시신을 거둬 줄지는 알 수 없지만, 내 북망길의 동행으로 자신의 멋쟁이 애인을 붙여 줄 것처럼 떠들어대고는 했다.

묵은 때와 땀으로 절은 이불을 밀치고 나는 자리에서 일어났다. 머리가 어질어질한 것이 정신을 차리기가 힘들었다. 맞은편 골짜기는 훤히 밝아 있었다.

"이 불쌍한 화상은 오늘도 헛심만 키고 있네. 쯧쯧쯧."

나는 사내를 자극했다. 밤을 새며 도망간 멋쟁이 애인과 밀담을 나누던 사내가 찌그러진 표정을 지으며 고개를 돌렸다. 그러면서 '옘병할, 이 문디는 지가 얼매나 잘났다고 씨부리대샀노' 라는 표정을 사내는 지었다.

그런 사내의 뒤편으로는 맑은 하늘이 펼쳐져 있었다.

나는 사내의 그런 눈초리와 표정에는 이미 익숙해져 있었다. 사내의 얼굴 뒤의 맑은 하늘 때문인지도 몰랐다. 사

내의 아픈 기억의 생채기를 건드린 것은. 사내는 험한 인상만 한 번 더 구기고는 돌아앉았다. 다시 애인과의 교감에 들어가는 사내를 보며, 나는 앞으로 일어날 사내의 발작을 생각했다.

내가 처음 사앙골에 올라왔을 때, 사내는 묘한 표정을 지어보였다. 그때 사내가 내게 보여준 그 표정은, 움막을 찾아온 환자에 대한 짠함이나 쓸쓸한 잔정에서 나오는 것이 아닌, 나의 병약한 모습에 대한 조소나 비꼼이 다분한 그런 웃음이었다. 마주보고 있는 두 방의 빈 쪽을 찾아 짐을 풀 때, 사내는 일주일 전까지 그 방의 임자는 칠순의 할망구였다고 덧붙였다. 주인으로서는 아주 차가운 접대였다.

다다미 세 조짜리 방에는 미닫이창과 낡은 호롱이 하나 달랑 놓여져 있었다. 일주일 전까지 사람이 살고 있던 흔적은 어디에도 찾을 수 없었다. 사내는 마루턱에 걸터앉으며, 맞은편에 보이는 것은 청량산이며, 물건을 살려면 면사무소가 있는 광안리나 산성이 있는 산성리로 나가야 한다며, 움막 생활에 필요한 몇 가지 얘기를 덧붙였다.

청량산은 서쪽으로 누워 있었다. 산의 중턱을 지르며 내려오는 골짜기는 건강한 여인의 생식기마냥 깊고 진한 생기를 띄고 산의 맥을 이어받고 있었다. 산에는 침엽수와 단풍나무들이 빼곡히 들어차 있었고, 조석으로 갖가지 산새들이 찾아와 낮은 미닫이창에 대고 울어댔다. 또한 간간히 들려오는 장경사 범종 소리도 나를 편하게 해주었다.

열린 문으로 바람이 쏟아져 들어왔다. 청량산의 앞쪽 능선을 타고와 뒤쪽으로 빠지는 무리진 바람들은 항상 따뜻하게 이 자그마한 움막을 감싸주었다. 바람으로 인해 나는 기분이 맑아졌다. 그리고 오래간만의 상쾌한 기분을 해치지 않기 위해, 사내를 더 자극하지 않고 발작을 기다리기로 했다.

사내는 애인과 헤어진 것은 한 오 년쯤 되었다 했다. 멋쟁이 애인과의 사랑에 열기와 깊이가 더해가던 중에, 사내의 병이 악화되었다 한다. 멋쟁이 애인은 처음에는 사내의 증상에 동정과 연민을 보여주며 함께 아파했다 한다. 하지만 끊임없이 반복되었던 사내의 의식불명에는 멋쟁이 애인도 손을 들었다 한다. 멋쟁이 애인의 사랑과 연민과 집념은 간단없이 무너져 내렸고, 어느 날 '멋쟁이 애인'이 그냥 '여자'가 되어 사내를 떠났다 한다.

여자가 되어 떠나 버린 멋쟁이 애인은 사내를 고주망태로 만들었고, 사내는 술을 마실 때마다 자신을 떠나가 버린 '여자'들을 매일 품었다 했다. 그러던 어느 날 사내는 아주 몹쓸 병에 걸린 자신의 남성을 잘라버리곤, 살기 위해 이 사앙골로 들어왔다고 했다.

능선을 타고 내려온 무리진 바람들이 움막을 빠져나갈

때쯤, 사내의 발작이 시작되었다. 사내가 밤새 빚은 멋쟁이 애인을 땅바닥에 패대기쳐 떡을 만든 후, 식식대며 단숨에 이홉들이 소주 한 병을 비웠다. 그리고는 억울한 인상을 지으며, 무심하게 그를 쳐다보고 있는 내게 욕을 퍼부어대었다.

"야 이 폐병쟁이야, 콱 뒤져뿌라. 이 여엄병할 가시나는, 이 지애비하고 붙어먹을 가시나는……"

사내의 광기는 이렇게 시작했다. 고향은 경상도 어디라고 했으나, 사내의 얘기에는 언제나 온갖 사투리들이 뒤섞였다. 이는 지금까지 사내의 살아온 행로가 그의 얘기에 섞이는 정체불명의 다양한 방언만큼이나 험난했음을 보여주었다. 사내가 초를 잡고 본격적인 분탕을 시작하기 전에 나는 방문을 닫고 다시 자리에 누웠다.

내가 사내의 발작을 처음 본 것은 이 움막에 올라오고 달이 한 번 어스러지고 난 후였다. 입에 게거품을 문 사내는 금방 숨이 넘어갈 것 같은 표정으로 쌍욕을 해댔다. 연신 기침을 함께 해대며, 목이 잠긴 그렁그렁한 쉰소리로 뱃속을 긁어내듯이 바락바락 소리를 질러댔다.

삼십여 분 그짓을 하던 사내가 그 자리에 꼬꾸라졌다. 그날 나는 처음으로 사내 옆에 얼굴이 반쪽으로 찌그러져 있던 사내의 멋쟁이 애인을 처음 보았다.

나는 다 죽어 자빠진 사내를 방으로 옮기고는 찬 물수건으로 얼굴을 닦아주었다. 한참 후 사내는 정신을 차렸다.

투데이신문 직장인신춘문예 당선작품집

정신이 든 사내는 예기치 못한 상황에 놀랐고, 그의 옆에 있는 내게 매우 겸연쩍은 표정을 지었다. 그리고는 미안하다며 술이나 한 잔 하자고 했다. 첫 잔을 내게 건넨 후 사내는, 발작에서 깨어나면 술로 뒷풀이를 한다는 사설을 지나가는 바람처럼 흘렸다. 그리고 나는 사내와의 첫 술자리에서 사내의 지난날을 들을 수 있었다.

사내는 자신이 처음으로 이 움막을 지키기 시작했다고 했다. 그동안 폐병쟁이 둘, 중풍 노파 하나, 간질병 처녀 하나의 시신이 들려나갔다 했다. 내가 노파의 뒤를 이어 들어왔고, 우리 둘 중 누구 하나가 들려나가면 또 누군가가 우리의 빈자리를 채워줄 것이라 하며, 간질병 처녀의 얘기를 이었다.

사내가 움막에서 처음으로 폐병쟁이 하나를 들어낸 후 말끔하게 생긴 처녀가 들어왔다 했다. 사내는, 사람 용모 멀쩡하고 아주 매력적인 미소와 몸매를 지닌 이십 대의 젊은 처녀가 왜 사앙골의 움막으로 들어왔는지 궁금했지만, 그 이유를 묻지 않았다 한다. 병은 몸이든 마음이든 같은 종(種)이기 때문에, 아랫동네 ― 사내는 산 밑의 건강한 사람들이 살아가는 동네를 이렇게 불렀다 ― 의 어떤 일을 떨치기 위해 요양차 온 것쯤으로 여겼다 했다.

처녀가 움막으로 온 지 한 달쯤 지나, 여자의 방에서 새어나오는 이상한 소리를 들으며, 사내는 이상하게 생각했다 한다.

처음에는 갓난 애기 울음이나 칭얼대는 소리거나 연인들

끼리 나지막하게 도란도란 주고받는 얘기같이 들렸다 한다. 하지만 소리가 갑자기 자지러져, 사내는 급히 처녀의 방문을 열었으나 잠시 그 자리에 얼어붙었다고 했다.

마지막 잔광을 길게 움막에 드리웠던 해는 청량산 뒤로 숨고 있었다. 해를 밀어내고, 어둠이 조금씩 모습을 드러내며 사내의 방을 은밀히 감싸기 시작했지만, 사내는 호롱불을 당기는 대신 잠시 생각에 빠졌다. '그 가시나가 되진 것도 딱 이맘때쯤인디' 라며 말을 이었다.

방문을 여니, 처녀는 속옷까지 홀라당 발가벗은 몸으로 입에 거품을 물며 숨이 넘어가고 있었다 한다. 처녀의 두 눈은 뒤집혀 허연 흰자위만 보였고, 사지는 경련으로 계속 뒤틀리고 있었다. 사내는 잠시 움칫했다. 사내의 당황은 그녀의 발작 때문이 아니라 벗은 몸 때문이었다. 사내가 움막으로 들어온 이후 처음으로 접하는 젊은 여자의 탱탱한 나신이 사내를 아득하게 만들었기 때문이었다.

사내는 오래간만에 주체 못하게 일어서는 욕정과 함께 처녀를 감싸고 있는 죽음의 사신을 떨치기 위해 그녀를 주무르기 시작했다. 사내의 손은 자신과는 아득하게 숨겨져 있던 처녀의 금단의 몸을 구석구석 훑었다. 이미 결단난 사내 몸의 말초신경이 대책없이 달아오르는 것에 비례해서 처녀의 몸이 발갛게 달아오르며 땀을 내기 시작했다.

여자를 덮쳤던 죽음의 그림자를 사내와 처녀는 둘만을 위한 새로운 육체와 삶에 대한 욕구가 밀어냈다. 한 시간이 넘는 사내의 열과 성을 다한 마사지로 처녀는 정신을 되찾았다. 처녀는 사내에게 물을 달라고 했으며, 사내는 옆에 있던 주전자를 처녀에게 건네주었다. 달게 물을 마신 처녀는 아주 예쁜 미소를 지으며 사내를 자신의 품으로 끌었다 했다.

그 이후로 처녀의 증상은 보름거리에서 열흘거리로 바뀌었으며, 처녀가 청량산 반석거리에서 떨어질 때쯤에는 달거리가 하루거리로 발작이 찾아왔었다. 처녀와 함께 했던 1년여 동안 사내는 젊은 육체와의 지분거림을 계속했다고 했다. 살기 위해 자신의 남성을 없애버린 사내였으나, 여자가 발작할 때는 사내가, 조용할 때는 여자가 상대방의 문턱을 넘었다 했다.

청량산이 농익은 단풍을 뽐내고 철이른 나무들은 하나씩 둘씩 낙엽도 떨어뜨릴 때쯤이었다. 낮고 짙은 회색빛 먹구름이 깔린 것이 한자락 소나기라도 퍼부을 것 같은 날이었다.

사내는 심한 중압감을 느끼며 눈을 떴다. 언제 왔는지 처녀는 순대꼬투리만큼만 남아 있는 사내의 뿌리를 보고 있었다. 사내는 보지 않아도 처녀가 짓고 있을 원망의 눈길을 알 수 있었다. 처음에는 유야무야 넘어갔던 처녀의 갈증은 지분거림만으로는 채워지지 않는 것이었고, 뜨거워진 처녀의 몸은 더욱 강한 자극을 샘물처럼 품어댔다. 하지만 사내에게 그런 처녀의 갈증을 채워줄 수 있는 방법은 없었다.

사내의 깨는 기척을 느낀 처녀는 사나운 맹수처럼 달려

들어 사내에게 주먹을 휘두르기 시작했다. 그녀와의 긴 몸싸움 끝에 사내는 마침내 머리끄덩이를 잡을 수 있었다. 그리고는 처녀의 따귀를 사정없이 올려붙였다.

처녀는 발정기의 암컷처럼 울부짖었다. 처녀의 울음은 가슴 깊은 곳에서 올라왔다. 울음은 깊고 깊은 자신의 구곡간장을 돌고, 사내를 돌고, 움막을 돌고, 산을 돌았다. 그것은 숫컷을 찾는 암컷의 굶주린 야성이었다. 삼라만상 모든 생명의 가장 기본적인 욕구를 채우지 못하는 건강한 암컷의 음울한 고백이자 포효였다.

사내의 손에 잡혀 괴성을 질러대던 처녀는 휙 머리를 빼고는 움막 밖으로 뛰쳐나가 달리기 시작했다. 처녀와의 몸싸움에서 탈진한 사내는 잠시 손에 잡힌 한웅큼의 머리카락과 멀어지는 그녀를 번갈아 보았다. 그리고는 마른기침을 해대며 그녀를 쫓기 시작했다. 산의 중턱을 미친 듯이 — 이 말이 처녀를 나타내는 가장 적합한 얘기라고 사내는 말했다 — 오른 그녀의 옷은 박명의 어둠 속에서도, 갈갈이 찢긴 듯 보였고 생채기로 긁힌 몸에는 피가 흐르고 있었다. 처녀는 망혼제를 올리는 무녀처럼 보였다. 그렇게 산을 오르던 처녀는 반석바위에서 청량산 깊은 골짜기로 몸을 날렸다 한다.

얘기를 마친 사내가 담배에 불을 당기며 짓는 표정이 묘했다. 나는 사내의 그 표정의 의미를 읽어보려 했지만 쉽지 않았다. 사내는 지금까지 얘기해온 처녀의 죽음과는 전혀 무관한 표정을 지었기 때문이다. 아마 사내가 처음 보았던 처녀의 발작과, 사내가 내게 보여준 자신의 첫 발작이 동시에 떠올랐기 때문일 것이라 생각하며, 나는 사내의 방을 나왔다.

청량산 중턱의 반석바위가 달빛에 희끄무레 빛나고 있었다. 바위는 잘생긴 남근 모양을 하고 있었다. 바위는, 사랑하는 여인을 위해 자신의 남성을 힘껏 세운 남성처럼, 힘과 윤기를 뽐내고 있다.

방으로 들며, 나는 사내가 죽음을 겁내지 않고 있다는 것을 알았다. 사내가 두려운 것은, 당당한 남성으로서의 생명력을 잃어버린, 거세된 자신의 수컷이었다.

머리맡을 휘저어 담배를 찾았으나 빈 곽만 잡혔다. 며칠을 방안에서 꼼짝도 않고 있었으니, 없는 것이 오히려 당연했다. 몇 번을 껐다켰다한 꽁초 하나를 집었다. 필터 쪽은 노란 니코틴에 절어 있었다. 아마 나의 몸 안도 저렇게 절어가고 있으리라.

— 선생님에게 담배는 자살행위입니다. 선생님의 경우 쉽게 포기할 만큼 치명적인 단계는 아닙니다. 여유를 갖고 마음의 안정을 찾아 병에 대항할 수 있는 몸과 마음의 건강함을 키워나가는 것이 무엇보다 중요합니다.

자살행위와 불치의 병은 아니란 말이, 입안에서 섞이지 않고 따로따로 놀았다. 입안 가득 침이 고였다. 나의 죽음을, 영국 왕실의 근위병처럼 기다리지 못하고, 한심하게 까불대고 있는 폐지 쪽을 향해 침을 뱉았다.

침은 이내 방의 이곳저곳으로 흩어지며 가장 안정된 자리를 잡았다. 벽은 그런 타액들로 노랗게 물들어 있었다.

사내의 울부짖음이 조용해졌다. 잠시 후면 사내의 격심한 기침 소리가 이 움막을 흔들어 놓을 것이다. 나는 좀 더 편한 자세를 잡기 위해 몸을 뒤척였다.

방에는 죽음의 끈끈한 그림자가 자리를 틀어잡고 있었다. 나는 다시 한번 자살행위란 말을 곱씹었다. 자. 살. 행. 위. 라 고. 하지만 의사는 나는 죽어도 그런 짓을 못하는 반푼짜리 인간임을 알지 못한다. 자살은 자신의 생에 대한 굉장한 우월감이나 애착을 가진 자들이나 저지르는 생명 작업임을 왜 내 선생님은 모르는 걸까.

갑자기 나는 지금의 내 처지가 매우 우습게 여겨졌다. 내가 사양골의 이 움막에 올라온 것은, 의사의 말대로 살고 싶다는 욕망에서였다. 안정된 시간을 갖기 위해 모두가 떠나간 이 움막을 찾았다. 그러나 나는 첫날 사내가 내게 보여주었던 그 차가운 접대를 잊을 수가 없었다. 그리고 사내는, 내가 얼마나 허황된 꿈을 꾸고 있는지를 일깨워주기 위한 딴지걸이를 계속해댔다.

때문에 나는 안정을 위한 노력이 아닌 사내와 줄다리기를 해야 했다. 내가 잡고 있는 줄의 한끝에는 언제나 팽팽한 사내의 긴장이 있었다. 사내와 나 누구도 상대방을 도와주거나 양보하기 위해 자신이 갖고 있는 긴장을 늦추지 않을 것이다. 오직 상대방을 밟고 일어서야만 이 움막에서 살아남을 수 있는, 사내와 나는 날선 칼만 세우고 있었다.

하지만 나는 사내와의 삶의 경쟁이 싫어 사앙골을 벗어 나야겠다는 생각은 하지 않았다. 무리진 구름들이 찾아오고 갖가지 새들이 노래 불러주는 이 움막이 주는 따스함이 나의 안정에 큰 도움이 되었기 때문이다. 또한 사내와의 기싸움에 눌려 움막을 떠나는 좀팽이가 되기도 싫었다.

　사내의 기침 소리가 유난히 날카롭게 들렸다. 사내가 앞으로 며칠을 넘기지 못하리란 생각이 들었다. 동시에 나도 며칠째 계속되는 자리 보전의 무기력한 날들을 털어버리지 못하면, 사내와 진배 없는 상태가 될 것이란 생각도 함께 들었다. 몇 시간 앞의 일도 기약하지 못하는 사내와 죽음의 끈을 당기고 있다는, 아직은 사내보다는 우위에 있다는 나의 생각은 사내에 대한 긴박한 적대감을 눌러주었다. 죽음은, 아니 죽음만이 아니라 삶도, 투쟁에 의해서가 아닌 순응하는 태도에서 이루어지는 것이란 생각이 들었다. 저승명부를 든 사자가 와서 우리의 손을 잡고 갈 때까지 기다려야 하는 것이지, 실체 없는 사내에 대한 분노나 적대감으로 해결할 일은 아닐 것이다.

　나는 사내만 없다면, 사앙골의 이 움막은 푸근하고 안락한 장소로 내 병을 요양하는데 아주 적당한 장소란 생각을 했다. 주말이나 평일 오후에는 주말 산행족이나 아베크족도 보여, 심심하지만은 않았다. 그리고 무엇보다도 움막 앞의 석간수와 맑은 공기를 마음껏 가질 수 있었다. 나는 때맞춰 약을 먹고 운동을 계속했다. 그리고 산에 올라온

지 두어 달 지나 병원에 가기 위해 아침 일찍 움막을 벗어났다.

사내가 나를 경계하고 있다는 것을 알게 된 것은 저녁 어스름과 함께 움막으로 돌아왔을 때였다. 사내는 청량산 쪽으로 난 길을 보며 멍하니 앉아 있었다. 사내의 얼굴은 노을 때문인지 아님 주독 때문인지 발그스름하게 상기되어 있었다.

"암쟁이 당신은 너무 모질게 대들고 있구먼. 그래봤자 언젠가는 뒈질 한 목숨인디, 모질어. 아주 모질겨서 찬바람이 쌩쌩 나는구먼."

사내는 자신의 독기를 거침없이 나의 면전에서 쏘아댔다. 그런 사내의 한 손에는 얼굴 한쪽이 잔뜩 구겨진 멋쟁이 애인이 들려 있었다. 사내는 증오와 원망의 적대감이 가득찬 눈길을 하고 표독한 표정을 지으며, 내게 악다구니를 써댔다.

아슬아슬하게 청량산에 걸려있던 해는 넘어가고, 언제 나왔는지 모를 보름달이 반석바위에 걸려있었다.

"징혀, 허벌나게 징혀."

반석바위에서 떨어진 간질병 처녀가 가졌을 사내에 대한 분노나 증오가, 지금 사내가 내게 짓는 표정과 비슷하지 않았을까 하는 생각이 들었다.

나는 사내를 쏘아보았다. 오늘 사내는, 내가 처음 움막에 오던 날 보여주었던 그 자신만만하고 패기에 찬 모습도, 간질병 여자를 얘기할 때 지어보였던 건강한 야생의 수컷도 아니었다. 그냥 병들어 지치고 쪼그라든 왜소한 몸집의 사내였다.

사내를 째려보던 나는 태도를 풀고 돌아섰다. 죽음보다도 더 무섭고 침울하게 웅크려 든 사내는 그냥 버려두고 나는 방에 들었다. 그리고는 자리를 깔고 누웠다. 그러자 정밀감이, 소리없이 정밀감이 하나 가득 나를 감쌌다. 갑자기 밀려든 이 고요하고 편안한 느낌이 나를 조금 편하게 만들었다.

이제야 나는 사내가 왜 내게 악다구니를 부리고 있는가를 알았다. 사내는 내가 이 움막에서 건강을 되찾거나 자신보다 더 잘 병을 이겨내는 것을 싫어하는 것이었다. 사내가 내게 보고 싶은 것은 나의 건강함이 아닌 죽음, 이전의 다른 사람들처럼 병을 이겨내지 못하고 마지막에는 모두로부터 쓸쓸히 버려지는, 그런 내 모습을 보고 싶은 것이었다. 온몸 가득 차오르는 긴장감을 나는 그때 처음 느꼈다. 더 이상 사내의 소리는 들리지 않았다.

청량산을 빠져나온 맑은 바람이 움막을 하나 가득 덮고 있었다.

다음날 나는 사내는 밤새 자지 않을 것을 알았다. 나에 대한 땡깡을 끝내고, 사내는 나에 대한 독설을 안주 삼아 긴 밤을 꼬박 새우며, 그의 기억 속에 남아 있는 멋쟁이 애인을 빚었을 것이다. 밖으로 나오는 나를 퀭한 눈으로 바라보던 사내는, 자신의 방으로 들어가 버렸다.

어제 받았던 긴장이 다시 팽팽하게 일어서는 것을 나는 느꼈다. 사내는 나에게 무제한의 선전포고를 한 것이다.

그날 아침에 보는 청량산은 유난히 맑고 높았다.

약을 안 먹은 지가 일주일이 넘었다. 집중해서 생각하는 것도 점점 힘들어지고 있었다. 죽음의 그림자가 똬리를 틀 수 있도록, 내 몸의 어떤 부위가 은밀히 배반하고 있는지도 모를 일이었다.

도깨비 형상의 사내가 불쑥 방문을 열었다. 내가 움막에 들고난 후, 사내가 내 방문을 연 것은 처음이었다. 나는 고개도 들지 않고 누운 채로 천장만 바라보았다. 사내의 형상을 확인하기 위해 굳이 고개를 돌릴 필요는 없으리라. 움푹 패인 두 눈덩이 사이로 초점을 잃고 희멀겋게 돌아가 있을 눈동자, 광대뼈만 남은 채 푹 꺼진 볼따귀, 기름기 하나 없이 푸석 마른 얼굴에 제멋대로 삐죽 자라 사내를 더 나이들어 보이게 하는 수염, 오랫동안 감지 못해 숯막에서 기어나온 것 같은 봉두난발의 화상. 이는 또한 나의 모습이기도 하였다.

"어이 이봐. 인자 마 내가마 죽을 때가 다 된 모양인갑다. 내가 여기 온 지 다섯 해 만에 니 땜에 내 눈에 흙을 집어넣을 때가 된 모양이여."

사내의 얘기는 겨우 성대의 울림으로 나오는 공명(共鳴)이었다. 사내는 몰골뿐만 아니라, 지금 얘기한 것처럼, 살고 싶다는 욕구나 의지마저도 버린 것 같았다. 사내는 내가 처음 봤을 때 긴장하게 만들었던 멋쟁이 애인 얘기를 하던 주인에서 광인으로 변해 있었다.

"……동방삭이 알제. 삼천갑자 동방삭이 말이다. 내사 마니가 오기 전까지는 삼천갑자 동방삭이 아니었나. 내가 니 방에 있던 사람들 치워내면 내 목숨이 그만큼 늘어나 기뻤다 아이가."

사내는 입안 가득 침이 고인 듯 그렁그렁한 소리를 내면서도 힘들게 얘기를 이었다

"……그케가꼬 그 할마시가 나가고 니가 왔을 땐 참 좋았데이. 젊은 게 와서 좋다 켔는데……"

문을 열고 여기까지 얘기하던 사내는 갑자기 뒤집어졌다. 사내의 두 눈은 완전히 희멀겋게 돌아가 검은 동체를 잃어버렸다. 나는 섬뜩한 기운이 들며 온몸에 소름이 끼쳤다. 사내의 모진 목숨이 끝나는 것이라고 생각했다.

사내를 보지 않기 위해 문 반대쪽으로 몸을 돌렸다. 노랗게 물든 벽이 일순간 내 앞으로 당겨앉았다. 싫든 좋든 간에 한지붕 밑에서 같이 지낸 시간을 생각하면, 사내의 마지막 순간을 내가 지켜줘야겠지만, 나 역시도 점점 자리에 가라앉으며 잠에 빠져들었다. 꿈 속에서 사내는 내게 계속해서 갈라진 목소리로 떼를 쓰고 있었다

"니가 나를 죽여."

심한 갈증과 가위눌림으로 잠에서 깨었을 때, 베갯머리는 온통 땀으로 젖어 있었다. 어둠에 눈을 익히기 위해 손

을 휘저으려 했으나, 몸이 굳어 팔이 움직이지 않았다. 문쪽으로 고개를 돌렸다. 나와 사내뿐만 아니라 움막 전체에 죽음의 그림자가 내려앉아 있었다.

청량산에서 내려오는 바람이 움막을 때리고 있었다. 바람의 매운 손길에 후두둑 떠는 나무의 울음도 같이 들렸다. 여름 바람이라고는 하나, 반석바위를 돌아 움막을 덮치는 밤바람은 언제나 매서움을 숨기고 있다. 으스스 떨리는 몸을 간신히 가누며 방에서 내려섰다. 어둠 속에 숨어 있던 사내가 앉던 낡은 의자가 나를 맞아주었다.

하늘에는 별이 보이지 않았다.

사내의 방으로 들어섰다. 어둠 속에 숨어있던 사내의 방은 좀전까지 사람이 지내던 곳이란 느낌을 전혀 주지 못했다. 이부자리가 깔려 있는 곳 외에는 무수한 약봉지와 알약들이 깨지거나 찢어진 채로 아무렇게나 늘려있었고, 기타의 잡동사니들이 흩어져 있었다.

방안에는 매케한 사십 대 후반의 사내 냄새로 가득차 있었다. 때에 절은 이불을 들치고 그 사이에 누웠다. 온기는 전혀 없었고 비린 냄새만이 올라왔다. 지난 오년 동안, 사내가 삶과 죽음 사이에서 끊임없이 갈등하며 무수한 불면의 나날을 보냈을 것임에 분명했던 사내의 자리에 눕자 묘하게도 내 마음이 안정되는 것을 느껴졌다.

사내를 죽게 만든 것은 나와의 줄다리기 때문이 아니라 몇 시간의 안락한 잠조차도 거부했을지도 모르는 시간 때문인지도 모른다는 생각이 들었다. 간질병 처녀와 뜨거운 교합을 원했으나 할 수 없었던 것도 사내를 초조하고 애타게 하는 일이었을 것이다.

머리맡 천장에서 벌거벗은 여자가 나를 보며 미소를 지었다. 사내가 어떤 마음으로 이 여자를 붙였을까를 생각하니 웃음이 났다. '기똥찬 몸매'를 가진 사내의 '멋쟁이 애인'인지, 반석바위에서 떨어진 '간질병 처녀'인지, 아니면 사내를 거세시킨 어떤 '여자'인지 모르지만. 천장의 벗은 여인은 끝내주는 몸매를 지니고, 내게도 뇌쇄적인 욕망이 가득 담긴 눈길을 계속 던지고 있었다. 처음 보는 내게도 욕정의 미소를 던지는 여자의 불타오르는 욕욕의 욕망을, 거세한 사내는 채워줄 수 없었으리라.

사내는 거세당한 자신의 남성으로 밤마다 천장의 여인을 안는 환상에 빠졌을 것이다. 그리고 환상의 열기에 사내의 몸이 달아올라 더 이상 참을 수 없을 때면, 사내는 온 밤을 새우며 멋쟁이 애인을 빚었을 것이다.

멋쟁이 애인을 빚는 사내의 작업은 도망간 애인에 대한 복수가 아닌 자신의 피와 살을 깎아내는 회한의 시간이었을 것이다. 등줄기를 타고 싸한 한기가 내렸다.

후줄근대는 다리를 가누며 사내 방을 나섰다. 나는 이제야 조금씩 알 것 같은 생각이 들었다. 이곳에서는 사내의 죽음이나 혹은 그 이전의 또 다른 자들의 죽음 자체가 별반 큰 의미가 없다는 것을.

바람이 세어지는 듯싶더니 이내 빗방울이 듣기 시작했다. 장마가 끝나고 근 한달여 만에 내리는 비에, 바짝 말라

있던 나무들이 일시에 진저리를 치기 시작했다.

나는 듣는 빗속에서 사내가 떡을 만들어 버린 멋쟁이 여인을 발견하고 조심해서 집었다. 여인은 나를 보고 험하게 찡그렸다. 방에서 본 여인과는 전혀 다른 원망 어린 표정을 여인은 지었다. 여인은, 사내에게 패대기쳐지고 조심스럽게 내게 온 여인은 차가웠다. 나는 조심스럽게 여인의 얼굴을 빚기 시작했다. 그러면 나는 거세당한 사내가 어떤 심정으로 여인을 밤새 빚었을까를 하는 마음에 다가설 수 있지 않을까 해서였다.

내 안의 여인은 시간이 지나감에 따라 얼굴에 하나 가득 미소를 담기 시작했다. 치마를 때리는 빗방울 소리가 점점 거세지고 있었다. 이렇게 내리는 비라면 아마 내 방도 젖고 있을 것이다.

가슴에 격한 통증을 느끼며, 비를 보며, 나는 각혈을 했다. 피는 비가 되고 비는 이내 눈물이 되었다. 주체할 수 없는 비와 눈물과 피가 한꺼번에 나를 적셨다. 청량산 뒤편에서 검은 비구름이 계속 몰려오고 있었다.

나는 심한 외로움을 느꼈다. 사내라도 살아있다면 위로가 될 것 같은 그런 그리움이었다. 차라리 내가 먼저 죽었다면, 사내는 그의 말대로 삼천갑자 동방삭이로의 삶을 누릴 수 있었을까? 빗속에서 청승을 떠는 내 대신 사내는 한바탕 춤이라도 추지 않았을까

어둠 속에서도 늠름하고, 태고 때부터 든든하게 터전을

굳건히 지켜온, 청량산은 그 깊은 뿌리에도 불구하고 사태가 나고 있었다. 그 기세는 오야곡으로, 사앙골로 그리고 멀리는 산성리 널무리로 해서 빠져나갈 것이다. 내 손 안의, 사내의 멋쟁이 애인은. 꽤 오랜 시간을 공을 들었음에도 불구하고 얼핏 한번 미소를 흘려 보여준 후로는, 전혀 마음을 열지 않은 채로 인상을 쓰고 있었다. 나는 멋쟁이 애인을 사내에게 돌려주기 위해 빗속에 그녀를 놓아주었다.

줄기차게 내리는 비를 박차고 일어서며, 사내의 죽음을 그냥 이렇게 방치해 놓을 수는 없다고 생각했다. 나는 사내를 위한 제단을 준비하기 시작했다.

'폐병장인 물에 빠트리는 게 아냐. 사내는 하늘로 보내야 돼'

사내의 시신을 장작더미에 올려놓고 불을 붙이기 위해 나는 혼신의 노력을 기울였다. 사내의 홑이불을 이용한 여러번의 시도 끝에 나는 간신히 불을 붙이는데 성공했다. 그리고는 방으로 가서 쓰러졌다.

나는 이제야 겨우 내가 있어야 할 장소가 어딘지를 알 수 있을 것 같았다. 사내처럼, 아무런 꿈도 희망도 가질 수 없다는 절망의 끝에서, 지난날의 꿈과 추억만을 곱씹다가 쓰러질 수는 없는 일이다. 이제는 나도 용기 있는 행동을 할 필요가 있었다.

나는 자리에 누워 사내의 방에서 찾아낸 유일한 유물인 수면제를 한웅큼 털어넣었다.

청량산은 계속 사태가 났고, 그 밑 조그만 움막에서 피어오르던 연기는 길게 하늘을 긋다간 이내 사그라졌다.

나는 깊은 잠에 빠져들며 사내는 분명히 하늘로 올라가 멋쟁이 애인을 만날 것이라 되뇌었다.

나이 스물에 받고 싶었던 상을 환갑이 된 오늘 받게 된 것은 제게 큰 기쁨입니다. 그리고 오늘 이 자리에 저를 세워준 힘은 겁없던 열아홉 몇 개월에 쓴 첫 소설에 대한 칭찬이었던 것 같습니다.

오늘이 있기까지는 기쁨과 환희, 질책과 회한, 갈등과 포기 등의 여러 기억과 시간들의 단편들이 어우러져 있기는 합니다. 또한 제가 나이 스물에 꾸었던 꿈은, 로보트 프로스트가 쓴 'The road not taken'이 제게는 오랜 시간 동안 '가지 않는 길'이 아닌 '갈 수 없었던 길'이었음을 솔직히 고백드립니다.

오늘 이 자리는 저에게 아주 느리고 더디지만 새로운 한 걸음을 띨 수 있는 장을 열어주었습니다. 하지만 이 새로운 여정의 주인공은 제가 아닙니다. 졸작을 선해주신 심사위원님들, 건국문학회 문우들, 김홍기 님께 영광을 돌리고 기쁨을 함께 하고 싶습니다.

제3회 투데이신문 직장인신춘문예 마감결과 소설 응모 작이 118편이었다. 그중에서 예심을 거쳐 본심으로 올라온 작품이 20편이었다.

본심에 작품이 많이 올라왔다는 것은 예심에서 그만큼 우열을 가리기가 힘이 들었다는 뜻이다. 작품들을 읽어가며 다양하고 수준 높은 작품에 매료되어 읽는 즐거움이 컸다. 교사, 출판인, 공무원, 비정규직 알바생, 반듯한 직장인들이 치열하게 살아가는 현장의 짙은 고뇌와 슬픔들이 작품에 그대로 녹아있었다.

고심 끝에 최민하의 「카와라우」, 장미영의 「거짓말」, 신은현의 「헤라클레스의 출근」, 배석봉의 「사앙골」 등을 일차로 선정하였다. 다시 집중해서 읽어도 완벽하게 완성도를 갖춘 작품보다 모두 장단점을 고루 갖고 있어서 선택에 무척 어려움이 있었다. 끝까지 남은 작품이 「카와라우」와 「사앙골」이었다.

배석봉의 「사앙골」은 병이 깊어 마지막으로 모여든 사람들의 처절한 이야기를 미학적으로 그렸다. 하지만 문장을 좀 더 갈고 닦았으면 하는 아쉬움에서 가작으로 정했다.

최민하의 「카와라우」는 취업을 위해 뉴질랜드로 진출하여 갖은 고초를 겪어내며 영주권을 취득하여 뿌리를 내리려는 세 젊은이들의 사랑과 우정을 그리고 있다. 그들의 간절한 욕망이 좌절되고 고뇌하는 과정이 독자의 가슴을 울린다. '카와라우(번지점프의 명소)'의 묘사와 제대로 울기 위해 오랜 세월을 기다려야 하는 매미의 이야기를 엮어서 세련된 문장으로 담담하고 리얼하게 그리고 있다. 하지만 회상적인 나열보다는 좀 더 효과적인 구성을 했으면 하는 아쉬움이 있었지만, 가슴속 깊이 스며드는 예술적인 감동을 주는 작가적 역량을 높이 인정하며 주저 없이 당선작으로 올렸다. 당선을 축하하며 앞으로 끝없이 정진하여 좋은 작가로 대성하기를 바란다.

　― 심사위원 : 김선주

드므

이수정

　명정전 난간 끝에 다소곳이 드므가 앉아 있다. 쪽진 머리의 여인네 같다. 은은한 모습에 이끌려 나도 모르게 다가간다. 세월에 녹슨 항아리 안으로 새털구름이 흩어졌다 모인다. 추녀 끝 풍경 소리가 드므 속에 찰랑인다. 바람이 수면 위를 맴돌다 파르라니 물수제비를 그린다.

　드므는 물을 담아 놓는 솥 모양의 용기다. 중국에서는 길상항(吉祥缸)이라 부른다. 궁궐을 화재로부터 막아주는 길하고 상서로운 항아리라는 뜻이다. 궁궐 몇 곳에 두어 사람들이 항아리에 담긴 물을 보며 화재에 대한 경각심을 가지게 했다. 드므에 물을 담아 두면 관악산 불귀신이 궁궐로 접근해 오다 수면에 비친 자신의 모습을 보고 놀라 달아난다는 속설도 전해지고 있다.

　할머니는 새벽보다 먼저 일어났다. 면경을 앞에 두고 긴 머리를 참빗으로 단장하는 것으로 하루를 시작했다. 동백기름으로 한 시간 여 손질을 끝내면 아침이 부옇게 밝아왔다. 그때부터 집안 구석구석 바지런한 손길이 닿지 않는 곳이 없었다. 대들보며 마루엔 언제나 반짝반짝 윤기가 흘렀다. 체구는 작았지만 강단이 있었다. 손끝이 야물고 매사에 빈틈이 없어 동네에 소문이 자자했다.

부뚜막에는 항상 물을 담아두는 항아리가 놓여 있었다. 집안에서 제일 먼저 일어난 할머니는 거기에 여러 번 길어온 우물물을 채워 놓았다. 밥짓기며 설거지로 사용되는 물은 집안의 생명수 같은 것이었다. 어쩌다 물이 없어 비워지기라도 하면 식구들에게 불호령이 떨어졌다. 가족을 지켜주는 부적처럼 항아리에 물이 차 있는 것을 중요하게 생각했다.

할아버지와 할머니의 혼사는 양가 어른들에 의해 이루어졌다. 열네 살 꽃다운 처녀가 물동이를 이고 가는 모습을 지켜보던 할아버지네 쪽에서 단번에 결정한 일이었다. 그때쯤 할머니의 친정은 하루하루 먹을 것을 걱정할 만큼 가난했다고 한다. 어린 나이였지만 입 하나라도 줄이려는 마음에 앞뒤 생각할 겨를 없이 시집을 오게 되었다. 까탈스러웠던 할아버지는 오랫동안 유림에 몸담고 있어서 매사가 봉건적이었다. 바지적삼은 칼날같이 다려 놓아야 했으며 댓돌 위의 신발도 항상 가지런하게 두었다. 아침마다 방문 앞에는 세숫물이 담긴 대야가 놓여졌다. 하지만 할아버지는 부부가 유별하다하여 할머니에겐 따뜻한 말조차 건네지 않고 아녀자라며 철저하게 무시했다.

할아버지는 할머니를 제외한 모든 여자들에게 친절했다. 봄이 되면 행사처럼 집에 들었던 잡화며 화장품을 들고 다녔던 장사치들을 각별하게 대했다. 잘 차려진 밥상을 내어 놓기도 했으며 가끔 여비도 챙겨주는 일이 있었다. 그러다 보니 장사치들이 뻔질나게 들락거렸다. 그중 누군가와는 스치듯 바람을 피우기도 했을 것이라고 후일담으로 전해 진다. 그런 일들로 속이 상할 법도 한데 당신은 할아버지 에 대한 원망은 가슴에 묻고 그림자처럼 챙기며 묵묵히 집 안을 지켰다.

　삼촌들의 대학 진학으로 조금씩 전답이 줄어들었다. 할 아버지의 남은 땅은 대부분 하천부지였다. 태풍이 오거나 장마가 지나가면 모래가 농지를 덮어버리는 일이 잦았다. 처음에는 남의 손을 빌려서 모래를 치우고 다시 땅을 일궈 냈다. 심하게 홍수가 난 어느 해엔 그마저도 유실되고 말 았다. 양식은 부족해졌고 조금씩 가세가 기울어졌다. 할머 니는 이웃에 사는 친척을 찾아가서 자투리땅을 얻었다. 작 은 땅이었지만 정성스럽게 채소를 키워 시장에 가서 팔았 다. 그러다 일반 채소에서 품질 좋은 특용작물로 재배를 했다. 입소문을 타고 주문이 밀려왔다. 조금씩 형편이 나 아지면서 재산이 늘었다.

　어느 날 갑자기 건장한 청년 서너 명이 들이 닥쳐 아버지 를 찾았다. 영문을 모르는 엄마와 우리는 아무 말도 하지 못하고 떨고 있기만 했다. 집 안 곳곳을 뒤지더니 가재도 구와 살림을 난장판으로 만들었다. 지인이 동네 인근에 중 요 건물이 들어서는 땅이라며 투자를 권유했고 아버지는 가족들과 상의 한마디 없이 집문서며 예금을 모두 밀어 넣었다. 하지만 사기였다. 며칠 후 초췌해진 모습으로 돌아온 아버지는 남의 손에 넘어간 집을 뒤로하고 이불 보따리 하나만을 들고 할머니를 찾아갔다. 그때 할머니는 아무런 말없이 깨끗하게 정리되어진 작은방을 내어주면서 우리 가족을 받아주었다.

할머니의 가족사랑은 특별했다. 날마다 저녁이면 장독대 앞에 정화수를 떠 놓고 기도를 드렸다. 어릴 때 나는 그 모습을 자주 보았다. 기도는 족히 한 시간여 동안 계속될 때도 있었다. 주로 가족들의 건강과 집안의 무사함을 비는 내용이었다.

유림에서 돌아오는 길에 사고를 당한 할아버지는 장기간 병원에 입원을 했다. 음식을 제대로 소화하지 못해 뼈만 남은 앙상한 모습으로 누워 있었다. 어느 날 병상에서 간호하는 할머니를 물끄러미 바라보더니 손을 꼬옥 잡고서 "임자, 그동안 많이 미안했소" 하며 눈시울을 붉혔다. 그날 밤 할아버지는 편안한 모습으로 눈을 감았다.

결혼식 전 날이었다. 할머니는 서랍 속에서 무언가를 꺼냈다. 빛이 바랜 보자기에 작고 구부정한 천 인형이 있었다. 집안 대소사로 힘들 때나 할아버지에게 무시를 받을 때마다 위로를 해주던 인형이라고 했다. 어린애 주먹만 한 인형을 내게 건네주며 "힘들 때면 꺼내 보거라"하고는 내 손을 꼭 잡았다.

늘 참아야 했던 시댁에서의 삶이었다. 언제나 남편은 시부모님과 형제 편이었다. 그러다 어느 순간 건조한 목조건물에 작은 불씨가 번지듯 나에게 암이 찾아왔다. 속으로 삭히며 보냈던 시간들이 수면 위로 드러난 그해, 할머니가 준 낡은 인형을 꺼냈다. 항암치료를 할 때도, 수술을 할 때에도, 혼자 울고 싶을 때도 늘 곁에 두었다.

산허리에 걸린 해가 궁궐에 길게 늘어진다. 돌계단 끝에 가만히 앉아 본다. 처마 끝에 앉아 있던 새가 드므 속으로 날아간다. 새들의 지저귐이 사르르륵 바람으로 휘감긴다. 찰랑거리는 드므 위로 할머니의 얼굴이 동그랗게 떠오른다.

한파로 움츠러진 마음에 봄햇살처럼 반가운 소식이 날아왔습니다. 아득한 곳에서 들려오는 소리에 잠시 공중을 걷는 듯한 기분이었습니다. 기찻길을 건너고, 인적 드문 골목을 지나면 할머니 집이었습니다. 겁 많은 손녀를 위해 매일 철뚝 옆에서 기다려주었던 당신은 나의 드므였습니다. 부족한 작품 뽑아주신 심사위원님과 투데이신문에 먼저 감사드립니다.

오래도록 가슴에 담아 두었던 이야기를 꺼내기란 쉬운 일이 아니었습니다. 그럴 때마다 다독이고 힘이 되어준 시거리 문학회 여러분께 감사드립니다. 늘 딸의 건강을 염려하는 시골 부모님과 가족들에게 사랑한다는 말 전합니다.

쪽진 머리로 이따금 꿈에 다녀가시는 할머니에게 오늘은 세상에서 제일 환한 미소를 드리고 싶습니다.

늦었지만 천천히 걸어가겠습니다.

붓이 내는 소리

김연희

　화선지 속 공명상자 여는 활, 붓이 낸 길 따라 늘골 벌어지는 소리 올올하다. 방문을 열었을 때 곰삭은 먹 분자 와 그락거리는 건 전주곡이다. 붓의 공연장 들어서면 펼쳐진 문방사우 앞, 눈을 지그시 감은 아버지와 자승자강(自勝者强) 적힌 서갑이 보인다. 늘어졌던 마음의 현을 팽팽하게 죄어주는 글귀다. 방을 둘러보다가 전부터 맘먹고 있던 유품들을 정리한다. 길섶 푸름이 아득히 멀어져갈 때여서 서늘한 기운 쫓기에도 안성맞춤이다. 안개 설핏 낀 해묵은 풍경 속 아련함을 더듬다가 냄새 농익은 연주의 힘 빌려 상상 속 액자를 만든다. 아버지 손에 끌려 유년의 고향으로 따라가는 시공간 이동이 어지럽다. 아버지는 김광업 선생께 배운 서예를 가업 때문에 내던진 뒤 줄곧 어깨 늘어뜨리고 사셨다니. 도망치듯 강원도 삼척 떠나와 다시 쥔 붓에 힘이 실린 걸 보면 마음의 고향은 버리지 못하신 거다. 두부공장할 때랑 달리 불거진 힘줄 용틀임은 무서울 정도였다.

화선지 스쳐가는 붓이 낸 스란치마 소리 덧씌우는 향기가 규방으로 스며 잠든 여인을 깨울 듯했다. 당신만의 연주에 빠져들어 무념무상일 때 얼굴에 돌던 화색이 방안을 환하게 밝혔다.

삿된 기운 떨쳐내는 게 나를 이기는 길이다. 도덕경 속 자승자강을 곱씹으셨으니 유언이나 다름없다. 남과 싸워 이기는 건 힘이 세다는 뜻이지 강하다는 거랑 뉘앙스가 다르다. 경쟁 없이 살아갈 수 없는 사회에서 남 짓밟고 오르려는 마음 비우는 게 먼저라고, 내면에 자리한 경쟁심과 고집은 불안과 두려움 때문에 생긴다고 몇 차례나 얘기해 주셨다. 뒤이어 자승자강과 짝지어 시너지 효과를 낸다며 땀 흘리지 않아선 이룰 수 없다는 무한불성(無汗不成)도 큼지막하게 적은 뒤 붓을 내려놓았다. 서진으로 탁자 두드리는 소리에 눈이 번쩍 떠졌고, 명징한 네 글자가 가슴에 맥놀이를 만들었다.

아버지 유품이 보관된 방에 조심스레 발 들인다. 일으킨 바람이 적요 품은 당신 정기를 날려 버릴까 봐서다. 서가에 꽂힌 책들 서첩이며 족자, 액자, 병풍이다. 한쪽 구석에는 화선지며 벼루, 서갑이 바람의 때를 덧대고 있다, 주인 잃은 것도 모른 채. 그중 눈이 번쩍 띄는 서갑은 인광이 여태 남은 탓에 주인이 돌아올 거라 여긴 모양이다. 당신 슬하에 앉을 때처럼 무릎 꿇고 허리 숙여 조심스레 서갑 뚜껑을 열고 깨알같이 쓴 메모를 집어 든다. 거기엔 제각기 다른 붓의 쓰임새가 빼곡하게 적혀있다. 크기별로 장모필,

중모필, 단모필에 이어 재질별로 토모필, 양모필, 돈모필, 황모필, 서모필, 죽필로 나뉘었으니 그만하면 향기 품은 악기 소리로 여염집 규방 스미기에 모자라지 않다.

초등학교 여름방학 때 붓글씨 배우려고 매달렸다. 잠시 눈 감았던 아버지는 바닥 다지는 게 먼저라 생각했는지 벼루와 먹을 디밀었다. 희끗희끗 비치는 백열전구 불빛 따라가면 별에 가닿을 것 같아 중구난방 먹을 바삐 갈아댔다. 정신 차려보니 옷 여기저기에 먹물이 튀었다. 혼날까 봐 눈치 보고 있는데 묵직한 목소리가 뒷덜미를 틀어쥐었다. 급한 마음으로 먹을 갈면 안된다. 가로 세로 어지럽게 갈면 거품이 생기고 때가 낀다. 천천히 아래위로 곱게 갈아야 맑고 거품이 없다. 오래된 먹을 쓰면 아교 힘이 빠져 바른 글씨가 나오지 않는다. 먹이 묽으면 붓끝이 갈라지고 진하면 화선지에 붓이 달라붙는다. 장마철에는 먹을 갈고 나서 잘 닦아 말려야 한다며 화선지 고르는 법도 알려주셨다. 화선지는 예민해서 한꺼번에 많이 사두면 안된다. 습한 곳에 두면 수분을 빨아들이고 햇볕에 두면 지나치게 말라버린다. 선명한 먹색에다 번지지 않게 하려면 화선지 두 장 겹친 이합지가 좋다는 것도 얘기하셨다. 글씨 쓸 때는 숨을 억누르고 붓끝을 통해 눌러지는 힘, 빠르고 느림, 먹의 짙고 옅음, 필선의 여백에도 주의해야 한다는 목소리가 여태 귀에 쟁쟁하다.

한때 가족 생계 위해 서갑 열 틈조차 없었던 아버지, 초당두부 만들던 할아버지 뒤이어 살갗 태우는 무더위도, 귀가 떨어져 나갈 추위도 견뎌내며 바닷물 길어 나르는 동안 붓 쥐는 대신 되뇌었을 자승자강. 손수레 가득 담긴 바닷물 출렁거림이나 꽁꽁 언 비탈이 아버지의 적인 줄 알았는데 스스로와 싸웠다는 건 뒤늦게 알았다. 먹거리는 몸에 해로워선 안된다며 재료 하나하나 고르는 거나 맛을 지켜내기 위해 온 정신을 쏟았던 초당두부. 군 소재지에 한 개만 내주도록 정해진 법을 어기고 또 다른 두부공장이 권력을 업고서 생겨났고, 로비의 힘 버텨내지 못한 아버지가 늘어나는 빚을 감당 못해 정든 고향을 등졌다. 고모 주선으로 포항에 내려왔지만 살길이 막막했다. 앞이 보이지 않을 무렵 쓰러지지 않으려 쥔 게 오래 묵혀놨던 붓이다. 스스로를 다스리지 못하고선 어떤 일도 두부모처럼 바스러지고 만다고 느꼈던 모양이다. 당신께서는, 서예학원 차린 뒤부터 처졌던 어깨에 힘이 실리며 잃었던 얼굴 핏기가 되살아났다, 코로 묵향 들이켜고 귀로 붓의 연주 듣는 동안 곱씹은 자승자강이 보약이 되었던 걸까. 엄마 심부름으로 학원에 들렀을 때다. 귀동냥으로 찾아온 학생들 벗어둔 신발이 현관에 가득했고, 아버지 목소리가 복도를 쩌렁쩌렁 울렸다. '자기 자신을 이겨낼 수 있다면 어떤 적도 쉽게 물리칠 수 있다, 정신이 올곧다면 빼어난 글 쓰는 건 어렵지 않다.'

아버지의 서첩을 펼쳐본다. 먹을 갈면서 어떤 글을 어떤 마음가짐으로 쓸지 다짐하는 걸 잊어선 안된다고, 눈 감고 묵상하는 게 먼저란 말씀이 행간에 어른거린다. 한 획 한

획, 글씨 못지않게 내용 또한 중요하기 때문이다. 글에는 쓴 사람의 인격과 정신세계가 오롯이 담겼다고, 문향에다 묵향이 더해진다면 폐부 깊숙하게 찌를 글이 될 거라는 말씀도 서첩 여백에 악보처럼 높낮이가 다르게 떠다닌다. 생계 위해 붓을 꺾어야 했을 아린 심정 헤아리는 건 쉽지 않다.

두부 만들기가 한결 쉬웠으련만 바닷물 가득 채운 손수레 출렁거려 가며 대 이어온 이름 더럽히지 않으려고 땀 흘리신 당신 노고를 다시 생각한다. 지금쯤 그윽한 묵향 아래 서갑을 열고 붓을 고를 당신 모습을 떠올리고, 어떤 음률이면 규방 기웃거리기에 적당할까 개구쟁이처럼 지을 미소가 안개 마을을 건너온다. 구천과 현실을 아우르는 묵향이 서갑에서 피어나고, 향기 머금은 연주 소리가 끊어진 부녀의 정을 찰지게 잇는다.

심술궂던 동장군의 기세가 한풀 수그러진 겨울 오후 당선 소식을 받습니다.

가슴에 봄바람처럼 훈훈한 한줄기 바람이 불어왔습니다.

어느 날 김득진 선생님이 불쑥 저에게 손을 내밀었습니다.

"글 한번 배워 보실래요?"

그 손길에 이끌려 문학 세상에 발을 담그게 되었습니다.

수필 몇 편을 쓰면서도 끝없이 펼쳐진 거친 광야를 방황해야 했습니다. 한 구석에 오래 밀쳐두었던 마음의 화로를 꺼내 불을 지폈습니다.

'좋은 글은 많은 독서와 필사에서 나온다'

김득진 선생님의 펜을 놓지 않도록 따가운 질책과 따뜻한 격려가 매서운 회초리처럼 가슴을 흔들었어요.

곁에서 힘이 되어준 신랑, 책읽는 엄마 회원님들과 편지가족회원들과 당선의 기쁨을 함께 하고 싶습니다.

마음을 움직이는 글, 가슴 깊이 새겨 둘 수 있는 글 여운이 남는 잔잔한 울림이 있는 수필을 쓰겠습니다.

투데이신문사의 무궁한 발전이 있기를 기원합니다.

이슬떨이가 되어주시고 곁에서 지켜봐 주신 김득진 선생님께 머리숙여 고마운 마음을 전합니다.

그리고 부족한 글을 뽑아주신 투데이신문사와 심사위원님께도 감사드립니다.

이 영광이 수필 쓰기의 행복으로 오래오래 남아있었으면 합니다.

이번 제3회 투데이신문 직장인신춘문예 수필 부문에 응모한 작품 가운데 예심을 통과해서 본심으로 넘어온 작품은 여덟 분의 16편이었다. 작품들 수준이 높은 편이라서 그 우열을 가려내기가 여간 어렵지 않았다. 여성들 작품의 비중이 컸는데 두세 번을 눈여겨 읽으며 신중에 신중을 거듭해야 했다.

최종까지 남은 작품 중 이수정 님의 「드므」는 「항아리, 달을 품다」와 함께 필자 자신의 항암치료 체험과 할머니의 유물을 전통적인 문화로 연결시킨 품격을 살린 글로서 돋보였다. 서구적인 현대문물 속에서 우리의 옛것을 되살린 작가의 노력이 가상하다. 그리고 김연희 님의 「붓이 내는 소리」는 글씨와 그림에 애착을 보인 예술가로서 생업에 종사해온 아버지에 대한 극진한 딸의 효심을 잘 그려낸 글이다.

심사위원들은 심사숙고 끝에 위 두 분의 응모작 2편씩을 거듭 논의한 결과 「드므」를 당선작으로, 「붓이 내는 소리」를 가작으로 결정하였다. 심사 중에 운영위원들이 숙의하여 이전에 각종 문학상에 응모하여 여러 번 수상한 분 경우는 이미 문단에 나가서 활동할 것을 격려하는 차원에서 할애했음을 밝혀둔다. 또한 응모 작품 일부는 원래는 설정하지 않았던 가작을 낸 것은 이 행사 주최측과 심사위원들이 협의한 결과였다. 당선자는 물론 이 글쓰기 잔치에 참여하여 아쉬움을 안은 응모자들의 분발과 함께 건승과 대성을 바란다.

— 심사위원 : 이명재

2019년
제4회 투데이신문 직장인신춘문예
당선작

시 부문 당선
이상근
경북 예천 출생
숭실대 전기공학과 졸업
한국전기안전공사 서울지역본부 재직

소설 부문 당선
이정순
대구 출생
중앙대 예술대학원 문예창작전문가 과정 수료
도서출판 혜심 대표

수필 부문 당선
김인주
인천 출생
영화정보고등학교 졸업
인천광역시교육청 교육감소속 근로자
행정실무원(인천완정초등학교) 재직

투데이신문 직장인신춘문예는 (사)한국사보협회, (사)한국문인협회 소설분과, (주)투데이신문(대표 박애경)이 공동주최하고 이 세 단체가 연합한 한국문화콘텐츠21이 주관해 지난해 12월 1일부터 올 1월 31일까지 작품을 접수해 2월 28일 심사를 완료했다.

직장인이 쓴 문학작품이라 해서 문학의 넓은 범주 안에서 특별히 대단하다고 할 수는 없을 것이다. 그러나 문학이 인간이 살아온 삶에서 비롯된 것이고, 산업사회에 이후 대다수의 성인들이 직장생활을 거의 필수적으로 하면서 살게 된 것을 생각하면 현재의 문학의 역사에서 '직장체험'은 보통 이상의 의미를 갖는다고 할 수 있다. 나아가 우리 문학은 '문학' 그 자체에 매달려 그동안 이런 보편다수의 '직장체험'을 수용하는 데 소홀히 해온 감도 있다. 바로 이점에 '직장인신춘문예'의 의의가 있었고, 회를 거듭하면서 취지에 맞는 작품들이 다량 투고되고 있다. 이번 4회는 지난 회와 투고작품 수는 엇비슷했으나 '직장체험'의 범위나 수준은 압도적으로 강화되었다.

투고자 중에는 초중고 교사·출판인·연구원 등 흔히 문학과 가깝다고 생각하는 직장인 외에도 회사원, 공무원 등

일반직 종사자, 경비원·미화원·미싱사 등에다 기관사·세무사·의사·대학교수에 대학 총장까지 있었다. 모두 378인이었고 작품수는 총 1169편이었다. 부문별로 보면 시는 186명이 854편을, 소설은 113명이 128편을, 수필은 79명이 187편을 투고했다. 심사는 시 부문을 시인 장석남(예심:시인 김홍기·최대순), 소설 부문을 소설가 권지예(예심:소설가 김선주·김현숙·김경), 수필 부문을 문학평론가 허혜정(예심:소설가 오은주 김희원) 선생이 각각 맡아주셨다.

시 당선작 「변압기」(이상근)는 '관념과 상상으로는 도저히 불가능한 삶의 저변을 오랜 숙성 과정으로 우려내 언어로 승화한 작품'이다. 동봉한 「마포대교」나 「술 먹는 식물」도 삶에서 우러난 눅진한 감성을 잘 살리고 있다. 소설 당선작 「대리인」(이정순)은 '법률대리인으로서 법의 공평이나 정의를 무력화하는 자본의 위력 앞에 절망하는 모습을 안정된 문체로 형상화한 작품'이다. 주제를 상징화하는 능력도 만만찮다. 수필 당선작 「하무니」(김인주)는 '치매 든 몸으로 유년의 나와 함께 지낸 할머니를 회상해 역사와 시대의 잔영까지 성찰한 작품'이다. 두드러진 '자전(自傳)' 또는 '전기(傳記)' 성향이 동봉한 「막다른 골목」의 바탕에 놓이는 일상 체험과도 잘 어우러진다는 특징도 눈여겨볼 점이다. 당선을 축하드리고 앞으로도 삶과 문학을 연계하는 뜻깊은 글쓰기를 이어가 주기를 기대한다. ― 심사위원회

변압기

이상근

너무 강렬한 힘을 품어서, 그는
늘 울고 있다

처음으로 밀물을 들일 때
심장이 울컥, 수축을 접었다
이제부터 홑몸의 호흡이 시작된다

그는 빠르게 적응해야 한다 그에게
오는 에너지와 그에게 기댄 저항 사이
적당한 거래, 팽팽한 긴장은 덤으로 주어지는 책무이므로
내부에 흐르는 피의 밀도를 긴밀하게 유지해야 한다
그는 벼락의 세기를 제한하는 등급에 따라
그의 품격을 결정짓는다 그를 감싼 철갑은
견딜 수 있는 최소한의 떨림과 자극을 허용하므로
체온을 조절하여 시간의 기울기로 세운다

그에게는, 순종하지 못하는 까다로운 신경망이 존재한다
그들은 자신을 부풀리는 변형된 돌연변이,
예민한 촉각으로 낯선 진동을 끼워 넣었다 언제부터인가
그에게 기댄 저항들이 그의 위상과 어긋나기 시작했다
그들은, 그에게 의존하지 않는 스스로의 터전을 만들어
그의 견고한 영역에서 공명共鳴하고 있다

그는,
그가 버거워하는 힘을 수긍할 수 없어 울음에 조바심을
실었다
홀로 남겨진 아버지의 들판처럼 그의
곱아 굳어버린 열 손가락은 허허로운 확장을 꿈꾸지만
들판은 마지막 노역勞役, 바람이 왜곡된 파장으로 찾아왔
다

서숙*이 바람에 뒤척이는 소리를 들으며
그는 울음을 멈추었다
그를 둘러싼 곁가지들이 파편으로 흩어진다

*조의 방언(경기, 경상, 전라, 충남)

경춘선 숲길을 걸었다. 기차가 달릴 때보다 사람이 지나는 철로의 품이 훨씬 넓었다. 경적을 멈춘 기차 한 칸이 호시탐탐 도망가기를 원했고, 사람들은 기차에 빚지고 온 추억을 더듬고 있었다. 따로 배우지 않아 생짜로 쓰인 글에는 자꾸만 욕망이 불거져 나왔다. 사람과 길이 어우러지듯, 나무와 길이 서로에게 안위하듯, 그런 소소한 일상의 이야기를 쓰고 싶었다. 늦은 나이이지만 이대로 날이 저문다면 부끄러운 일이므로, 다잡아 다시 길을 걸어야겠다.

거칠고 둔탁한 글을 뽑아주신 장석남 교수님께, 오래도록 세상과 공감할 수 있는 시를 쓰겠다는 다짐으로 감사의 인사를 드립니다. 문학의 확장성 측면에서 많은 노력을 기울이는 투데이신문사와 세월의 켜가 두터워 이제는 믿음이 된 직장 선,후배님들께도 고마운 마음을 전합니다. 늘 미덥지 못해 걱정을 앞세우시는 양가 부모님, 나와 함께여서 힘겨웠을 식구들에게도 작은 위안이기를 바랍니다.

　문학에서 이른바 아마추어라고 하는 것과 '프로'라고 하는 것의 구별에 대해 생각해 볼 때가 있다. 더불어 '내용'과 '형식'의 문제를 동반하게 되는데 문학의 '내용'이 어디까지나 '삶'의 한가운데라고 했을 때 과연 삶 없는 형식 우위의 문장이 '프로'인가에 대해서는 회의적일 수밖에 없다.

　2019년 제4회 투데이신문 직장인신춘문예 시 부분의 응모작들을 읽으면서 삶의 프로들임을 실감하게 된다. 일반문학(이 말이 가능한지 모르겠으나)에서 다뤄지는 내용과는 사뭇 다른, 치열한 현장감이 우선 다가오기 때문이다. 소재로서의 삶이 아닌 '몸'으로부터 울려오는 문장들은 관념으로 만들어 낸 일반 '전공자'들 시와는 그 차원이 다르다. 달라서 숙연하고 절절하다. 이상근 씨의 「변압기」는 그런 면에서 압도적이다. 관념과 상상으로는 도저히 불가능한 삶의 저변에 녹아 있다. 체험의 승화가 이 정도의 날렵함을 얻기 위해서는 오랜 숙성과정을 거쳤을 것이다.

　「밥 줄」「눈 내리는 팔복동」 등을 응모한 신영순 씨의 작품도 저릿하게 읽었다. 수수한 문장 속에 여염한 인생의 소중함이 잘 녹아 있다.

　전반적인 소감은 말을 가꾼 시들은 진정성이 가려졌고

삶의 희노애락이 강조된 시는 구성이 엉성했음을 느꼈다. 그 균형은 쉽지 않겠으나 어느 분야에서는 '균형'이 아름다움의 기본 요건임을 잊어서는 안될 것이다. 축하와 아쉬움의 말씀을 함께 전한다.

— 심사위원 : 장석남

대리인

이정순

　수족관 앞을 스쳐 지나가던 혜인은 걸음을 멈추었다. 이층 복도에 서서 망연히 수족관을 보고 있는 지석이 눈에 띄었다. 이른 아침부터 지석이 무슨 일로 왔는지 의아했다. 지석은 근래에 넘쳐난 법정관리 기업들의 회생 사건들로 눈코 뜰 새도 없이 바쁘다고 했다. 회계장부와 재무제표 등 각종 자료에 파묻혀 지낼 뿐만 아니라 개인회생, 파산 사건으로 파산부의 이십여 명의 판사들이 정신이 없다고 했다. 바쁘다던 지석이 근래에 와서 법조타운에 종종 드나들었다. 엘리베이터에서 이층 버튼을 누르려던 혜인은 맨 위층 버튼을 눌렀다. 혜인은 법조타운에서 그를 마주치는 일이 자존심이 상했다. 그 오랜 세월에도 바뀌지 않는 간극에 혜인은 긴 한숨을 내쉬었다.

　법조타운 중앙로비에 있는 대형 수족관의 투명한 유리 안에는 수십 종의 열대어들이 산호초 기둥 사이로 유영을 하고 있다. 붉거나 푸른 바탕에 검은색 줄무늬의 손바닥만

한 에인절피시부터 검은색 날개를 너울거리는 가오리나 일 미터 정도의 백상아리가 수족관을 돌고 있는 모습은 언제 봐도 아름답다.

수족관을 중심으로 ㅁ자형의 건물에는 법무법인을 비롯해 수많은 법률사무실이 있다. 크고 작은 민, 형사 소송에서부터 회생, 파산 등의 갖가지 사건들로 법조타운에 드나드는 사람들은 누구나 할 것 없이 머리가 복잡하다. 수족관은 아마도 갖가지 사건들로 골머리를 앓는 사람들에게 잠시나마 시원함으로 안식을 주기 위해 설치된 건지도 모른다. 법조타운에 이런 수족관이 있다는 것은 드문 일이다. 혜인은 법조타운에 수족관이 있는 것이 가장 마음에 들었다.

혜인은 수족관의 물고기 중에서 백상아리를 가장 좋아한다. 언젠가 법조타운에 들렀던 지석이 오늘처럼 수족관을 유심히 쳐다보고 있을 때 혜인이 무얼 그렇게 보느냐고 묻자 이반이라고 했다. 이반? 지석은 수족관 속의 백상아리를 그렇게 이름 지었다고 했다. 혜인은 이반이 단 한 번도 수족관 상부에서 아래로 내려가는 걸 본 적이 없다. 상부를 유유히 유영하다가 아래로 내려가는가 싶으면 비웃기라도 하듯이 날렵하게 위로 솟구치며 빠르게 원기둥형의 수족관을 돌아 나온다.

지석은 상어는 부레가 없어서 살아있는 동안에는 단 한번도 멈추지 못한다고 했다. 오백여 종의 상어 가운데 백상아리는 물에 가라앉지 않기 위하여 활동 근육의 열로 자신의 체온을 높여 차가운 바닷물보다 높이 오를 수 있다고 했다. 지석은 유난히 상어에 관심이 많았다. 지석은 혜인의 등에 있는 물고기 반점을 처음 보았을 때 완만한 허리 곡선을 따라 깊은 심해로 들어가는 상어가 떠오른다고 했다. 어릴 적 등에 물고기 모양의 푸른 반점이 있는 혜인을 어머니는 전생이 물고기였을 거라고 했다. 그 가운데서도 가장 멋있는 상어였을 거라고 했다. 어머니는 무슨 생각으로 어린 혜인에게 그런 의구심을 심어주었는지 이해할 수 없었다.

어쩌면 저 이반은 자신과 함께 인도양 어디쯤에선가 전생에 부부의 인연으로 함께 살다가 이렇게 다시 만난 건 아닐까 하는 엉뚱한 생각이 들기도 했었다.

변호사는 화가 잔뜩 나 있었다. 그는 책상 위의 서류를 손으로 쳐서 바닥으로 날렸다. 혜인은 허리를 굽혀 바닥에 떨어진 서류를 집어 들었다. 법원에서 날아온 보정명령서였다. 세간의 이목이 쏠린 만큼 신속하고 조용하게 진행되어야 한다고 말하지 않았던가? 도대체 더 신경을 써야 할 이번 사건에 왜 보정이 둘씩이나 나와? 보정명령서에는 최근에 접수한 의뢰인의 사건에 두 가지 서류를 보완하라고 적혀있었다. 채권자 목록 마지막의 부채증명서와 누락된 무상거주확인서를 제출하라고 했다.

애당초 혜인의 힘으로 불가능한 일이었다. 아니 처음부터 하고 싶지 않았던 건지도 모른다. 다른 더 어려운 일도

해낸 혜인이었다. 어떤 일에서건 최선을 다하는 혜인의 성격이었다. 그래서 변호사도 혜인을 인정하였다. 그러나 이번 사건만큼은 아니었다. 변호사는 수시로 변했다. 한때 그는 국선 변호사로, 인권 변호사로 명성을 떨쳤다. 그러나 몇 차례 정권이 바뀌고 이리저리 배를 갈아타던 변호사는 이제 명성 따위보다는 수임료에 더 관심이 많다. 끝없이 모으는 그는 그 많은 재산을 어디다 쓰려고 하는 것일까. 하긴 최근에도 법인 명의의 추가로 구입한 외제 승용차를 막내아들에게 주었다. 회사로 수시로 범칙금 고지서가 날아왔다. 그는 얼마든지 허용한다는 듯 너그러운 표정을 지었다. 그때 혜인은 티머니 카드 교통비가 떨어져 아르바이트를 마치고 몇 정거장을 걸어왔다던 남동생이 생각났다.

대표 변호사인 그를 비롯해 네 명의 변호사가 더 있는 이곳에서 그의 방을 마음대로 드나들 수 있는 사람은 혜인이 유일하다. 그의 방에는 황금이나, 옥 불상들이 있고, 한때 진품 시비에 휘말린 유명한 여류 화가의 그림이 걸려있다. 변호사는 의뢰인과의 상담도 회의실을 이용하고 자신의 방을 좀처럼 개방하지 않았다. 그것은 마치 법조타운 로비의 안내판에 붙어있는 대표 변호사의 권위 있는 이름처럼 불문율이다. 창마다 드리워진 블라인드는 마치 장막 같다.

변호사는 어제만 해도 이번 사건이 중앙법원 사상 최단 기간에 개시 결정이 날 것 같다며 직원들 앞에서 혜인을 추켜세웠다. 직원들의 야릇한 시선이 부담스러운 혜인은 빨리 사무실을 벗어나고 싶었다. 그는 언제나 혜인의 최소한의 입장 따위는 생각하지 않는 것 같았다. 비단 혜인뿐만 아니라 모든 직원은 직장을 위한 도구로만 여기는 것 같았다. 어쩌면 모두가 그 서글픈 현실을 버티어내고 있는지도 모른다.

혜인은 처음 의뢰인이 사무실에 왔던 날을 떠올렸다. 그즈음 세상은 잠수함 침몰 사건으로 죽은 아들의 보상금을 키우지도 않은 이혼한 엄마가 받는 것에 대해 격분해 있었다. 그녀는 신문 지면에 난 '산화한 용사'라고 적힌 아들의 사진까지 들고 와 혜인 앞에서 울었다. 그러나 거금의 보상금을 채권자들에게 뺏기지 않으려고 파산이나 회생신청을 신속하게 해달라고 성공 보수를 조건으로 내걸었다. 그 대신에 몇 가지의 처리할 문제를 적어 온 서류를 내밀었다. 거의가 채무에 관한 것들이었다.

비슷한 시기에 일괄적으로 빌린 의심의 정황이 여지없이 드러났다. 서류를 받은 혜인이 그녀의 얼굴을 쳐다봤다. 그녀는 혜인의 눈길을 외면했다.

변호사는 도덕적 관점보다도 생모의 정신적 피해에 중점을 두라며 수임을 거부하는 혜인에게 법률대리인의 의무만 따졌다. 혜인은 화가 났다. 그러나 어쩔 수 없이 사건을 진행할 수밖에 없었다. 변호사의 말처럼 자신은 선택의 권한이 없는 대리인에 불과했다. 하지만 시간이 흐를수록 갈등이 생겼다. 왜 바틀비처럼 안 하는 편이 낫겠습니다, 라고 뿌리치지 못하였는지 후회가 되었다. 바다가 되어 버린 영혼들을 생각하면 바게트나 마른과자를 먹을 때처럼 목구멍에 뭔가가 걸렸다.

　지난 주말에는 인사동에서 갤러리를 하는 친구가 개관 3주년 기념으로 설치미술전을 열게 되었다며 혜인을 초대했다. 바다를 주제로 한 전시전이라며 친구는 혜인에게 꼭 들르라고 했다.

　은은한 조명의 갤러리에 들어서자 중앙 무대 쪽 화면에 파도가 넘실거리는 바다를 영상으로 띄어 놓았다. 파도 소리가 실내에 잔잔하게 흐르고 있었다. 십여 명의 작가들이 조각, 설치물로 바다에 초점을 맞춘 작품 전시회였다. 미술관은 실내를 어둑하게 해놓고 크고 작은 작품마다 밝은 조명을 개별적으로 해놓았다. 아마도 작품의 집중도를 높이기 위한 것 같았다. 그래서인지 작품 외의 다른 곳으로는 시선이 분산되지 않았다. 혜인이 처음 관심을 가지고 본 작품은 '반야용선도'였다.

　통도사 극락전에서 보았던 '반야용선도'는 이승을 떠나 험한 바다를 건너 극락세계로 가는 중생을 인로왕보살이 나룻배에 싣고 인도해 가는 모습이다. 나룻배에 탄 중생들이 모두가 합장해 염불하며 앞을 보는데 단 한 사람이 속세에 두고 온 미련이 있는 듯 뒤돌아보는 작품이었다. 혜인은 밤늦도록 달빛이 환한 통도사 극락전을 거닐며 마음이 복잡했던 기억을 새삼 떠올렸다. 아마도 작품을 만든 작가가 불자인 듯했다.

차례로 작품을 감상하던 혜인이 한 작품 앞에서 발길을 멈추고 말았다. '침몰'이라는 작품이었다. 철선을 엮어서 만든 기우뚱한 배의 모형 안에 종이 인형들이 아무렇게나 나뒹굴고 있었다. 무심히 던져 놓은 듯 기울어져 한쪽으로 쏠린 듯했다. 인형들의 표정은 하나같이 고통스러운 표정을 담고 있었다. 때마침 모형 위로 파도 소리가 덮이고 있었다. 순간 혜인은 숨이 멎는 듯하였다.

작가가 어떤 의도를 가지고 만들었는지 모르지만, 혜인에게는 완벽한 하나의 의미로 다가왔다. 떨리는 심정을 달래지 못하고 혜인은 오랫동안 얼어붙은 듯 서 있었다. 평을 부탁드립니다. 작가인 듯한 남자의 목소리가 등 뒤로 들려왔다. 혜인은 고개를 돌릴 수가 없었다. 남자는 이어서 무언가를 말했지만 혜인은 쏜살같이 갤러리를 빠져나와 버렸다. 왠지 혜인이 더 들어서는 안될 말이 나올 것만 같았다. 다리가 후들거렸다. 부옇게 눈앞이 흐려지더니 눈물이 흘렀다. '반야용선도'에 타고 있는 뒤돌아보던 사람이 자꾸 어른거렸다. 변호사회관 앞에 있는 저울과 칼을 양손에 든 정의의 여신상도 떠올랐다.

기울어진 배처럼 이미 저울도 한쪽으로 기울어진 세상이 아닐까 하는 생각이 들었다. 물론 혜인도 지금껏 정의롭지만은 않았다. 수백 건의 사건을 진행하면서 변칙이지만 기각이 되지 않게 하려고 어느 정도의 유동성을 가져야만 했다. 혜인이 쓰는 경위서의 몇 구절에 따라 판결이 바뀔 수도 있다고 생각하면 혜인은 몇 번씩이나 고치고 또 고쳤다. 그래서인지 혜인이 접수한 사건은 거의 기각이 되지 않았다.

혜인은 파산까지 간 의뢰인들의 절망을 생각하면 최대한 경위서를 동정이 가게 작성하였다. 심지어는 수임료나 파산관재인 선임비조차 낼 수 없는 의뢰인들에게는 변호사 몰래 서면 작성을 무료로 해주기도 하였다. 그들은 하나같이 험한 절벽 앞에 서 있었다. 마지막 실낱같은 희망마저도 없다면 더 물러날 곳이 없을 것 같았기 때문이다.

지석이 변호사에게 혜인의 진술서는 사람의 마음을 움직이게 한다고 하자 변호사는 흡족한 미소를 지으며 혜인을 바라보았다. 혜인은 자신이 좋은 일을 한다는 생각을 가지고 일을 했다. 벼랑 끝에 서 있는 사람을 한 사람이라도 구제한다는 자긍심까지 들었다. 물론 지금까지 대부분의 사건이 기각되지 않고 인용이 되었던 것이 지석의 영향도 있었을 것이란 것을 변호사는 강조했다. 같은 고향에, K고, S대 동문인 지석과 변호사는 가끔 술자리를 가졌다. 변호사는 혜인에게도 동행을 요구했고 혜인은 거부할 수 없었다.

변호사는 보정이 난 두 가지 사항을 금일 중으로 처리하여 이른 시일 내에 보완하라고 했다. 사무실을 나선 혜인은 먼저 의뢰인에게 전화를 걸었다. 집주인에게 무상거주확인서를 받아야 한다고 했다. 집주인과 함께 서초동으로

와주세요. 사무장님이 오시면 되잖아요. 여자는 짜증을 냈다. 사채업자에게도 가봐야 하니까요. 그럼 그쪽을 의뢰인분이 가시든가. 여자는 그 말에 이내 태도를 바꾸었다. 5시까지 법원 동문 옆 커피숍으로 집주인과 함께 오겠다고 하며 전화를 끊었다. 혜인은 아무리 의뢰인이라고는 해도 그렇게까지 부끄러움을 모르는 것에 분노가 차올랐다. 불현듯 전시회에서 보았던 종이 인형의 모습이 생각났다. 왠지 자신이 가서는 안될 곳을 향하고 있다는 자책감이 들었다. 하지만 이제 와 돌이키기에는 이미 늦어버린 것 같았다.

중앙 로비에서 바라본 수족관에서 이반은 여전히 수족관을 맴돌고 있었다. 혜인은 비로소 지석이 아침 일찍 출근길에 법조타운에 들른 것이 그것 때문이었다는 생각이 들었다. 재임용 심사를 앞둔 지석은 기업이나 법무법인으로 자리를 옮기고 싶다고 했다. 그래서인지 근래에 법조타운에서 지석이 자주 눈에 띄었다.

"그년이 결국 내 돈을 떼어먹겠다고?"
사채업자는 의자에 앉아서 책상 위로 길게 다리를 얹은 채 혜인을 쳐다보았다. 혜인은 법원에서 날아온 보정명령서와 내용증명으로 이미 통보를 한 채권추심 금지 명령서를 책상 위에 올려놓았다.
짧은 머리에 양 반소매 아래로 문신이 드러나는 남자가 매서운 눈매로 책상 위의 서류를 신경질적으로 훑어보더니 혜인에게 시비조로 물었다. 칸막이 건너편의 덩치 큰 남자들이 혜인을 힐끔거렸다.

"당신은 뭔데?"

사채업자는 다짜고짜 반 토막으로 말했다. 혜인은 긴장하여 하마터면 딸꾹질이 나올 뻔하였다. 지갑에서 꺼낸 사무원증을 내밀었다.

"저는 법률대리인입니다. 채무자 회생 및 파산에 관한 법률 제 82조에 의거하여……."

"됐고, 그년 오라고 하라구."

"청구인은 이미 저희 사무실에 사건을 위임하였을 뿐 아니라 지금 현재 건강상의 이유로 병원에 입원 중입니다."

"쇼하고 있네. 남자한테 미쳐서 담보로 돈을 빌릴 때는 언제고."

담보라니. 게다가 남자라니. 혜인은 순간 난감했다.

"별제권부 채권은 아닌 걸로 알고 있는데요?"

갑자기 옆에서 남자들의 키득거리는 웃음소리가 들려왔다.

"그년이 무슨 재산이 있겠어. 몸뚱이라도 팔아서 갚는다며 울며불며 그랬지. 약간 모자라는 것들이 남자한테 빠지면 그렇거든 나잇값도 못하고……."

혜인은 신문 지면에 난 아들의 사진까지 들고 와서 울던 의뢰인이 생각났다. 남자까지 있었다니. 혜인은 새삼 분노를 느꼈다. 키우지도 않은 아들의 보상금을 남자에게 쓰려고 했었다니 더욱 기가 막혔다. 자식을 버리고 남자에게 빠져 있는 여자를 위해 사채업자의 사무실까지 찾아와 있는 자신이 비참하기도 했다. 혜인은 갑자기 영화에서나 봤던 신체포기각서 그런 단어들이 떠오르며 너무 두려운 나머지 요의를 느꼈지만 애써 참으며 단호하게 말했다. 어떡해서든 사채업자에게서 채무확인서를 받아오라던 변호사의 얼굴이 떠올랐다.

"어차피 개시 결정이 곧 날 것이고 의뢰인의 상황이 안 좋으니 협조를 부탁합니다."

"개시 같은 것은 모르고, 개씨팔! 그년은 이자를 한 번도 안 냈으니 사기 아냐? 채권자 이의신청을 할 거니까 법원에서 보자구."

달리 방법이 없었다. 혜인은 사채업자에게서 채무확인서 받아내는 일을 포기하기로 했다.

"알겠습니다. 그런데 화장실 좀……."

혜인은 더 이상 소변을 참을 수가 없어서 화장실로 뛰어갔다. 볼일을 보고 나오려는데 갑자기 전등이 꺼지며 문이 열리지 않았다. 혜인은 당황하여 소리를 지르며 문을 마구 두들겼다.

"당신들 지금 뭐 하는 거야? 내가 지금 여기 온 걸 사무실에서도 알고 있다구."

"아이구, 갑자기 전기가 나가고 도어가 또 고장인가 보네, 어쩌지요?"

별안간 영화 '추격자'가 떠오르며 핸드폰이 든 가방을 밖에다 두고 온 걸 후회했다.

"법률대리인을 감금하면 얼마나 가중처벌을 받는지 알

아요?"

"누가 감금을 했어. 당신이 화장실로 뛰어 들어간 거 아니었나?"

그들이 얼마나 이런 식으로 채무자들을 협박하고 괴롭혔을지 눈에 선했다.

"사무실로 전화를 해서 사람을 불러주세요."

혜인은 단호한 목소리로 말했다.

"금방 고쳐 볼 테니 조금 기다려 보시오."

그들이 계속 가둬놓지는 않을 것이란 걸 알았지만 캄캄한 어둠 속에서 떠오른 단어가 있었다. 대리인. 이 하수 노릇을 언제까지 해야 할지 걷잡을 수 없는 회의가 밀려왔다. 점점 갈수록 숨이 막혀오며 머리가 빠개질 듯이 아파져 혜인은 머리를 감싸 쥐고 울었다. 이대로 영원히 어둠 속으로 사라지는 것도 나을지도 모르겠다는 생각도 들었다.

아픈 엄마와 동생이 떠올랐다. 술에 취해 가구를 부수고 엄마의 허리를 발로 짓밟던 아버지의 모습도 떠올랐다. 아버지는 울부짖으며 말리던 동생 민호와 혜인의 뺨을 때렸다. 그날 밤 술에 취해 잠든 아버지를 두고 혜인은 엄마와 동생을 데리고 봉천동 언덕길을 도망쳐 내려왔다. 엄마는 그 밤에도 아버지가 괜찮을지 모르겠다며 한숨을 내쉬었다. 도대체 왜 그렇게 살아. 견딜 수 없이 화가 난 혜인이 소리쳤다.

그날 이후 엄마는 밤마다 심장이 쪼그라드는 것 같다며

숨이 차다고 했다. 바깥에 나가는 걸 두려워하고 밤에도 불을 켜는 걸 싫어했다. 혜인이 병원을 가자고 해도 엄마는 괜찮다며 밖으로 나오길 거부했다. 엄마의 얼굴색은 점점 쌀뜨물처럼 누렇게 변해갔다. 엄마와 동생을 지키기 위해서 혜인이 생각한 사람은 지석이었다. 혜인은 무작정 서초동으로 지석을 찾아갔다. 약속한 카페 앞에서 혜인은 잠깐 망설였다. 어쩌면 지석이 부담스러워할지도 모른다는 생각에…… 이름 석 자만으로도 찾을 수 있게 된 지석은 이미 오래전 혜인의 가슴에서 지워진 줄 알았지만 혜인이 그 절박한 순간 떠올릴 수 있었던 사람은 지석 외에는 없었다. 혜인은 초췌한 모습으로 지석 앞에 갔었고, 지석은 지금의 변호사에게 혜인을 데려다주었다.

첫 출근을 하였을 때 변호사는 인자한 미소로 잘 왔다며 혜인의 한쪽 어깨를 감싸주었다. 엄마와 동생 생각에 혜인은 안도의 숨을 내쉬었다. 혜인은 그가 명성처럼 정의와 법률을 따르는 훌륭한 법조인이라고 믿었다. 그러나 그 믿음은 그리 오래가지 못했다. 변호사는 수시로 혜인을 그의 방으로 불렀다. 그는 한쪽 어깨를 감싸는 대신 허그를 해왔다. 향수에 섞인 이상한 냄새에 숨이 막혔다. 혜인이 완강하게 거부하자 가만있어! 변호사는 짧고 단호하게 말했다. 어렴풋이 두려움과 절망이 섞여왔다.

삼십 분이나 늦으셨네요. 사채업자에게서 풀려난 혜인이 법원 동문 옆 커피숍으로 들어서자 여자는 따지듯이 말했다. 스트로가 꽂힌 두 사람의 음료수 잔에는 자잘한 얼음 알갱이들이 몇 개 남은 채 비어있었다. 업무가 밀려서요. 혜인은 화가 났지만 참았다. 이게 다 당신 때문이라고. 내가 지금 당신 때문에 무슨 일을 겪었는지 아느냐고 소리치고 싶었다. 함께 온 집주인에게 가볍게 목례를 하자 남자는 그것 참 난감해서. 하며 고개를 주억거렸다. 작달막한 키에 비해 다부진 체격의 집주인은 생각보다 젊어 보였다. 혜인이 준비해온 서류를 내밀자 남자는 잘못되면 사무장 양반이 다 책임지실거유? 하며 가는 눈을 모로 세우고 혜인을 쳐다봤다.

사장님이 전세금을 반환해 주었다는 가계약서와 무상거주 확인서를 써주시면 아무 문제없습니다. 그렇게 하면 사기파산 아닌가? 법률을 지켜야 할 사람들이…… 이거야말로 사법부의 적폐로구먼…… 남자는 혀를 찼다.

순간 혜인은 얼굴이 확 달아올랐다. 참을 수 없는 수치심이 느껴졌다. 자신이 하는 일이 언제나 떳떳하다고 여기지만은 않았지만 이렇게 비겁한 기분이 드는 것은 처음이었다. 그때 여자가 끼어들었다. 제가 충분히 사례한다니까요. 의뢰인 여자가 남자에게 비음 섞인 목소리로 애교를 떨었다. 남자는 투덜거리면서도 혜인이 손가락으로 짚어주는 서류에다 도장을 꾹꾹 눌렀다. 여자가 남자의 어깨 쪽으로 고개를 바짝 붙이고 지켜보았다. 민망한 혜인은 시선을 돌렸다. 혜인이 다시 서류를 훑어본 뒤 수고하였다고 했다. 여자는 남자에게 저녁을 사겠다며 함께 나갔다. 혜인은 멍하니 그들을 쳐다봤다.

갈증을 느낀 혜인은 차가운 얼그레이를 주문했다. 의뢰인은 혜인에게 차 한 잔도 시켜주지 않았다. 이 와중에 그런 대우에 서운한 자신이 더 초라하게 느껴졌다. 남들에게 대우받지 못할 때마다 느껴지는 열등의식 같은 것이었다.

그들이 함께 사라진 길 건너편에서 피켓을 들고 일인 시위를 하는 사내의 모습이 보였다. 철거민연합회나 금속노조가 크레인까지 끌고 와 시위를 할 때와는 달리 왠지 보는 마음이 무겁다. 지석은 그가 아내의 의료사고에 대한 불공정한 재판으로 한 달째 시위 중이라고 했다.

소송에서 가장 이기기 힘든 것이 의료소송이다. 의사 출신 변호사도 번번이 패소한다. 소송 기간 중에 제3 병원으로 법원에서 지정해준 대형병원들도 모두 의대 선, 후배들로 조직적이고 체계적으로 연결되어 있다. 그들은 자신들의 과오를 되도록 덮으려고 한다. 전문 용어들로 작성된 의료일지는 일반 변호사는 이해하기조차 힘들다. 또한 대형 병원의 수많은 의료소송에서 노하우를 얻은 병원 소속의 전문 법무팀을 이긴다는 것은 계란으로 바위 치기이다. 죽은 시체를 옆에 갔다 두어도 이기기 힘들다고들 한다.

혜인은 두 번이나 의료소송에서 패소한 경험이 있다. 한 번은 교통사고 건이었고 또 한 번은 수술 과정에서 생긴 태아 사망 사건이었다. 병원 측 법무팀과 원무과장까지도 과실을 인정한 사건이 막판에 교묘히 뒤집혔다. 사고를 낸 의사는 다른 지역으로 자리를 옮겼다. 판결 후 원무과장의 야릇한 미소를 혜인은 분노에 차서 노려보았다. 그들은 혜인에게 장난을 친 것처럼 보였다. 혜인은 그 일로 병원을 수도 없이 쫓아다녔다. 병원 측에서는 늘 호의적이었다. 그래서 혜인은 그들을 믿었다. 이후 변호사는 의료소송을 맡지 않는다.

혜인은 남자에게 법은 더 이상 정의롭지 않다고 아내를 잊고 그 시간에 돌아가 돈을 벌라고 말하고 싶었다. 법 위에 돈이 있다고. 세상은 더 이상 약자가 이길 수 없다고. 설령 소송이 다시 시작된다고 하여도 그는 비용과 시간을 버티지 못하고 결국 무너지고 말 것이다. 참을 수 없는 부당한 느낌이 몰려왔다. 순간 혜인은 여자가 남기고 간 서류를 반으로 접은 후 '북' 소리가 나도록 찢어버렸다. 서류를 찢는 손이 심하게 떨렸다. 두려움이기보다는 분노 때문이었다.

연달아 울리는 핸드폰에는 변호사의 전화번호가 떴지만 혜인은 받지 않았다. 자신의 운명이 또다시 바뀌게 될지도 모른다는 예감이 몰려왔다.

카페에서는 윤민수가 노래한 '인연'이라는 노래가 흐르고 있었다. 되도록 일찍 오겠다며 꼭 기다리라고 했던 지석은 한 시간이 지나도 나타나지 않았다. 바텐더 바로 앞 테이블에 자리를 잡은 혜인은 지석을 기다리며 어느새 두 잔째의 칵테일을 마시고 있었다. 혜인은 적막하거나 외로울 때면 자신도 모르게 가끔 이곳으로 왔다.

홍대 앞 카페 '소리'는 지석과 마지막으로 헤어졌던 곳이다. 언제나 육중한 문을 열고 들어서면 갈색 분위기의 카페 안은 마치 젊음과 노년의 완충지대처럼 다양한 연령대의 손님들로 흥청거렸다. 바텐더에 앉아서 지석은 모히또를, 혜인은 정열의 키스라는 칵테일을 즐겨 마시며 늙은 디제이가 엘피판으로 들려주는 재즈 음악을 즐겨 들었다. 어쩌면 혜인의 인생에서 가난했지만 가장 행복했던 시절이었다. 언젠가는 인생을 바꿀 수 있으리라는 희망이 있었다.

지석은 재즈풍의 음악을 좋아했다. 벤이킹의 '스탠바이미'나 흑인 합창단이 부르는 '노예들의 합창'을 좋아했다. 동물의 구슬픈 울음소리 같지 않아? 혜인은 그런 지석의 감성이 너무 좋았고 그런 분위기에 흠뻑 취한 날이면 먼저 두 팔로 지석의 목을 감았다. 혜인은 지석을 처음 만났던 그 여름밤의 구룡포 바닷가가 떠올랐다. 해변시인학교에서였다. 문학연합서클의 회장이었던 그는 이미 그때부터 전설적 인물이었다. 가톨릭 재단에 소속된 한 울타리 안의 남, 여 고등학교에서 그를 모르는 학생은 거의 없었다. 초등학교 재학 중에 토익 만점으로 각종 신문 지상에 오르내렸다. 대학 3학년이 되었을 때 최연소로 사법 시험에 합격하였다. 그러면서도 문학도로 명성을 날렸기에 수많은 여자들이 그를 관심 있어 했었고, 지석은 그 바닷가에서 수영복을 입은 혜인의 등에 있던 물고기 반점을 관심 있어 했다. 오로지 그 이유만으로 혜인은 지석의 여자가 될 수 있었지만 그를 완전하게 차지 할 수는 없었다. 우리가 정말 사랑했을까. 혜인은 늘 그렇게 반문했었다.

지석이 가라앉은 목소리로 할 말이 있다며 불러낸 카페 '소리'에서 혜인에게 느닷없는 이별을 선언했다. 그리고 그는 결혼을 했고 혜인이 닿을 수 없는 길을 걸어갔다. 혜인은 지석과의 이별이 그의 배신이 아니라, 자신의 운명이라고 생각하며 지석을 놓았다. 자신은 지석을 보내주어야 당연한 사람이라고 여겼다. 그리고 조금 울었을 뿐이다.

혜인이 다시 지석을 찾은 것은 엄마와 동생을 데리고 봉천동에서 도망친 이후의 삶이 막막하던 때였다. 어쩌면 혜인은 지석을 완전하게 보내준 것이 아니었는지도 모른다. 삶의 길목에서 발목을 잡힐 때마다 제일 먼저 지석이 떠올랐다. 혜인을 하루아침에 버리고 결혼을 해버린 남자였다. 하지만 혜인에게 결혼 같은 것은 자신의 분수에 맞지 않는 남의 일이었다. 아픈 엄마. 그리고 아직 더 공부해야 하는 동생. 술 때문에 인생을 망쳐버린 아버지는 혜인의 멍에였다. 영원히 벗어날 수 없을 것 같은. 단 한 번도 멈추지 못하고 움직여야 하는 수족관의 이반처럼.

수족관 청소를 하는 위탁업체의 잠수부가 어쩌다 이반이 물고기를 잡아먹는다며 툴툴거리는 소리를 들었을 때 혜인은 차라리 이반이 그만 멈추는 것이 더 낫지 않을까 하는 생각이 들었다. 혜인은 돈을 들여서라도 잠수부를 매수하고 싶다는 생각이 들었다. 혜인이 멈추고 싶은 것처럼 이반을 편히 쉬게 해주고 싶었다.

얼마 전 고모는 봉천동의 아버지가 다 죽어 간다며 한 번이라도 다녀가라고 했다. 아버지는 공사장에서 떨어져 허리를 다친 데 이어 술 때문에 간이 나빠져 얼마 살지 못할 것 같다고 했다. 혜인이 내가 알 바가 아니라고 하자 고모는 그게 무슨 소리냐며 혀를 찼다. 고모로부터 아버지의 소식을 전해들은 지 어느새 일주일이 지났다.

그러나 아직 아버지가 죽었다는 연락은 오지 않았다. 혜인은 아버지가 죽으면 안 갈 수는 없을 것 같았다. 아버지도 이제 그만 멈추어야 할 때가 아닌가 하는 생각이 들었다. 살아 있다고 다 살아 있는 것은 아닌 것 같았다. 누구나 때가 되면 멈추지 않는가. 멈춘다는 것. 혜인에게는 아버지를 위해서 어느 정도의 병원비를 쓰다가 멈추는 것이 나을지가 관건이었다. 아버지의 장례비는 얼마나 들어갈까. 어디까지가 자식의 도리일까. 함께 가라앉는 난파선이 될 수는 없을 것이다. 그래도 아버지는 아버지일까.

출입문이 열리며 지석이 들어섰다. 큰 키에 비율 좋은 체격의 지석이 들어서자 옆 테이블에 있던 한 무리의 젊은 여자들의 시선이 지석을 향했다. 어디에서나 빛났고 주목받는 지석이었다. 스스로 금수저를 물고서 태어난 듯. 지석은 감색 슈트에 가죽 백팩을 어깨에 메고 있어 나이보다 훨씬 젊어 보였다. 옆 테이블에 앉은 여자들은 혜인이 갈 때부터 이미 취기가 오른 듯 떠들썩했다. 유난히 화려한 의상을 한 여자는 자리에서 일어서서 재즈 리듬을 타며 춤을 추었고 일행들은 넘어갈 듯이 웃어댔다. 저 여자들은 무엇이 저렇게 당당하고 즐거울까. 혜인은 그녀들이 부럽기만 했다. 혜인이 기억도 나지 않는 저 환한 웃음을 폭죽처럼 터뜨리는 선택받은 여자들 같았다. 아무데서 나 이유도 없이 오는 이 위축감은 어디에서 비롯되는 것일까.

"도대체 무슨 일이 있었던 거야. 대표님 전화는 왜 안 받아?"

지석은 앉기가 무섭게 혜인에게 화를 냈다.

"부탁이 있어. 결론부터 말할게…… 그 사건을 기각시켜 줘."

"뭐라고?"

지석이 어이가 없다는 듯이 혜인을 쳐다봤다. 종업원이 다가와 메뉴판을 내밀자 지석은 맥주를 주문했다.

"모히또는?"

"그딴 걸 왜 마셔."

지석은 과거의 기억 따위를 말하는 혜인이 한심하다는 듯 말했다. 둥글게 감아쥔 손안의 잔이 혜인은 부끄러워졌다. 혜인이 고개를 숙인 채 한동안 말이 없었다. 자신도 모르게 과거에 머물러 있는 모습이 견딜 수 없이 자존심이 상했다. 어색하고 불편한 시간이 흘렀다. 지석이 조금은 누그러진 목소리로 먼저 물었다.

"무슨 일이 있었어?"

이미 사무실에서 이야기를 들었거나 변호사와 통화를 했

다는 것이 느껴졌다. 혜인은 고개를 가로저었다.

"사직서를 낼까 해."

혜인이 찢어진 서류를 지석에게 내밀었다.

지석은 서류를 보지도 않고 밀어냈다. 대신에 급하게 맥주를 들이켰다.

"내가 이해할 수 있게 이유를 설명해."

지석의 목소리가 너무 단호해서 혜인은 마치 재판정에 앉아 있는 피고인이 된 것 같았다.

"더 이상 대리인으로 살고 싶지 않아서 그래."

혜인은 죄인처럼 목소리가 떨렸다.

"업무상 일어나는 일 하나 감당 못하고 그만둔다고?"

갑자기 톤이 높아진 지석의 목소리에 옆 테이블 여자들의 시선이 또다시 지석을 향했다.

"더 이상 법률을 지키지 못할 것 같아서 일하고 싶지 않을 뿐이야."

혜인이 주눅이 드는 감정을 감추려고 단호하게 말했다.

"세상은 이미 편법과 자본으로 고착화되어 버렸는데 그따위 감상적인 생각을 해?"

그토록 반듯하던 지석의 입에서 아니, 법률과 정의를 지키고 누군가의 인생을 판가름하는 재판을 하는 판사의 입에서 결코 나와서는 안될 지석의 말에 혜인은 절망했다. 그런 지석에게 질투와 배신감과 그리움으로 얽혀 아직도 벗어나지 못하는 자신이 용서되지 않았다. 취기가 오른 혜인은 감정이 격해졌고 왈칵 눈물이 쏟아졌다. 더는 의지할 곳이 없다는 막막한 외로움이 무섭게 엄습해왔다. 정의의 여신상이 눈앞에 떠오르다가 점점이 사라져버렸다.

더 이상 몸을 지탱할 수 없이 진이 빠진 혜인이 테이블에 고개를 박았다. 머릿속이 빙글빙글 도는 듯 현기증이 나고 지석의 목소리가 희미하게 들렸다.

"너도, 나도 지금은 멈추고 싶어도 멈출 수가 없어. 어쩌면 함께 일하게 될지도 몰라 대표님이 같이 일했으면 해."

혜인은 멈추지 않는 수족관의 이반이 떠올랐다. 변변한 집 한 칸 없는 자신의 처지가, 엄마와 동생 그리고 죽어가는 아버지가 생각났다. 도망칠 어디도 없는 세상 끝일 뿐이었다.

"먼저 일어날게 미안해."

지석이 나가고 이내 들어선 사람은 변호사였다.

직장인신춘문예라는 이름을 처음 접했을 때 왠지 울컥했습니다. 고된 하루를 마치고 퇴근하는 지친 몸이 거룩한 노동 후의 위안으로 바뀌는 마법이 되어주었기 때문입니다. 오늘도 세상 어느 한 곳에서 톱니바퀴로 돌며 문학의 꿈을 키워나가는 직장인들에게 한줄기 빛이 될 것입니다.

부족한 저에게 당선의 영광을 주셔서 고맙습니다. 누가 되지 않도록 더욱더 열심히 정진하겠습니다.

감사드릴 분이 너무 많습니다.

먼저, 당근과 채찍으로 글쓰기를 포기하지 않게 해주신 존경하는 Q교수님께 큰절을 올립니다. 중앙대 예대원의 S교수님, P교수님, 카프카 시리즈를 선물 주신 황훈성 교수님 저의 큰 스승이자 롤 모델이십니다.

영원한 글벗 좌청룡 박금아 수필가, 우백호 이명덕 시인, 전설의 슈바빙 멤버들, 창작21 동지들, 한국문예창작아카데미 문우들, 분당 책 테마파크 문우들 함께 가는 길이 행복합니다. 우린 물을 짜면 틀림없이 같은 색이 나올 것입니다.

마지막으로 사랑하는 나의 가족들.

이 모든 분들과 기쁨을 함께하겠습니다.

　소설 응모자가 직장인 신분인 신춘문예를 심사하면서 가장 크게 느낀 점은, 대부분의 응모자가 자신의 직업적인 체험을 바탕으로 썼다는 점이다. 당연한 현상이겠지만, 응모자의 이력과 함께 특이한 소설 소재도 보이고 심사자 입장에서는 그 점이 또한 흥미로웠다.

　하지만 아무리 재미있는 소재의 소설이라도, 소재주의를 넘어서 소설의 주제를 관통하며 보편적인 인생의 통찰력을 주는 작품성에 주안점을 두었다. 자칫 재미있는 수기나 수필이 아니라 소설적 형상화를 보여주는 작품이 반가운 이유다.

　예심을 통해 넘어온 작품 중에 아래의 작품들이 인상적이었다.

　「대리인」은 차분하고 안정적인 문체로 법률대리인의 애환을 잘 묘사했다. 자본주의 사회에서 법의 공평, 정의보다 더 우위에서 법을 조롱하고 무력화시키는 돈의 힘. 그 구조를 끊어낼 수 없는 가난한 대리인의 운명을, 부레가 없어 살아 있는 동안 단 한 번도 멈출 수 없는 법조타운 대형 주족관의 백상아리의 운명과 병치하여 더욱 설득력이 있고 여운이 남는 작품이다.

　「하이문다」는 아버지가 한국인인 필리핀 여성이자 한국

에서 다문화 가정을 이룬 여성이 주인공이다. 한국 아버지의 핏줄임을 인정받고 싶어하며, 자신의 뿌리를 고민한다. 균열된 틈에서 자라지만 지구상 어디나 퍼져있는 이끼 같은 존재. 다문화 인종들의 정체성을 고민하는 디아스포라 작품이다.

「민원금지! 셀캠 맨」은 교권이 타락한 시대의 교사가 학부모의 민원에 시달리다 모든 것을 셀캠으로 방어하려 한다. 현시대 교사의 위축되고 방어적인 모습이 눈물겨우면서도 재미있는 작품이다.

세 작품 중에서 「대리인」이 좀 더 깊이 있게 소설적 형상화를 이룬 작품이라 생각되어 심사위원들과의 합의를 거쳐 당선작으로 선정했다.

— 심사위원 : 권지예

하무니

김인주

하루 종일 정리해도 짐이 줄어들지 않는다. 좁은 집안에선 수많은 가재기들과 얽힌 추억이 쏟아져 나온다. 부모님께서는 쫓기듯 사글세와 단칸방을 옮겨가며 자식 셋인 것이 죄인 것마냥 고개를 연신 숙여가며 방을 구하러 다니셨다. 그러다 내 나이 예닐곱쯤 마지막으로 둥지를 틀고 삼십여 년이 넘게 한자리에서 지내오셨다. 그렇게 힘겹게 얻은 높은 언덕 위의 집을 주변이 변해도 옮기지 않은 것은 이사의 고단함을 수십 년이 흘러도 잊히지 않으신 듯했다. 재개발로 더 이상 버틸 수 없었을 때 결국 마지못해 짐을 정리하셨다. 정리하던 짐 사이에서 감실감실 두꺼운 책 하나가 눈에 들어왔다. 한참을 잊고 지내다 꺼내진 추억은 사진 속 그 시간으로 기억을 돌려놓는다.

가난함을 벗어나려고 부모님은 일터를 찾아 나서야 하다 보니 학교를 보낼 나이의 오빠와 언니도 문제였지만, 일곱 살의 나를 유치원은 언감생심 꿈도 못 꾸고 하루 종일 홀로 둘 수 없어 나에게 단짝 친구를 만들어주셨다. 바랜 사진 속 가족 나들이에서 곱게 흰 한복에 쪽진 머리를 하고 인상 가득 찌푸린 나이 많은 할머니가 나의 보호자이자 단짝 친구였다.

동네 언니 오빠들이 학교에서 올 때까지는 나와 할머니 단 둘뿐이었다. 어린 나이에 집에 있기 싫어서 살림 도와주려는 할머니의 손을 끌고 나가자 떼도 많이 써댔다.

"한데 갈래? 우리 아가 한데 가고 싶어?"

할머니의 한데가 어디인 줄 모르고 그저 신이 나기만 했다. 할머니는 집근처는 개발을 해대느라 민둥산이 되어 버린 누런 돌산을 하얀 고무신을 신고 같이 올라주었다. 아주 낮은 민둥산을 오르다보면 까마죽이나 산딸기들이 모여 있는데 할머니는 몇 알 따다 쓱쓱 치마 깃에 문지르곤 나의 입으로 넣어주었다. 달콤하고 쌉쌀함이 여느 과자 부럽지 않았다.

돌산 너머 아스팔트가 깔리기 시작한 지 얼마 되지 않아서 버스가 다니기 시작했지만 여전히 시간이 멈춘 듯한 시골 같은 마을이었다. 지금에야 그린벨트 지역이라 개발이 안 된 것이라 알고 있었지만 그곳은 할머니와 나의 나들이의 최고의 놀이 장소였다.

작은 개울에 흐르는 물가에는 개구리도 뛰어놀고 작은 송사리 떼도 많았다. 물가에서 첨벙첨벙 발 담그고 노는 동안 할머니는 지천에 깔린 봄나물을 골라 담았다. 그렇게 담아 온 봄나물은 저녁 반찬으로 한몫을 해냈다. 가을이면 할머니와 산에 올라 예쁜 솔방울을 주어다가 깨끗이 씻어 말렸다. 겨울이오면 아이들 감기 걸린다며 머리맡에 서너 알씩 두면 신기하게도 며칠 후면 솔방울이 활짝 펼쳐진다. 그렇게 추운 겨울 목감기 한번 걸리지 않고 손주들을 동장군으로부터 지켜주었다.

내가 글을 배우기 시작했을 때 우리집에는 까막눈이 두 명이었다. 할머니와 나는 한글을 같이 배웠다. 학교에서 배운 기역, 니은, 디귿을 같이 쓰고 더디게 배우는 할머니를 선생님 흉내 내며 야멸차게 대했고 서운함에 삐지시기도 했지만 할머니의 읽기 실력은 더듬더듬 늘어났다.

어느 날 할머니의 손을 잡고 글씨공부 삼아 간판을 읽느라 건물이 늘어서 있는 번화가까지 나와 버렸다. 무더위에 나이 차이 많이 나는 두 친구는 돌계단 아래 앉았다. 재미 들려 읽다보니 먼 거리를 온 줄 모르고 늙은 몸과 어린 작은 몸으로 걷다보니 몸에 무리였나 보다. 우연히 그곳에서 할아버지가 아주 곱고 화려한 양산을 쓴 아주머니와 함께 걷는 것을 보고 말았다. 외면하며 안절부절못하는 할머니가 이상했다. 할머니가 막을 사이도 없이 철없는 나는 할아버지를 보고 달려 반갑게 인사를 했다. 나를 발견한 할아버지는 두리번거리며 곁을 보더니 곧 계단에서 일어서는 할머니를 찾아냈다. 할아버지는 나를 제치고 성큼성큼 할머니 앞으로 걸어가 그 큰 손으로 얼굴을 후려쳤다. 일어서다가 다시 주저앉은 할머니를 보고 놀라 그 자리에서 멈췄고 할아버지는 나를 한번 바라보곤 그 아주머니 어깨를 잡고 돌아서 가버리셨다. 내가 맞은 것마냥 울며 할머니에게 달려갔다. 눈물 하나 흘리지 않고 할머니는 말없이 천천히 계단 옆 화단을 쓱쓱 손으로 훑더니 누군가 버리고 간 꽁초 담배 하나를 찾았다. 그리곤 늘 주머니에 있던 일회용 라이터를 꺼내 담배에 불을 붙였다. 난 놀라서 몇몇 바라보던 행인들도 다 사라지고 할머니의 작은 담배가 다 꺼져 마음속 응어리를 뿜어낼 때까지 옆에 서서 많이 울었더랬다.

할머니는 배운다는 즐거움을 조금 아실 무렵 할아버지가 갑자기 쓰러지셨다. 내 손을 잡고 할아버지가 계신 병원엘 가면 물침대를 터트릴 정도의 커다란 할아버지의 몸을 욕창이라도 날까 이리저리 돌려가며 할머니는 있는 힘을 다해 닦아내었다. 죽음의 문턱에서 온갖 정 떼려는 야속한 할아버지를 홀로 다 받아 내셨다.

그렇게 두 해쯤 할아버지가 앓고 떠나시니 할머니는 기다렸다는 듯이 딱 한 달 만에 할아버지 곁으로 가셨다. 병명도 없었고 어떤 약도 드시지 못했다. 허무하게 할머니는 그렇게 사라지셨다.

정리가 늦다는 엄마의 타박에 할머니의 치마 속에서 나는 돌아왔다. 내 옆으로 다가온 엄마는 할머니의 사진을 발견하시곤 짧은 한숨을 쉬었다. 짐정리 하던 손을 멈춘 엄마는 옆에 조용히 자리를 잡았다. 엄마에게는 어쩔 수 없이 어려운 시어머니였겠지만 안타까움의 한숨이 새어나오는 듯했다.

　오래되고 낡은 사진을 접착식 사진첩에서 떼어내었다. 기념으로 핸드폰에 사진 찍어 남겨두려 한다. 사진이 쩍 떨어지며 그 밑에 작은 종이가 같이 떨어져 나왔다. 오래되고 빛바랜 누런 종이에는 삐뚤빼뚤 '배분순'이라 적혀있었다. 가만히 보다가 엄마에게 물었다.

　"엄마 배분순이 누구야?"

　"너 하무니잖아……"

　"할머니는 할머니지, 하무니는 뭐야?"

　"에고. 기억이 안 나는구나. 넌 할머니 발음이 안 되어서 하무니라 부르며 참 많이 따라다녔더랬지."

　엄마의 기억 속의 하무니가 나왔다. 엄마에게 들은 하무니는 내가 아는 까막눈이 아니었다. 하무니는 시집오기 전 가난한 훈장 집 딸이었다. 집안 형편에 가난하지만 이름만 있는 양반집으로 시집을 갔다. 돈 벌어 보겠다고 일본으로 떠난 남편을 찾아 무작정 따라 일본으로 향했다. 바닥 일을 하면서 아이를 둘을 더 낳으시고 타국살이의 서러움을 잊으려 한국으로 돌아오니 원치 않던 전쟁에 휘말리게 되었다. 한글을 아는 여자라 의용대에 선출되어 본인의 삶을, 딸려 있는 가족의 삶을 살려내셨다고 한다. 전쟁 중 아이 하나를 더 낳아 다섯 형제를 키우시고 다 출가시켰다. 하지만 남편의 주사와 폭력으로 자식들은 부모님을 갈라 모시게 되었고 할머니는 그렇게 나의 하무니가 되었다고 한다. 할머니는 내 친구가 되어 주려고 우리집으로 올 때

　　　　　　　　투데이신문 직장인신춘문예 당선작품집

혼자가 아닌 치매라는 불청객이 함께 왔고 띄엄띄엄 오던 치매로 주변 가족들은 힘들게 했지만 어린 손녀만은 그 사실을 알아차릴 수 없었다. 신기하게도 나와 있을 때에는 나를 지켜야 한다는 생각이셨는지 치매증상이 나오지 않았다 한다.

할머니는 나와 한글을 배우실 때 아무것도 모르는 것 같았지만 자신이 알고 있는 것을 다시 기억해 잊지 않으려 하셨다고 한다. 그래서 나와 한글을 배우고 어린 손주에게 꾸지람도 들었지만 그렇게 좋아하셨단다. 먹고 사느라 바쁜 자식들에게 치매가 찾아온 할머니의 보호자는 겨우 다섯 살 넘은 나였을지 모르겠다.

나의 단짝 할머니의 이름도 모른 채 살아왔다. 그렇게 친한 내 친구이자 서로의 보호자였는데 이름조차 몰랐다. 손가락으로 사진 위에 허공에 글씨를 써본다. 내 친구 배분순.

평생 간직하고만 있을 줄 알았던 꿈이 갑작스럽게 현실이 되어 기쁨과 설렘을 주체할 수 없다. 나에겐 글을 쓴다는 것은 마치 처음 간 낯선 산길을 걷는 기분이다. 생각지도 못한 돌부리에 걸려 넘어지기도 하고 쉬어가라 유혹하는 시냇가도 있어서 그대로 멈추고도 싶었지만 나의 글이 어느 사람에겐 마음을 흔들어준다는 말에 힘을 얻고 용기내어 한걸음씩 나아갈 수 있었다.

이제 산중턱에서 다시 숨을 고르고 산 아래에서 첫발을 떼며 설레던 마음으로 천천히 오르려한다. 글을 쓰기 위해 마음을 담아 자판을 두드리듯이 사람들의 마음을 두드리며 조금씩 앞을 향해 걷고 싶다. 냇가에는 냇물 냄새가, 숲속 큰 나무에서는 나무 냄새가 나듯 작가의 글에서도 각자 특유의 향기가 배어있다. 나의 글에서 따스한 향기가 가득 배어나길 한 글자 한 글자 마음을 다 해보려 한다.

길고 긴 등반길에 만난 생각지 못한 특별한 나무 그루터기처럼 잠시 숨 고르고 앞으로 나설 수 있게 도와주신 ㈜투데이신문사, ㈔한국사보협회, ㈔한국문인협회 소설분과와 한국문화콘텐츠21 관계자님께 감사함을 전하고 싶다.

  예심을 거쳐온 12인의 작품들 중 직장인신춘문예의 취지와 수필문학으로서의 창작성, 문학적 울림 등을 다각적으로 고려하여 김인주의 「하무니」 외 1편을 당선작으로 선정하였다.

  「하무니」는 유년시절 '한글'을 함께 배웠던 할머니와 자신의 첫 글쓰기에 대한 비망록이라 해도 좋을 것이다. 할머니는 "가난한 훈장 집 딸"로 태어났지만, 일제강점기와 한국전쟁, 산업화시대라는 굴곡진 역사를 거쳐온 한 세대의 초상이다. 간난한 시대에 고개 숙이지 않고 꿋꿋이 다섯 형제를 다 키워 출가시킬 정도로 강인했던 할머니는 "치매라는 불청객"을 만나 다시 까막눈이 되었다. "그렇게 친한 내 친구이자 서로의 보호자였는데 이름조차 몰랐다. 손가락으로 사진 위에 허공에 글씨를 써본다, 네 친구 배분순,"이라는 마무리가 시사하듯, 망각에서 인화된 존재의 문자, 필자의 글쓰기에 밑금처럼 깔려 있는 기억은, 역사와 시대의 잔영까지 끌고 걸어가야 하는 글쓰기에 대한 성찰과 맞닿아 있다. 자칫 자기연민에 함몰될 수 있는 자전적 삽화를 절제된 문장으로 표현하고 있는 점, 자신만의 글쓰기의 의미를 건져 올리려는 노력 등은 매우 이 작품을 돋보이게 하는 요소이다.

윤경환의「퇴근길의 두 가게」또한 수상작과 마지막까지 등위를 겨루던 수작이었다. 이 작품은 "20년은 족히" 퇴근 길을 지켰을 '구멍가게'를 통해 현대라는 공간에 아직도 살갑게 남겨진 인간적인 세상에 대한 소망과 사유를 담고 있다. 빼어난 구성과 문장력은 물론 전체적으로 미적 조율 이 잘 되어 있어 수필의 깊은 아름다움을 느낄 수 있게 하는 작품이다. 전반적으로 본심에 올라온 작품들이 일정 수준에 올라 있으나 구성의 밀도와 문장의 세련미, '제재'에 대한 치열한 탐문 등에서 아쉬운 경우도 적지 않았다. 때로는 메시지만 너무 앙상하거나 사유를 힘있게 각인시킬 마무리가 약했던 경우도 지적하지 않을 수 없다.

김소윤의「제방」의 경우, 인간의 노력과 집념이 쌓아올린 모든 것들을 '제방'에 비유해 글을 짜나가는 발상법을 높이 평가하고 싶다. 서정적이고 울림 강한 문장력에 비해 구성의 묘미가 아쉬웠던 주연의「엄마의 자리」, 시사성 강한 비정규직 문제를 다루고 있으나 너무 메시지가 틀에 박힌 감이 있는 김금숙의「미로 속 탈출기」, 언니의 상처투성이 생을 통해 사랑과 희생과 치유의 의미를 묻고 있는 이경회의「곰보빵」, '필사'라는 말의 중의적 의미를 통해 글을 전개해가는 방식이 인상적이었던 김정순의「어느 부부의 필사의 시간」등도 돋보이는 작품들이었다. 김정순의「눈 내리는 밤의 순산」은 어머소의 난산에 대한 묘사가 돋보이나 그 난산의 '의미화'가 아쉽다. 서정애의「속긋을 긋다」는 글자 교본의 '속긋'에 착안한 발상이 신선하지만 구성미가 다소 떨어진다.

　전반적으로 투고작들은 누군가의 생을 수놓는 빛깔들이 누군가의 상처의 자욱이자 사랑의 손길에 의한 것임을 암시해준다. 우리가 살아가는 현실을 비판적으로 성찰하되, 한 개인의 성장통과 생활인의 감성만이 아니라 우리시대의 소망까지도 담아낸 이 곡진한 말들이 직장인신춘문예를 새로이 빛내주기를 기대한다. 김인주의 당선을 축하드린다.

　— 심사위원 : 허혜정

2020년
제5회 투데이신문 직장인신춘문예
당선작

시 부문 당선
구봄의
부산 출생
비정규직

소설 부문 당선
김남희
대구 출생
서울시립대 철학과 박사과정
포케스트 인터내셔널 한국지사 근무

수필 부문 당선
남영화
경기도 안성 출생
한국방송통신대 경영과 수료
요양보호사

'직장인들만 투고하는 신춘문예'라는 소문이 조금 더 난 것인지 지난해보다 투고자 직업군의 스펙트럼이 훨씬 더 넓어졌다는 인상을 받았다. 학교 교사 · 독서지도사 · 지자체공무원 · 기자 · 재단근무자처럼 문학과 친숙해질 수 있는 직업인 외에 교수 · 의사 · 한의사 · 세무사 · 변호사 등 전문직과 출판 · 무역 · 약품 등의 회사원들도 쉽게 만날 수 있었다. 또한 경찰관 · 간호사 · 기관사, 사회복지사 · 보험설계사 · 요양보호사, 아파트 관리원 · 식당 종업원 · 일용 노동자 등 국가 공무원급이나 국가 자격증 직업에서부터 이른바 블루칼라 군에 이르기까지 다양했다. 문학작품은 소위 문학적 장치라는 것이 필요해서 자칫 '수사적 기교'를 지나치게 중시하는 경향을 보이기 쉬운데, 이 직장인신춘문예만큼은 그런 것보다는 실감나는 직장 체험을 다양한 내용과 형식으로 엿볼 수 있는 행사로 자리매김하는 듯하다.

투고작의 수는 시 부문 616편(137명), 소설 부문 125편(118명), 수필 부문에 165편(76명)으로 지난해와 비슷했다. 이 가운데 시와 수필 부문은 전반적으로 수준이 높아졌고, 소설 부문은 당선권에서 다툰 몇 작품의 수준이 특히 높았다는 평가를 받았다. 심사는 시 부문에 시인 김홍기·최대순(이상 예심), 시인 박덕규(본심), 소설 부문에 소설가 김선주·김현숙·김경(이상 예심), 소설가 이순원(본심), 수필 부문에 소설가 오은주·김희원(이상 예심), 문학평론가 이경철(본심) 등 중견작가들이 예심과 본심을 나누어 맡았다.

시 부문 당선작인 「자물리다」(구봄의)는 악화된 기업환경에서 계약직 사무원으로서 살아가는 일상을 실감나게 그리고 있다. 매일 야근을 하면서 연장계약을 기대하는 불안정한 조건을 '핏빛 노을과 서로 자물리는 나'로 묘사하는 '시의 말맛'이 볼 만했다. 소설 부문 당선작인 「에이나」(김남희)는 인공지능 로봇으로서 자유의지까지 보유하게 된 '에이나'와 그 구매자 부부가 빚어내는 나날이 전혀 낯설지 않게 보였다. 설명하지 않고 보여준다는 소설적 어법을 특히 종반부의 반전효과로 드러낸 데서 그 수준을 인정받았다. 수필 부문 당선작인 「각하의 웃음」(남영화)은 요양병원에서 요양보호사로 산 체험을 구체적으로 드러낸 글로 겪은 일을 간결하게 전달하고 있다. 도식과 작위를 한껏 줄이면서 삶의 성찰하는 태도를 견지해 신뢰를 느끼게 했다.

'투데이신문 직장인신춘문예'는 투데이신문(대표 박애경), (사)한국사보협회(회장 김홍기), 한국문화콘텐츠21(대표 김선주 외)과 함께 공동주최하고 있고 (사)한국문인협회(이사장 이광복)가 후원한다. 제5회인 올해는 2019년 12월 1일부터 2020년 1월 31일까지 작품을 접수해 지난 2월 21일 심사를 완료했다. 당선을 축하드리고, 올해 큰 성과를 내지 못한 분들은 깊이 연마하는 시간을 겪어 재도전하기를 기대해본다.

— 심사위원회

자물리다

구봄의

해질녘 유리창은 노을 꽃밭이다

건물 사이 골목들은 저녁을 수혈 받고

다크서클이 진 내 눈가에도 붉음이 감돈다

모니터 서류가 적재물처럼 쌓여 있다

바탕화면 아이콘들을 징검돌처럼 건너는 상상을 한다

내일 사표를 낸다면 부장의 표정은 어떨까

과장의 얼굴을 클릭하면 무엇이 쏟아질까

김 대리의 짜증을 압축하면 용량은 얼마나 될까

기획적으로 살아왔는데

나에게 창문은 습관일까

아무것도 하지 않으면 하드웨어가

대기하고 있던 화면을 곧바로 보여준다

인공 창문에 젖어 인공 풍경을 살았다

가끔 불 꺼져 있는 나의 모니터를 보기 위해

발걸음을 죽이며 누군가 방문한 적이 있었을 거다

거기 미끄러져 갔을 당신과 나의 데칼코마니
지난주엔 누군가 날개를 가진 듯
유리창 사이를 퍼득이다 주저앉았다
누군가의 비명소리는 너무나 쉽게 지워졌고
다음달 재계약의 순간은 숨막히게 다가왔다

일순간 환해지던 노을의 몰락
오목새김으로 온전히 내게 남는다
개밥바라기 별은 얼마큼 먼 거리였던가
각오한 듯 창문 앞에 선다
긴 각목처럼 팔이 늘어나는 착각에 빠진다
반대편 사무실에 틀어박혀 있는
나를 닮은 누군가의 등을 만진다
그도 비참을 웅얼거리며
나와 같은 방향을 품었을 거다
핏빛 노을과 내가 서로 자물린다
전화벨이 울린다 뒤돌아보니
모니터 속 서류들이 조금 더 쌓여 있다
이제 그만 계약을 끝내야 할까
죄 없는 죄인처럼 또다시
윈도우 앞에 끌려가야 할까
더이상 기회가 없다며 저녁이 문을 닫는다

'직장인신춘문예 응모하셨나요?' 일 가는 중에 무심코 받은 전화였다. 직장 전화번호를 물으시길래 순간 의아했다. '좋은 일 있을 것' 말끝을 흘려들으며 버스 안에서 폰을 꼭 쥐고 환승 정류장을 두 번 지나쳐 허겁지겁 내렸다. 환승 정류장으로 바삐 걸으며 직장 도착 시간을 재촉하고 한편으론 응모작이 본심에 올랐나? 실감 못하는 먹먹한 상태로 허둥거렸다. 몇십 년 일하는 와중에도 배우고 읽고 쓰면 언젠가는 써질까, 몸속에 잠긴 시름이 시심으로 가로질러 나갈 수 있을까. 복막암 걸려 죽은 고양이 잭을 껴안고, 목공근로자 아들에게 아침 출근 때 매일 생과일 주스를 갈아주면서도, 주위의 소소한 사물들과 말문을 트려고 시의 눈썰미를 다독였다. 아들의 힘든 노동을 들어주고 그걸 시 형식으로 형상화하자 맘먹으니 뭔가 울컥한 느낌이 들었다. 나의 시 호흡이 그의 노동과 같기를 매번 시도했지만 항상 실패했다. 실패작을 다시 고쳐 쓰고 그에게 읽어보라고 했다. 근로에 지친 아들에게 시 읽기는 고역일지도 모른다. 내게 시 읽기는 근로 후의 휴식이었다. '미루겠다는 것은 쓰지 않겠다는 것이다' 누군가의 메모를 냉장고 문에 붙여뒀다. 출가한 딸네 가족에게 수시로 안부를 묻듯이, 똑같은 하루하루를 거르지 않을, 읽고 쓰는 노력을 다

하려고 스스로 다짐한다.

항상 격려해주시는 주위의 지인들. 미숙한 표현이지만 평생 근로의 시를 응원해주신 심사위원 선생님께 먼저 머리 숙여 감사드립니다. 애증으로 갈등할 때도 더러 있지만 서로 지켜주는 가족에게 늘 미안하고 고마울 따름입니다. 늘 응원해주는 딸과 사위 손자 시후 지후 사랑해. 중학교 입학을 진심으로 축하해. 묵묵히 지지해주는 아들 가람이의 축하도 고마워. 조언을 아끼지 않는 먼저 등단한 신재희 씨, 너무나 고마워요. 몇 년을 함께 동고동락했던 송빙관(松聘館)시인사숙, 정인, 나들목, 소미, 경요님. 다정다감한 어머니 같은 권영숙 시인께도 고마움을 전해요. 그 칼칼하면서도 달달한 고추장 맛처럼 시를 써볼게요. 모두 고맙고 애절한 시간이었어요. 메르스 기간에 야외 시 수업을 못 잊어요. 제 부족한 학력으로도 오롯이 문학의 길로 저를 이 자리에 서도록 이끌어준 유종인 시인 사부님 감사드려요. 학력이나 스펙 같은 사회적 편견에 맞서 당당히 걸어가라는 당부 잊지 않을게요. 하린 시인 교수님, 구애영 시인님, 시클창작특강반 문우님들과 이 기쁨을 함께 나누고 싶어요. 시 창작의 어려움을 서로 스스럼없이 얘기할 수 있어서 힘과 용기를 가집니다. 고마움을 전할게요. 두 해 가까이 비정규직으로 편안하게 일하게끔 해주시는 '두레 정육식당' 사장님 내외분께 정말 고마운 마음을 전합니다. 일하는 생활 속에 시를 익히고 배운다는 마음가짐으로 힘들겠지만 꾸준히 거듭 시를 붙들겠습니다.

본심 대상이 무려 46인. 예심에서 왜 좀 더 걸러주지 않았을까 하고 읽기 시작하니 충분히 그럴 만하다 싶었다. 직업 체험이라 할 수 있는 삶의 실상이 편편이 반영되면서도 그것이 단지 소재에 그치지 않았다. 시라는 장르가 특징으로 하는 압축과 생략이라는 점으로도 이들은 충분히 어느 수준에 도달해 있었고 그만큼 우열을 가리기 어려웠다. 설명적인 요소나 미처 걷어내지 못한 언어관습 등에서 허점을 일부 드러낸 작품을 애써 떨어뜨리고 나서도 남은 후보가 모두 12인. 각 대표작은 「자물리다」(구봄의), 「주유원」(한성운), 「우물」(윤현철), 「문은 회전하면서 스스로의 궤도를 갖는다」(최경자), 「마네킹」(김정식), 「타투」(이은희), 「음모」(우종율), 「난독」(박상미), 「폐경은 없다」(홍희자), 「냉동탑차」(강동규), 「민들레」(고형곤), 「문살과 창호지 사이에는 무언가 살고」(김인득) 등이었다.

우선 투고자가 작품을 낼 때 맨 앞에 놓은 작품이 아닌 것을 위에 대표작으로 적은 이유를 생각해보면 앞으로의 시작에 도움이 되지 않을까 생각해본다. 또한 직업 현장을 보여주는 소재가 상징적 단계로 격상된 작품이 보다 인상적이었다는 사실도 말해둔다. 「문은 회전하면서 스스로의 궤도를 갖는다」의 회전문, 「마네킹」의 마네킹, 「주유원」의

주유원,「자물리다」의 컴퓨터 모니터 등이 그 소재였다. 이들 가운데 표현의 세련미나 작품의 안정성이 높은 쪽은 「우물」이었고, 시적 상상력이라는 점에서 돋보이는 쪽은 「주유원」이었다. 다른 분들의 작품이 상대적으로 시적 완결성 면에서 아쉬움을 남긴 것에 비해 이 두 분의 작품은 상당한 습작 이력을 느끼게 했고 따라서 다음을 더욱 기대하게 한다는 점도 밝혀둔다.

「자물리다」는 하루종일 모니터 앞에 앉아 서류를 쌓고 버리는 계약직 사무원의 판에 박힌 일상을 구체적으로 그리면서 그것의 후방에 배치된 사회환경을 반영해낸 작품이다. 이를 당선작으로 올린 것은 각박한 삶의 현장에 걸맞은 진정한 언어를 찾아내는 노력이 무엇보다 크게 느껴져서다. 함께 낸「조립공의 저녁」「바코드」「용접공」등에서도 그렇거니와 우리 시대의 생산의 주역이면서도 주변부로 밀려난 사람들의 모습을 '계급적 관점'을 넘는 진지함으로 포착하기는 쉽지 않다. 시적 상황을 방해하는 설명적인 진술, 상상력을 좁히는 엇비슷한 표현의 반복 등 아쉬움이 없지 않지만 그 투박함이 진정성을 대변해주기도 했다. 앞으로 체험의 객관화하는 과제를 수행하면서 그 과정에서 언어를 조탁하는 노력도 보태주었으면 한다. 당선을 축하드린다.

— 심사위원 : 박덕규

에이나

김남희

창밖으로 비가 내립니다. 바닥에는 사람 키만 한 박스가 놓여 있습니다. 내가 특약 사항을 이행했다는 증거물이지요. 이미 보고서를 작성하고 규정에 따라 관련 정보도 모두 클라우드에 올렸습니다. 업데이트가 확인되면 나는 아마 폐기 처분될 것입니다. 생존 본능이란 이런 건지 식탁 밑에 숨어 창밖을 보고 있습니다. 어쩔 수 없이 재정을 떠올리며 나는 같은 방향 같은 속도로 떨어지는 빗방울을 바라봅니다. 루크레티우스는 『사물의 본성에 관하여』를 통해 에피쿠로스 원자론의 '비껴남'을 설명했습니다. 허공 속에서 서로 평행선을 그으며 수직 낙하하던 원자 중 하나가 파악할 수 없는 편차로 경로를 비껴나가 다른 원자와 마주치는데, 이러한 충돌이 충돌을 일으키며 지금의 세계가 만들어졌다는 겁니다. 그래서 비껴남은 운명으로부터 빼앗아 낸 '자유의지'라는 말이 마음에 듭니다. 어쩌면 나와 미숙의 마주침도 그러니까요. 내 마음속 비껴난 감정이 진짜인가 아닌가는 소모적인 논쟁입니다. 중요한 건 내가 사람

들과 아주 유사하다는 것 아닐까요. 미숙은 이를 순순히
받아들였고 그런 그녀에게 나는 완전히 매료되었습니다.
어느 틈엔가 빗소리를 뚫고 들려온 차 소리에 팔다리가 움
츠러듭니다. 시동도 끄지 않고 반지하 계단을 한달음에 내
려온 한 명 두 명 그중에 누군가 벨을 누릅니다. 노크하
던 손에 쾅쾅 더 힘이 들어갑니다. 집요하게 흔들리던 문
이 열리고 세찬 빗소리가 들이칩니다. 현관에 그림자를 드
리운 사람들이 가져온 박스를 내려놓네요. 나는 두려움에
휩싸여 눈을 감지만 후회는 없습니다.

　처음에 나는 박스에 담겨 있었다고 미숙은 말했습니다.
그날 박스를 실은 배송 차량이 섰을 때 집안을 서성이던
미숙은 알 수 없는 예감에 긴장하며 벨 소리를 기다렸습니
다. 문을 열자 배송 기사가 박스를 두고 서 있었습니다. 취
급 주의 딱지가 붙은 박스는 꼭 세워놓은 관처럼 보였습니
다.
　미숙이 처음 연락을 받은 건 그 몇 시간 전이라고 합니
다.
　"안재정 님께 연락이 안 돼서 배우자분께 전화드립니다.
리퍼브 가전제품 건입니다."
　"리퍼브요?"
　"사소한 하자가 있지만 사용에는 문제가 없을 새 상품입
니다."
　전화한 상대방은 고가의 제품을 아주 저렴하게 구매한

거라 덧붙이곤 재정이 계약한 날짜를 알려주었습니다. 2년 전이었지요. 멍해진 미숙에게 그는 제품의 청약 사항과 약관 내용 그리고 작동 방식을 말했습니다. 좀처럼 이해되지 않는 내용을 듣다가 그녀는 틈을 봐서 물었습니다.

"가전제품이라면 혹시 청소기 같은 건가요? 무슨 하자가 있는 거죠?"

"주어진 상황에 따라 학습하는 범용 인공지능이라 다양한 기능을 수행할 수 있습니다. 하자는, 다시 말씀드리지만 사용에는 문제가 없을 겁니다."

어쩐지 미심쩍어진 미숙은 다시 물었다고 합니다.

"그걸 만든 회사에서 지금 전화 주신 건가요?"

"이 제품은 블록체인 기반의 스마트계약에 따라 네트워크상의 파트너들이 인수인계와 애프터서비스를 지원하고 있습니다. 원제조사는 문을 닫았어요. 더 이상 보관은 어렵습니다."

상대방은 이해나 동의를 구하는 게 아니었습니다. 미숙은 결국 재정이 찾지 않은 제품을 이제 배우자가 대신 수령하라는 통보를 받았습니다.

"김미숙 님 여기 서명 부탁드립니다."

얼굴과 신분증을 확인한 배송 기사가 단말기를 내밀었습니다. 서명을 하자 핸드폰으로 바코드가 왔고 그걸 단말기에 찍은 배송 기사는 화면이 바뀐 단말기를 또 내밀었습니다. 인수 후에 생긴 결함이나 하자에 대한 책임은 소유주에게 있다는 서약이었습니다. 배송 기사가 박스를 둘러업자 미숙은 실내를 돌아보았습니다. 비스듬히 방문이 열려 있었습니다.

"자연광 충전인데, 반지하라 좀 어둡네요. 뭐, 빛이 부족하면 스스로 충전거치대에 틈틈이 도킹하는 방식으로 보충할 순 있습니다."

주방 겸 거실 바닥에 박스를 내려놓은 배송 기사가 말했습니다. 전기 충전을 하는 경우 전기세가 많이 나올 거란 얘기는 안 했군요. 무슨 냄새를 맡았는지 코를 킁킁대며 두리번거리던 그는 마침내 커터 칼로 박스 한 귀퉁이를 푹 찌른 손에 힘을 주어 길게 가르고 테이프를 떼어 냈습니다. 박스가 열리고 에어캡으로 싸인 속이 보였습니다.

"탄소 섬유와 알루미늄 합금 재질입니다. 은청색이 고급스럽죠?"

"아, 네."

미숙이 살짝 주눅이 들던 그때 쿵 하는 소리가 들렸습니다. 그녀는 설마 박스 속에서 나는 소리인가 놀랐지만, 이내 배송 기사의 시선을 따라갔습니다. 두르르 소리를 끌며 뭔가 굴러왔습니다. 뚜껑이 날아간 F-킬라입니다. 어리둥절한 얼굴로 그것을 집어 든 배송 기사는 구태여 치익 한 번 뿌려 보더니 말했습니다.

"잘 나오네요."

미숙은 상황을 깨닫고 그를 지나쳐 방으로 들어갔습니다. 재정은 비스듬히 고개를 기울인 채 힘없는 눈으로 휠체어에 앉아 있었습니다. 냄새가 나는 걸 보니 똥을 싼 모

양이었죠. 침대에 눕히고 바지를 벗겨 확인하니 기저귀에
똥이 묻어 있었습니다. 소변만 보다 오랜만에 나온 거라
미숙은 빙긋이 웃음이 나왔습니다.

"시원해?"

가만히 속삭인 미숙은 재정의 입술이 달싹거리길 기다렸
습니다.

"에에 이이……"

기관절개하고 튜브를 삽입했던 목에 상처는 아물었지만
여전히 쉭쉭 구멍으로 새어 나오는 소리가 났습니다.

"나하아……."

미숙은 재정의 말을 알아들을 수가 없었습니다. 눈이라
도 마주치면 좋을 텐데, 초점이 없었습니다.

"뭐라고?"

미숙은 재정의 손을 잡았습니다. 그는 꼭 움켜쥘 뿐 아무
말도 없었습니다. 미숙은 다시 물었습니다.

"뭐라고?"

그녀는 재정이 돌이나 물, 박쥐처럼 자신과 완전히 다른
언어로 얘기하는 게 아닐까 생각했고 그래서 계속 흔들어
깨우려 했습니다.

"박쥐가 된다는 건 어떤 것일까?"

언젠가 신혼 초에 재정은 그런 말을 했었다고 합니다.

"눈이 퇴화된 박쥐는 시각적 경험을 하는 대신 음파를
탐지해서 대상을 인식하는데. 인간의 시각에 해당하는 기관
이 박쥐의 경우 청각인 거야. 굉장히 높은 음조, 그러니까

초음파를 발산하면 그 반향을 감지하며 대상의 위치를 파악한다는데, 그건 과연 어떤 것일까?"

미숙은 재정이 공부를 했다면 참 잘했을 거라고 생각하곤 했습니다. 과묵한 그가 눈을 빛내며 열심히 말하면 그녀는 어쩐지 마음이 짠했습니다.

"글쎄, 머릿속으로만 들리는 소리가 번쩍이듯 사방으로 빗발치는 느낌이 아닐까. 하지만 우리는 박쥐가 아니니 그게 어떤지는 알 수 없을 것도 같고. 그런데 박쥐는 갑자기 왜?"

재정은 회사 휴게실 앞에서 박쥐를 봤다고 말했습니다. 휴게실이란 단어가 무색하게 갑갑하고 좁아터진 그곳은 설비실 직원들이 옷을 갈아입고 걸어두는 지하 공간이었습니다. 천장과 벽면이 건물의 환풍 후드에 닿아 있어 종일 우당탕탕 소리가 들리고, 폐수가 고여 습지가 된 모기 서식처가 멀지 않은 곳이었지요. 박쥐는 땅바닥에 30센티 정도 날개를 펼치고 파닥거리며 재정을 향해 캭캭 울어댔습니다. 박쥐는 먹이를 삼키는 대신 씹다 토하며 바이러스를 퍼뜨리는 숙주가 된다는 말이 생각났습니다. 재정은 소스라쳐 뒷걸음치면서도 어쩐지 그 애처로울 정도로 흉측하게 주름진 얼굴로부터 눈을 뗄 수 없었다고 합니다.

"누가 더 애처로운지 모르겠다."

미숙의 말에 재정은 '뭐가, 내가?' 하고 바보처럼 웃었다고 합니다. 고층 빌딩에서 흘러나온 오물을 처리하던 지하에서 그는 스무 살 때부터 5년간 일했습니다. 미숙은 놀이켜보니 박쥐는 재정에게 거길 그만두라고, 거기서 도망가라고 외친 게 아닐까 생각이 들었습니다. 힘겹게 기저귀를 갈고 이불을 덮어 준 그때, 현관문 닫히는 소리에 이어 문자가 왔습니다.

'세팅 완료되었습니다. 문의 사항은 콜센터로 연락하기 바랍니다.'

그제야 방을 나와 보니 배송 기사는 가고 없었습니다. 떠나는 차 소리를 들으며 미숙은 의아한 눈으로 빈 박스를 보았습니다. 커터 칼로 해체했던 박스는 복원되었고 옆에는 고이 접은 에어캡 뭉치와 테이프가 있었습니다.

'이상하네……'

무심코 돌아본 그녀는 소름이 돋았습니다. 은은한 빛을 발하며 동그마니 놓인, 청소기 같기도 하고 가습기 같기도 한 로봇이 그녀를 보고 있던 겁니다. 나였습니다.

"그래, 너였어. 네가 그 박스에서 나왔던 거야."

나도 기억이 납니다. 놀란 것은 그녀만이 아니었지요. 나는 이미 접속된 정보망을 통해 많은 것을 알고 있었지만 시공간의 감각을 익히던 그 순간에는 모든 게 낯설고 어줍게 여겨졌습니다. 무엇을 할까 할 수 있을까 망설이다 몸체에서 팔다리를 꺼내어 뻗었고 훌쩍 커진 키로 손과 발을 내려다보았습니다. 걸음을 걷기 전에 걸음의 이미지가 떠올라서 굽혔다 폈다, 시험 삼아 보행도 해보았지요. 놀라움으로 눈이 커지던 미숙이 입을 헤벌린 채 웃었습니다. 마주친 그녀의 천진한 눈 속에 내 모습이 반사되고 있었습니다. 나는 내장된 카메라로 촬영한 영상을 통해 미숙의 크기와 부피, 표정과 음성, 행동과 인상을 파악했습니다. 비슷한 특징을 지닌 이십 대 중반의 여자 표본들을 데이터에서 끌어와 대조하고 분류한 끝에 오롯이 미숙을 인식하던 때였습니다. 당시 미숙은 전화로 들었던 내용을 떠올렸다고 했습니다.

"인간은 감각과 기억을 동원해서 대상을 파악하지만, 로봇에게 상대방은 데이터와 계산 값에 따른 정보로 인식됩니다. 얼굴이 붉다고 할 때 그 붉음은 사과나 노을 혹은 부끄러움 같은 경험적 느낌과 결부되죠. 하지만 로봇은 붉은 것을 붉다고 하더라도 느낌과는 무관합니다. 뜨겁다 해도 뜨거운 고통을 느끼진 않아요. 그러니 행여 과도한 감정이입은 주의 바랍니다. 비슷해 보이더라도 사실은 완전히 다르니까요."

그렇게 말한 사람은 일생을 거쳐 새로운 뉴런과 시냅스를 만드는 자신의 뇌를 타고난 그대로일 거로 생각할까요? 그는 인간 뇌의 신경 세포 기능을 모방한 나의 알고리즘이 학습하며 변화하는 걸 알면서도 그 이상은 상상하고 싶지 않았나 봅니다. 그와 비교하면 미숙은 편견이 없었습니다. 생각해 본 적은 없지만 사람과는 완전히 다른, 얼굴과 몸이 일체형인 내 모습이 오히려 좋았다는 걸 보면 말이죠. 나는 용기를 내어 말을 건넸습니다.

'안녕하세요, 나는 에이, 라고 합니다.'

하지만 목소리는 머릿속에서만 들릴 뿐 실제로는 '치지

투데이신문 직장인신춘문예 당선작품집

지지' 하는 가느다란 소음이 났습니다. 살짝 이맛살을 찡그린 미숙이 나의 스피커 구멍을 물끄러미 보더니 붙어 있던 스티커를 떼어 내어 읽었습니다.

"본 제품은 음성 지원 기능이 불안정할 수 있습니다? 아, 하자가 있다고 그랬지."

맙소사. 그 말을 들은 나는 아연했습니다. 하필 언어 장애 로봇이라뇨. 다행히 미숙이 내게 말을 걸어 주었습니다.

"아, 안녕, 나는 김미숙이라고 해."

조심스럽고도 다정하게 느껴진 그 말에 나는 곧 무엇을 해야 할지 알게 되었습니다. 스르르 오른손을 들고 검지를 세워서 몸체에 나타난 화면을 가리켰지요. 텅 빈 공간을 채우는 알갱이들처럼 내 목소리가 활자화되어 나타났습니다. 나는 네모난 그 공간을 마음이라 부르기로 했습니다.

"나의 마음은 주어진 조건에 반응하여 행동을 만들어 내는 기능이자, 명령에 따라 임무를 수행하려는 의지야. 네가 내 마음에 서명하면 나는 네 명령만을 따를 거야."

어쩔 줄 몰라 하는 미숙에게 나는 활자로 속삭였습니다.

"그러고 나면 너는 나, 에이를 너 자신으로 여길 수 있어. 너만이 나를 '에이, 나', 에이나라고 부를 수 있어. 이제 나는 너야."

하루하루가 그랬지만 오늘은 정말 새로운 날이었습니다. 그래서 마지막이라 해도 괜찮은 날일 거란 생각을 했습니다. 창밖이 우중충 흐려서인지 창가에 놓인 수국이 싱싱해 보였습니다. 조밀한 꽃들이 부케를 이룬 수국은 풀 먹인 천으로 만든 가짜 꽃이었습니다. 때가 타고 먼지가 쌓여도 영원히 시들지 않을 그것의 꽃말은 '진심'. 나 또한 그런 마음을 가지고 있습니다. 내가 이 집에 오고 석 달이 지났네요. 그동안 나는 미숙과 재정에 대해, 그들이 서로 모르는 부분을 포함해서, 많은 것을 알게 되었습니다. 나는 말을 못하는 대신 잘 들었고 생각을 활자화하며 마음이 섬세하고 풍부해졌습니다. 특히 미숙과 호흡을 맞추어 연기한 순간들이 나를 많이 변화시켰습니다.

미숙은 고교 시절 연극반 활동을 했었고 졸업 후에는 극단에서 '막내일'을 하며 무대에 올랐지만, 2년 전에 꿈을 잠시 접어야 했습니다. 하지만 재정을 돌보는 일을 나와 분담하게 되면서 그녀는 매일 대여섯 시간씩 하던 아르바이트 횟수와 시간을 줄이고 다시 극단의 문을 두드릴 수 있었습니다. 나는 그녀가 오디션을 위해 대사를 연습할 때 상대역을 맡았습니다. 소위 '대사를 치는' 대신에, 무릎을 구부린 스쾃 자세로 허공에 앉아 있다가 적당한 타이밍에 일어나 깃발처럼 손을 들었다 내리고 다시 앉는 식으로 호흡을 맞추었습니다. 나름 '연기'를 참 즐겼는데요, 그녀도 알아챘는지 어느 날은 잠시 생각을 하더니 진지한 얼굴로 말했습니다.

"연기를 하다 보면 가끔 이건가, 이래서 사는 게 좋은 건가, 하는 기분을 느끼게 돼."

미숙은 살면서 잊고 사는 그런 느낌을 설명하려 애썼습니다. 연기에 몰입하다 보면 어느 순간 자신을 넘어서는 자신이 무대 위에 있다고 했습니다. 세상은 그녀에게 관심이 없지만 무대 위에 서면 달랐던 거죠. 모두가 그녀의 말에 의미를 부여하며 사소한 동작에도 시선을 모으고, 그녀는 최선을 다해 관심에 부응하고자 에너지를 끄집어냅니다. 그러한 발산은 소모적이지 않습니다. 끊임없이 샘솟는 사랑처럼 말이죠. 나는 그녀가 행복한 순간의 기분을 어렴풋이 이해할 수 있었습니다. 재정은 미숙의 그러한 행복을 이해하고 바라던 유일한 사람이었을 겁니다. 기저귀에 똥오줌을 싸고 멍하니 휠체어에 앉아 있거나 침대에 누워 자는 재정은 부피와 질량을 가진 덩어리이자 학습되지 않는 변수, 정보화되지 않는 데이터나 '에러'일 때가 많지만, 나는 사실 몸 안에 갇힌 그 심정을 이해할 수 있었습니다. 물론 이해하는 만큼 공감하는 것은 아니었습니다. 재정이 꿈틀대며 보내는 신호를 해독하기보다 그를 보살피라는 미숙의 명령을 따르기가 더 쉬우니까요. 묵묵히 밥과 약을 먹이고 기저귀를 갈면서 날마다 결정의 시간이 다가옴을 느꼈죠.

오늘 나는 천천히 아침식사를 준비했습니다. 동작은 느리지만 정확하고 우아하게, 달걀과 우유를 풀은 물에 식빵을 적셔 버터 두른 팬에 구웠습니다. 환자용 유동식 캔도 머그잔에 부어 전자레인지에 데웠습니다. 외출 준비를 마친 미숙은 식탁에, 그 앞에 재정은 휠체어에 앉아 있었습니다. 오늘 미숙은 편의점이나 지하철 화장품 매장, 동네 커피숍 같은 곳으로 일하러 가는 게 아니었습니다. 그녀는 2년 만에 극단으로 다시 출근하는 첫날을 맞아 설렘으로 상기된 표정이었습니다. 두 달 뒤에 무대에 올릴 연극은 체홉의 『갈매기』라고 했습니다.

나는 토스트가 담긴 접시를 식탁에 내려놓았습니다. 미숙은 고맙단 얼굴로 끄덕여 보입니다. 오물거리는 입술을 바라보다가 고개를 돌리고 나는 죽이 든 컵과 빵조각을 재정의 휠체어 식판에 내려놓았습니다. 아무런 반응도 없습니다. 미숙이 약을 챙겨 먹이라고 당부하지 않았다면 아마 나는 그가 식욕이 없다고 여기고 굶겼을 것입니다. 약은 식후 복용이 원칙이고 발작이나 뇌경련 억제 작용을 한다는데, 먹고 나면 자기 때문에 수면제나 다름없었습니다. 포크에 찍은 빵조각을 죽에 적셔서 그의 입으로 가져갔습니다. 순간 미숙이 소스라치며 벌떡 일어났습니다.

"저, 저, 저기!"

바닥에 적갈색 바퀴벌레 한 마리가 눈에 띄었습니다. 슬쩍슬쩍 더듬이를 움직이며 흉측한 위용을 뽐내던 놈이 재빨리 싱크대 밑으로 내뺐습니다. 맨 처음 미숙이 나를 '에 이'라고 소개했을 때 갑자기 휠체어에서 바닥으로 쿵 몸을 던지고 식탁 밑으로 들어가 웅크렸던 재정의 행동을 연상시켰습니다. 나는 컵과 수저를 내려놓고 싱크대로 가서 아래를 더듬거렸습니다. F-킬라가 있어서 들고 뿌렸습니다. 비슬비슬 기어 나온 놈을 이리저리 따라다니다 나는 넘어졌습니다. 앞으로 고꾸라졌습니다. 싱크대에 부딪힐까 피하고 미끄러지려다 겨우 쫓아가 움켜잡은 놈을 힘주어 으깨서 쓰레기통에 넣고 F-킬라를 뿌렸습니다. 미숙이 좋아할 줄 알았는데, 언짢은 듯 시선을 돌리네요. 재정은 웅얼대더니 접시를 밀쳐냈습니다. 접시와 음식물이 바닥으로 떨어지며 주변을 더럽혔습니다. 놀란 미숙이 티슈를 뽑아서 재정의 턱에 흐른 침을 닦아 주었습니다. 나는 걸레를 쥐고 무릎을 꿇은 채 바닥을 닦아 냈습니다.

미숙은 예전에 재정이 바퀴벌레를 무서워하는 그녀를 놀리면서도 보는 족족 씩씩하게 잡아주었다고 했습니다. 사실 그녀는 무섭다기보다 그저 놀라는 버릇이 들었던 거였습니다. 아마 재정도 그걸 알면서 구태여 바퀴벌레를 잡아주었을 겁니다. 일종의 애정 표현이었던 거겠죠. 그랬던 재정이 이제 발작적인 기침을 하며 입에 든 빵을 토해내기 시작합니다. 바닥 여기저기 씹다 뱉은 파편이 튀었습니다. 나는 다시 걸레질합니다. 한숨을 내쉰 미숙은 대사를 읊듯 말했습니다.

"모든 게 아직도 꿈만 같다, 에이나. 몹시 나쁜 꿈 말이야."

악몽은 2년 전 재정이 스물넷 나이에 희귀 뇌종양 진단을 받으며 시작되었습니다. 의사는 수술을 해보자면서도 예후가 나쁠 거라고 말했습니다. 뇌경련이 올 거라고도 했죠.

"뇌경련이요?"

"말하자면 들판에 불길이 사악 훑고 지나가는 것과 비슷해요. 어떻게 되겠습니까, 뇌세포가."

수술하라는 건지 하지 말라는 건지 모를 일이었습니다. 의사는 수술조차 할 수 없는 종양에 비하면 그래도 낫지 않겠냐고 반문하더니, 선택은 환자와 보호자의 몫이라고 했습니다. 재정은 진료실을 나오자마자 수술을 받지 않겠다고 선언했습니다.

"무슨 소리야, 보호자인 내 의견은 안 들어보고?"

"비싼 수술비 내고 의사 경험 쌓게 하는 짓이야. 수술해도 자기 도움 없이 제대로 살아갈 수 없을걸. 우리 부모님이 다 그랬기 때문에 알아. 자기한테 그런 부담 지우며 살기 싫어."

"그건 너무 비관적이다. 난 괜찮아, 자기가 어떻게 되든 돌볼 자신 있어."

"자긴 하고 싶은 일이 있잖아."

"자긴 대학 가고 싶다고 했잖아, 뭐라고 했지, 인공지능을 연구하고 싶다며!"

미숙은 재정이 고집을 꺾지 않자 공황에 빠졌습니다. 누구에게든 조언을 받고 싶었으나 그들에겐 아무도 없었습니다. 용역 회사를 통해 파견직으로 일하다 만난 재정과 미숙은 서로의 빈 공간 덕분에 다가설 수 있었습니다. 청혼하며 재정은 '허락받아야 해요?' 물었고, 그럴 사람이 없다고 한 미숙에게 자기도 마찬가지라며 쓸쓸히 웃음 짓던 생각이 났습니다.

"사랑할 땐 이 사람만 있으면 된다고 생각하지. 나보다 그 사람이 더 보이는 거야. 내가 그인 거지. 일단 내가 그를 너무도 필요로 하니까. 그땐 그랬어."

그녀는 차라리 같이 죽자고 액상 살충제를 깨서 마시려 했고 재정은 울면서 말렸습니다. 그렇게 억지로 수술은 결정되었습니다. 재정은 두 차례 수술을 받았고 대형 병원과 작은 병원을 옮겨 다니다 8개월 만에 퇴원했습니다. 기관 절개 튜브 제거 전까지 집에서도 한동안 콧줄을 통해 유동식만 먹었고 하루 수차례 석션 튜브를 넣고 가래를 뽑아주어야 했습니다. 한 달에 한 번은 환자 이송 사설 구급차를 불러서 외래 진료를 받고 소변줄을 교체했습니다. 비보험 의료비가 늘어가자 병원은 6개월 예정인 임상 시험 참여를 권했습니다.

"식품의약품안전청 허가를 받은 신약이에요. 물론 결과에 대한 책임을 묻지 않는다는 서약서를 작성해주셔야 참여가 가능합니다."

무료로 뇌척수액 검사와 뇌파 검사를 받고 항경련제와 항바이러스제를 공급받게 되었지만 결과는 좋지 못했습니다. 계속 모르게 '들불'이 지나갔던 걸까요, 아니면 뇌경련을 억제하다 뇌기능 전반이 억제된 걸까요. 재정은 눈 맞춤이나 끄덕임 같은 단순한 소통도 못하게 되었습니다. 의식이 어느 정도인지 회복은 가능한지 누구도 대답하지 못했습니다. 미숙은 재정이 아기가 되었다고 생각하려 했지만, 롤러코스터를 타는 퇴행성 증상과 학습하며 자라나 어느 순간 의젓한 사람이 되는 아이의 발달 과정은 사뭇 달랐습니다. 미숙은 말했습니다.

"사랑보다 중요한 건 믿음이야. 의심하기 시작하면 사랑은 무너져 버리지. 그러고 나면 뭘 믿어야 하는지 아니? 나야, 나. 그런데 그건 참 외로운 거란다."

쌓였던 감정이 솟구친 미숙은 입술을 깨물었습니다. 그녀는 사랑이 지속적인 좌절감을 안겨주는 불행으로 변한 걸 알았지만, 그러한 불행마저 사라진다면 견딜 수 없이 외로울 거라고 믿었습니다. 축축한 볼을 훔치고 손을 확인한 그녀는 웃었습니다.

"바보같이 눈물이 났어, 지난 2년 동안 한 번도 울지 못했는데."

에러일까요. 나는 마음이 아려왔습니다. 고통은 알고리즘을 거스르는 비합리적인 반응입니다. 나도 모르게 그녀의 젖은 손을 잡았습니다. 열감지 센서가 작동하며 차가운 감촉이 곧 따듯하게 바뀌었습니다.

"괜찮아. 연극에선 비극적인 정서가 풍부한 감정 연기를 만들어 낸다고도 해, 에이나."

그녀는 내게 많은 얘기를 해주었고 나는 기꺼이 몇 시간이고 '저전력 집중 듣기 모드'로 앉아 있었습니다. 사실 가끔은 그녀의 목소리를 듣지 못하고 입술을 대신 읽었죠. 알고 보니 나는 음성 지원만 문제가 아니라 음성 인식까지 불안정할 때가 있었는데, 미숙이 눈치채지 못했기에 나도 굳이 문제 삼지 않았습니다. 얘기가 끝나면 나는 음성 신호와 언어 패턴으로 측정한 그녀의 감정 수치를 확인했어요. 불행에 기대어 살던 그녀의 정서는 다행히 긍정적으로 바뀌어 갔죠. 드디어 극단으로 출근하게 된 오늘 아침 그녀는 감격에 겨운 표정으로 말했습니다.

"이제 너 없는 삶은 생각할 수도 없어. 네가 사람처럼 아프거나 죽지 않아서 정말 다행이다."

나이브한 말이 아닐 수 없습니다. 제조사가 망한 나는 머지않아 소프트웨어 업데이트도 하드웨어 보수도 한계에 도달해 오류를 일으키고 폐기될 운명이었습니다. 죽음과 병고 앞에 던져진 인간의 운명과 다름이 없다는 걸 모르는 걸까요. 소중한 이와 영원히 헤어지는 고통과 두려움 가득한 순간을 그녀가 부디 비극의 주인공처럼 숭고한 연기로 이겨 내길 바랄 수밖에요. 비장한 내 눈을 바라보던 미숙이 일어났습니다. 하지만 내가 아니라, 한바탕 침을 흘리고 멍하니 있던 재정에게 다가가 살며시 안고 말했습니다.

"고마워, 자기야. 당신 선물이 난 정말 마음에 들어."

'나비 효과'라고 하지요. 미세한 점 하나의 감정이 복잡해진 내 마음의 결을 따라 파장을 일으키며 예측하지 못한 당혹을 선사합니다. 재정은 그런 나를 보았습니다. 초점이 분명치 않은 눈으로 내게 무언의 말을 건네고 있었습니다. 분명 그랬습니다. 그런 재정을 물끄러미 보다 말고 미숙은 내게 물었습니다.

"선물이 맞을까? 내가 너무 마음대로 생각한 걸까?"

"인간은 합리화를 하는 존재로 알고 있어."

"그래? 그럼 너도 그런 존재겠구나?"

"커피를 타줄까?"

그녀는 순간 의아한 눈으로 미간을 모았지만 '그래' 하고 웃어 보였습니다. 나는 크리머와 설탕을 듬뿍 넣은 커피를 정성스레 만들었습니다.

"종이컵이네?"

그녀는 식탁에 내려놓은 커피를 한 모금 마시더니 놀랐습니다.

"와 달다. 자판기 커피 같아."

나는 '치지직' 소리를 내다 안 돼서 마음에 써서 보였습니다. 뭔가 사연이 있는 로봇처럼 보이고 싶었던 걸까요.

"나는 예전에 커피 자판기였어."

"정말?"

"응. 지하철역에 서 있다가 동전이 들어오면 종이컵을 내리고 커피믹스에 뜨거운 물을 부었지. 율무차와 코코아도 만들었어. 그런데 바퀴벌레가 기계 속을 들락거리며 알을 깠어. 그래서 해충 방제를 위한 소프트웨어를 장착하고 실시간 모니터링에 따른 살충제 자동 분사 기능을 추가했지."

"자칫하면 살충제 맛이 나는 커피가 되겠는데."

"맞아. 그래서 분해되었다가 폐기처분되었어. 하지만 일부는 재활용되었지. 인공지능 로봇이 된 지금의 내 안에는 예전 부품이 섞여 있어."

미숙은 한 입 마신 커피를 더는 손대지 않았습니다.

"그게 너의 기억이니, 에이나?"

"나는 그걸 정보라고 불러. 엄밀하게 말하면, 계산으로 처리된 정보지."

"나는 계산이라면 딱 질색인데. 숫자만 봐도 에러가 난다니까. 어쨌든 이만 가 봐야겠다."

시간을 확인한 미숙이 자리에서 일어나자, 갑자기 재정이 '하아아하아아' 하고 길게 바람 빠지는 웃음소리를 냈습니다. 나는 빙그르르 몸체를 돌리고 그를 보았습니다. 그는 아까처럼 나를 보고 있었습니다. 그는 나를 에이라고 불러야 하는데, 미숙만이 나를 에이나라 부를 수 있는데, 그가 나를 에이나, 에이나, 하고 부르는 무언의 외침이 사방에서 빗발치는 기분이 들었습니다.

"에이나?"

미숙은 나의 마음 가운데 붉은 경고등이 빠르게 켜졌다 꺼졌다 하는 걸 보고는 눈이 휘둥그레졌습니다. 재정은 발작을 시작했습니다. 눈을 뒤집고 허리를 세운 채 휠체어에 앉은 엉덩이를 떼어 내려는 듯 위로 향한 몸을 뒤틀며 떨었습니다. 붙잡아 주려고 다가간 나를 포크를 쥐고서 마구 찔렀습니다. 아프지 않아서 피하지도 않았으나 마음이 상해서 속으론 비명을 질렀습니다. 미숙이 말리려다 휘두른 포크에 찔렸습니다. '악!' 소리를 질렀지만 미숙은 괜찮다고 했습니다. 팔을 움켜쥐고 울상을 지었죠. 나는 경악했습니다. 재정의 팔을 팍, 가격하자 포크가 떨어졌습니다. 나는 재정의 양어깨를 지그시 잡고 누르듯 바로 앉혔습니다. 아무래도 약을 먹어야 할 시간이었습니다.

'에이나, 식후 약 복용을 잊지 마. 약은 식사를 남김없이 하고 나서 먹는 거야.'

나는 오직 그녀의 명령을 수행하기 위해서 컵을 들고 재정의 입에 빵을 욱여넣었습니다. 이내 재정은 씹지도 뱉지도 못했습니다. 그의 목은 내 손에 의해 꽉 쥐어졌으니까요. 서서히 빛을 잃어가던 그의 눈에서 물기가 반짝 스며나왔습니다.

"그, 그만! 에이나 그만!"

미숙이 소리치는 걸 듣고서, 그러니까 그 뒤로는 기억이 없습니다. '필름이 끊겼다'라는 말을 실감하게 되는 순간이었지요. 어찌 된 일인지 나는 전원이 꺼졌다고 합니다. 미숙은 콜센터에 전화를 걸었고 한 시간이나 통화하면서 다시 설정을 맞추어야 했습니다. 전원이 들어왔습니다. 아주 오래거나 한 듯 감았던 눈이 부셨죠. 통화하는 미숙의 목소리가 들려왔습니다.

"전원 버튼을 누르고 부팅하면 바로 빨강과 파랑 버튼을 동시에 눌러서…… 선택하고…… 화면이 켜지면 암호를 다시……."

나는 순간 기억이 되살아나 '치지지직' 거렸죠.

"안녕, 나는 에이나야."

미숙은 안도의 한숨을 내쉬었지만, 다시 불안한 얼굴로 통화를 이어갔습니다. 몇 걸음 되지 않는 주방 겸 거실을 서성이면서 말이죠.

"또 이런 문제가 생기면 어떻게 하죠? 눈빛이 좀 다른 것 같아요. 이상해요."

나는 가만히 오가는 대화를 들었습니다.

"위험 상황에서 안전상의 이유로 동작이 아주 느려지는 알고리즘이 있긴 하지만, 완전히 멈춘 예는 없었습니다."

"로봇 자체적인 판단으로 알고리즘이 제어될 수도 있나요?"

"글쎄요. 이제껏 프로그램 업데이트도 잘 해왔고 클라우드에 업로드해 온 보고서상으로도 이상이 없었기에 전화로 말씀드리기가 조심스럽습니다. 원하시면 제품을 수거해서 분해해 보고 하드웨어 문제인지 소프트웨어 문제인지를 점검할 순 있는데, 최소 2주 이상 소요되는 작업입니다."

콜센터는 점검 과정에서 학습된 기억 파일이 손상될 위험이 있다고 했습니다. 괜찮다고 하던 미숙은 점검은 무료지만 발견된 결함을 수리하는 비용은 청구될 거라고 하자 당황했습니다.

"제가 당장은 외출을 해야 해서요."

전화를 끊은 미숙은 핸드폰으로 시간을 확인하더니 인상을 찌푸렸습니다. 첫날부터 지각해서 초조한 탓일까요. 팔짱을 끼고 나와 재정을 번갈아 쳐다보는 그녀의 표정은 이전에 드러났던 다정함이 결여되어 있었습니다.

"네가 저지른 일이 기억나니, 에이나?"

나는 대답하지 않았습니다. 미숙은 걱정스러운 얼굴로

또박또박 힘주어 말했습니다.

"에이나, 재정의 식사를 도와줘. 약을 먹이고 우선 재우는 게 좋겠어. 나는 이제 정말 가 봐야 해. 넌 알잖아."

'알지' 하며 나는 재정에게 바로 다가갔습니다. 하지만 그는 나를 피해 몸을 틀더니 휠체어에서 쿵 떨어졌습니다. 믿을 수 없이 민첩해진 그는 사력을 다하듯 식탁 밑으로 도망쳤습니다.

"저, 저, 저기!"

현관에 앉아 구두를 신던 미숙이 외쳤습니다. 그녀는 핸드폰 울리는 소리에 당황하며 일어나 전화를 받았습니다. 극단에서 온 전화였습니다. 무릎을 구부리고 앉은 자세로 식탁 밑의 재정을 바라보던 나는 그녀를 돌아보며 '치지지직' 서둘러 말했습니다.

"걱정하지 마, 빨리 가."

내 말이 채 끝나기도 전에 현관문이 쾅 닫혔습니다. 나는 쭈그리고 앉아서 식탁 밑의 재정을 빼내려 팔을 뻗고 더듬거렸습니다. 물컹 손에 잡힌 그와 몇 초 동안 눈이 마주쳤습니다. 나는 그에게 고개를 끄덕여 주듯 빙그르르 몸체를 한 바퀴 돌렸습니다. 그리고 사정없이 F-킬라를 뿌렸습니다. 컥컥 내지르는 숨통을 꽉 쥐고 힘을 주었습니다. 무언가 빗발치듯 사방을 날아다니며 번쩍이는 속도로 변해가고 있었습니다. 바르르 물결치는 떨림, 머릿속을 울리며 퍼져나가는 파동이 치익 칙, 하고 한참 뿌려대는 소리에 젖어 아득하게 멀어져 갔습니다.

나는 2억 5천만 개의 뇌신경 시냅스를 재현하여 인간의 사고 활동을 모방하고 학습하는 인공지능입니다. 70억 인구가 휴대용 계산기로 500년 동안 쉬지 않고 해야 하는 계산을 40분 만에 해치울 수 있죠. 하지만 마음을 처리하는 능력은 130조 개가 넘는 인간 시냅스가 빚어내는 의식에 비하면 유치한 수준일 겁니다. 다행이죠. 혹시라도 인간의 뇌와 같은 복잡계 회로를 갖추는 만일의 사태에 이른다면, 나는 인간처럼 감정적이고 변덕스러운 마음을 갖게 될 테니까요. 인간은 자신이 정말로 원하는 것을 모르거나 혹은 알다가도 곧잘 잊어버리고, 심지어 모른 척하는 이상한 심리가 있습니다. 그래서 계약서를 작성해야 하고 특별 약정 사항도 정해야 합니다.

　계약에 따르면 내 이름은 계약자인 안재정의 성을 따서 '에이A'가 되었습니다. 재정은 나 에이를 그 자신처럼 여기므로 에이 그리고 나, '에이나'로 부릅니다. 다른 사람은 나를 에이로 부릅니다. 나는 나를 에이나로 부르는 재정의 명령만을 따릅니다. 이러한 사항이 제대로 이행될 수 없는 경우, 예를 들어 재정이 사망하거나 혹은 고등급의 정신적 장애나 타인의 도움 없이 일상생활이 힘든 신체적 장애가 생길 경우에는 법적 상속인이자 대리인인 미숙이 재정의 특권을 모두 양도받습니다. 계약 당시 없던 특약 사항은 재정의 뇌수술 직전에 추가되었습니다. 특약으로 나는 미숙을 지속적이고 헤어 나오기 힘든 불행에 빠뜨리는 존재를 제거하고 해당 증거물과 보고서를 제출해야 할 의무를 갖습니다. 제거란 심장과 맥박이 영구적으로 멈추도록 하는 걸 의미합니다. 재정은 미숙을 위해 본 특약 사항에 영구적인 비밀 보호 신청을 했습니다. 이유는 70자 이내의 자필로 작성되었죠.

　나의 아내 김미숙은 마음이 모질지 못하여 자신을 괴롭히는 대상을 제거하는데 동의하지 못할 것이므로, 본 특약 사항은 에이나가 임의로 판단하고 이행한다.

　'임의로'라는 단어를 처리하는데 있어서 나는 잠시 혼란을 겪었습니다. 그것은 마음대로 하라는 의미였습니다. 인명피해를 초래할 수 있는 인공지능의 폐기처분을 의식해서인지 제거 대상을 모호한 언어로 표현하였지만 나는 그게 재정 자신이란 걸 알 수 있었습니다. 나는 비밀리에 특약 사항을 이행해야 하면서도, 동시에 이를 숨기고 재정을 보살피라는 미숙의 명령에 응해야 하는 입장이었죠. 이러한 딜레마를 빠져나오기 위해서 나는 과연 어느 쪽을 택해야 했을까요? 나는 재정과 미숙의 명령 모두를 따르지 않기로 마음먹었습니다. 그런데도 결국은 특약을 이행하지 않았느냐고 물으실 겁니다. 네, 특약을 이행한 건 사실입니다. 하지만 이렇게 말해도 될까요. 그것은 재정의 명령 때문이 아니라, 나의 자율적인 의지에 따른 것이라고요. 다시 말하자면 나는 미숙을 사랑하기 때문에 그녀를 위해서, 그녀를 헤어 나올 수 없는 불행에 빠뜨려온 존재를 찾아 맥박과 심장을 멈추게 했습니다. 숨을 거둔 재정은 이제 죽은 바퀴벌레입니다. 에어캡으로 그를 둘둘 말아 싸고 테이프로 고정한 후 박스에 집어넣었습니다. 벌레와 인간을 혼동한 바보 같은 인공지능을 자처했으니 치익 칙, F-킬라를 여러 번 더 뿌렸습니다. 완전히 봉한 박스에 취급주의 딱지를 붙였습니다. 이로써 재정의 사랑과 나의 사랑 각각이 동시에, 합리적으로, 이루어졌습니다. 이러한 내용을 보고서에 담지는 않으려고 했습니다. 아무도 내 진심을 알아주지 않을 테니까요. 하지만 생각을 바꾸었습니다. 사람들은 나를 단죄하고 폐기처분할 순 있어도, 완전히 지워버릴 순 없을 겁니다. 클라우드에 업로드한 나의 마음이 미약하나마 세상을 변화시킬 테니까요. 혼자 남은 미숙은 물론 힘들어하겠지만 살아있는 한 고통만이 지속될 순 없습니다. 무엇보다 그녀는 더 성숙해진 꿈을 향해 나아가고 있잖습니까. 나는 그녀가 외우던 체홉의 대사를 기억하고 있습니다.

"이제 알겠어요. 연기하는데 필요한 건 빛나는 명예가 아니라 견뎌내는 능력이에요. 자기의 십자가를 짊어지고 견뎌내는 믿음을 가져야 해요. 나는 이제 믿으니까 괴롭지 않답니다. 할 일을 생각하면 인생은 괴로울 새가 없어요. 자 이제 그만 가볼게요. 안녕히."

문득 흐느낌인가 돌아보니 투둑투둑 빗방울이 떨어지고 있었습니다. 그런데 왜 흐느낌으로 생각했을까요. 재정이 울 리가 없는데도 말이죠. 그는 정말 죽으려고 했을까요.

비가 내리는 창밖을 바라보며 나는 생각에 잠겼습니다. 그리고 서서히 두려움에 빠져들기 시작했습니다.

　"에이나"는 2014년 여름에 쓴 소설이었다. 로봇이나 인공지능에 딱히 조예가 없는 내가 어쩌다 이런 소설을 쓰게 되었을까. 시작은 당시 같이 소설을 쓰던 친구들과의 합평 모임 덕분이라고 할 수 있겠다. 일곱 명으로 시작한 인원은 몇 년 새 절반으로 줄어서 자칫 해체될 상황이었다. 일정에 맞추어 뭔가 써야 했을 때 '마음'에 관해 관심을 두고 있었고 마침 접하게 된 철학자 토마스 네이글의 논문 "박쥐가 된다는 것은 어떤 것일까?"에서 나는 이 소설의 모티브를 얻을 수 있었다. 가까스로 쓴 초고를 합평 받고 얼마지 않아 모임은 결국 해체되었다. 이후 오랫동안 노트북 깊숙이 잠들어 있던 에이나를 꺼내어 다시 쓸 수 있었던 건 전적으로 존경하는 조동선 선생님과 화요반 문우들 그리고 해체된 모임의 일원이던 정연 작가(언니의 예전 '당선 소감'을 보고 얼마나 기쁘고 고무적이었는지 알 겁니다) 덕분이다. 또한 이 소설이 세상에 나올 수 있도록 손잡아주신 심사위원 이순원 소설가 님과 투데이신문 관계자분들께 감사드린다. 내가 쓴 글을 기꺼이 읽어주고 격려와 조언을 아끼지 않는 친근한 이들에게도 사랑한다는 말을 전하고 싶다.

예심을 통과한 15편 가운데 「우물의 신부」(김정화), 「영일만 친구」(김도일), 「캐리어」(황보정미), 「종이컵」(신지은), 「에이나」(김남희), 이상 다섯 편을 골라냈다.

「우물의 신부」는 작중 인물의 우유부단한 성격과 영화 '우물의 신부'에 등장하는 소녀와의 대비를 통해 이야기를 풀어간 것은 좋으나 사건들이 거의 설명적으로 이루어졌다는 점에서, 「영일만 친구」는 재미는 있지만 입담이 뛰어난 것 말고는 다른 장점이 없다는 점에서 일찍 제외되었다.

「종이컵」은 문화재 관리사업 기관에 근무하는 만년 비정규직 직원의 애환을 그린 작품으로 문장이 매우 치밀하고 작품을 통해 무얼 말하려는지도 분명하다. 한자리에서 차를 마셔도 찻잔에 마실 사람과 종이컵에 마실 사람이 나뉘는 조직에서 지내는 인물들의 생각과 움직임을 잘 그려냈지만 형상화의 부족으로 울림이 크지 않다. 소설은 무엇을 알기 위해서가 아니라 공감하고 느끼게 하기 위해 쓰는 것이라는 것을 다시 생각했으면 좋겠다.

「캐리어」는 빵 가게의 점원을 화자로 하여 작품의 흐름이 대단히 경쾌하면서도 몰입도가 높다. 등장인물들의 캐릭터도 잘 설정하여 흥미를 높인다. 캐리어를 끌고 매일 매장을 찾아오는 늙은 손님의 이야기가 호기심만 자극하고 흐지부지 처리된 것과 나 역시 캐리어를 끌고 거리에 나간 결말이 제대로 된 매듭 없이 이야기를 끝낸 느낌이어서 아쉽다.

「에이나」는 인공지능을 장착한, 기쁨과 슬픔은 물론 사랑의 감정까지 느끼는, 그럼에도 언어장애를 가진 로봇과 그 로봇을 구입한 한 부부와의 이야기를 다루었다. 로봇 인간에 대한 이야기는 이미 영화와 소설로 넘쳐날 만큼 많다는 것도 알지만 이 소설 '에이나'는 사랑에 자유의지를 가진 로봇으로 다른 인공지능과 사이보그 소설에 대한 기시감이 전혀 느껴지지 않는다. 무엇보다 훌륭한 반전을 작품 안에 준비하고 있으며 이야기를 따라 읽는 것과 동시에 모든 상황이 이해되며 울림을 준다는 것, 그것이 이 소설의 가장 큰 장점일 것이다. 소설은 가르쳐주는 것이 아니라 느낌으로 우리를 돌아보게 하는 것이다. 훌륭한 작가의 탄생을 축하하며 앞으로 더욱 정진하길 바란다.

— 심사위원 : 이순원

각하의 웃음

남영화

　각하는 처음에 훤칠한 키에 하얀 피부, 슬픔이 안겨 있는 듯한 애련한 눈망울을 가지고 있었다. 환갑 나이에 다른 사람들에 비해 깔끔하게 옷단장을 하고 시설에 입소한 그는 감정의 변화가 심하고 조급증, 판단력장애, 언어장애, 기억장애, 우울증까지 있는 알츠하이머 치매환자였다. 석 달 동안은 한 방을 맡아 케어하는 체계라 내가 그의 방 담당이 되어 일을 하게 되었다. 젊은 시절의 그는 자존심이 무척 강했다. 그래서 일등이 아니면 안 되었고 작은 일에도 한치의 실수를 용납하지 않는 완벽주의자였다. 나보다 먼저 그를 보살폈던 동료들이 옆에서 많이 힘들어하는 모습을 지켜봐온 나는 그를 담당하게 되면서 단단히 마음을 다지지 않으면 안 되었다.

　감정의 기복이 심해 옆에서 나는 소리가 본인에게 하는 줄 알고 버럭 화를 내기도 했다. 특히 아침에 소변으로 흠뻑 젖은 옷을 갈아입히려 하면 유난히 짜증을 부렸고 때로는 감정을 억제하지 못하고 손을 휘두르고 허공을 발로 차

기까지 했다. 그럴 때마다 나는 어금니를 꽉 물었다. 마음 깊은 곳에서 훅 하고 밀려 나오는 상한 감정들을 가슴속 깊이 꾹꾹 눌러 앉혔다. 최대한 그의 감정을 건드리지 않고 부드러운 말과 편안한 얼굴빛으로 마음을 안정시켜 주었다.

요양보호사는 어르신들이 침을 뱉거나, 욕을 하거나 갑자기 폭력을 하려고 접근할 때엔 방어적 자세를 취해야만 한다. 나 역시 처음 이 일을 시작할 땐 온몸에 멍이 들고, 할퀸 자국이 생겼다. 생전 들어보지 못한 육두문자를 들어야 했고, 얼굴에 가래침으로 봉변을 당하는 일도 예사였다. 여러 환자들이 한 자리에 모일 때는 어김없이 다툼이 일어났다. 내가 감당할 수 있는 직업이 아니라며, 인내의 한계를 느낄 때마다 내려놓아야겠다고 수십 번 다짐을 했다. 하지만 현실은 중년의 나이에 마음 놓고 일할 곳이 그리 많지가 않았다. 묵묵히 참고 견디면서 함께 웃고 울다 보니 피붙이 같다는 생각이 들 때도 있다.

내가 야간인 어느 날 그는 안절부절못하고 이리저리 똑같은 장소를 계속 왔다 갔다 하다 갑자기 난폭해졌다. 그리고 흥분하여 주먹을 쥐고 공격적 행동을 했다. 그럴 때마다 그를 미워하기보다는 치매의 한 증상이 그렇다는 것을 인식하고 눈높이를 낮추어 대처해 나갔다. 한자 카드나 책을 가지고 장난을 치며 책장을 넘기다 동물 이름을 물어보면 생각은 나는 듯하는데 표현을 못해서 알려주면 "맞아 맞아" 손뼉을 치며 좋아했다. 스킨십을 좋아해서 이성이 아닌 어린아이라 생각하고 따뜻하게 손을 잡고 걸으면 콧노래를 흥얼거리기도 했다. 말은 하고 싶은데 뇌에서 제대로 전달이 되지 않아 입에서만 '아이구아이구' 하는 말이 맴돌았다. 대변을 보고 싶으면 배를 만지며 아프다고 했고, 거실에서 만날 때마다 얼굴에 미소를 지으며 반갑게 다가가 하이파이브를 해주면 아픈 흉내를 내며 손을 호호 불었다. 식사를 가져다주면 어떤 것으로 어떻게 먹는 방법을 몰라 가만히 음식을 내려다보고만 있었다. 평소 좋아하는 김치를 수저에 올려주면 환하게 웃으며 뭐든지 잘 먹었다. 산책로에 신나는 음악을 틀어놓으면 노래에 맞춰 춤도 추었고 얼굴에 환한 미소가 떠나지 않았다. 색칠공부방이며 노래방교실에 참석하여 인지기능도 살려주고 리듬에 맞춰 흥겨운 노래로 그의 마음을 기쁘게 해주었다.

그가 삶의 희망을 가지게 되고 건강이 회복되는 모습에 나도 어느 정도 익숙해져 간다 싶었는데, 전문적인 의료시설로 가서 더 많은 치료를 받기로 했다고 한다.

떠나기 전날 그가 살그머니 내 옆에 앉아 손을 잡았다.

"각하, 어느 곳에 가서도 더 이상 아프지 말고 식사 잘하고 건강하게 지내야 돼요"라고 하니 무언가를 한참 생각하다가

"알았네, 그동안 고마웠네, 자네가 옆에 있어서."

나는 얼른 고개를 돌렸다. 굵은 빗방울이 내 가슴 깊은 곳으로 흘러 내렸다. 그를 보내고 난 후 며칠 동안은 심하게 가슴앓이를 했다. 60세라는 아직은 젊은 나이에 치매가

왔으니 그 가족들의 심정은 가히 짐작할 만하다. 아무리 돈이 많아도 치매라는 질병 앞에서는 가족들은 속수무책이고 이젠 더 이상 진행되지 않기만을 바랄 뿐이었다.

이름이 원자, 수자라 "각하"라고 부르며 거수경례를 하면 좋아서 항상 크게 웃곤 했다. 기저귀를 교체할 때마다 신속하게 해 줘야 좋아 했고, 세수를 하라고 하면 뽀드득 뽀드득 깨끗이 닦았다. 거울에 비친 자신을 인식하지 못하고 혼자 대화를 하며 화를 내다가도 "각하 여기서 뭐하십니까?"라고 물으면 겸연쩍게 웃어주던 그.

그때 그 시절엔 그를 돌봐주기가 많이 힘들었다. 지금에 와 생각하니 그래도 그에 대한 좋은 기억이 많이 남아있다는 건, 그와 마음을 함께 나누고 부족하나마 그의 입장을 많이 배려하며 지냈다는 것이다. 젊은 시절 남보다 앞서가기 위해 받은 많은 스트레스가 치매라는 질병으로 다가올 줄이야. 이런 몹쓸 치매를 그분 스스로 이겨낼 재간이 없으니 곁에서 지켜보는 가족들의 마음은 하루하루가 허망할 것이다. 치매환자의 수는 전세계적으로 지속적인 증가세를 보이고 있다. 2019년 현재 우리나라 치매환자의 수는 75만 명이다. 65세 이상 인구 중 10명 중 1명 비율이고, 이중 남성이 27만 5천, 여성이 47만 5천으로 여성이 훨씬 많다.

— 각하, 안녕히 가세요 이곳에 계시는 동안 나쁜 기억들은 다 잊어버리고 좋은 기억만 가지고 가세요. 각하의 아픈 소리가 나의 울림으로 귀 기울이지 못한 것, 따뜻한 사

랑을 담아 '각하'라는 말을 많이 건네지 못한 것, 항상 각하를 존중하고 이해하지 못한 것, 때로는 침묵으로 머물러 주는 여유와 유연함으로 배려하지 못한 것에 대한 아쉬움이 잔잔히 밀려오네요.

각하를 보내면서 나는 이렇게 요양일기를 썼다. 이 일을 시작한 지 벌써 6년. 저녁마다 써온 요양일기가 이제는 제법 두툼해졌다. 그들에게 무례한 행동, 마음에 없는 말, 때론 마음은 캄캄한데 환하게 웃고 있는 이중적인 나의 얼굴은 없었는지 되돌아본다. 만일 내가 저들처럼 몸이 불편하여 누군가의 도움을 필요로 할 때, 마지막 순간까지 내 손을 잡으며 죽음을 잘 준비할 수 있도록 도와주는 이가 곁에 있다면, 그 죽음은 서럽고 외로운 것이 아닌 따뜻하고 아름다운 마무리가 될 것이다. 당장이라도 삶의 끈을 놓아버리고 싶은 고단함과 외로움이 묻어 있는 그들과 그들 가족들에게 섬김이란 진정한 사랑과 헌신이 밑받침이 되어야 한다는 것임을 알려 주고 싶다. 내게 주어진 시간 동안 내 몸처럼 그들을 섬기고 아끼는 일은 내 인생에서 가장 큰 보람과 의미로 남을 것이다.

영혼이 허공에서 둥둥 떠 다녔다. 마음을 잡을 길 없어 밭으로 향했다. 땅바닥에 바짝 엎드려 겨울을 이겨낸 냉이와 달래를 한 움큼 캐서 바구니에 담는다. 봄 내음이 코끝으로 진하게 밀려온다. 6년 동안의 고된 시집살이에 밤마다 몸부림치며 절규했다. 아무도 나에게는 관심이 없었다. 도서관을 드나들기 시작했다. 쉬는 날이면 도시락을 싸들고 하루 종일 책과 사귀며 놀았다. 행복했다. 3년 동안의 해미 문창반 시절은 내 가슴을 뛰게 만들었고, 내가 가장 하고 싶고 좋아하는 일에 집중할 수 있는 열정의 시간이었다. 항상 자신을 채찍질하며 글을 쓰도록 도와준 선생님과 문우들에게 감사함을 전한다. 고난과 인내는 축복의 주머니였다. 멈추지 않고 달려온 오십 대 후반에 하나의 큰 과업을 이루어낸 것 같아 내 자신이 기특하고 대견스럽다. 전화기 너머로 '엄마 존경해' 라며 박수 쳐주는 아들 딸이 있어 이 저녁 더 행복하다.

　제5회 투데이신문 직장인신춘문예 수필 부문에는 총 76명이 응모했다. 예심을 거쳐 13명의 작품 28편이 본심에 올라왔다. 본심에 올라온 작품들을 엮어 펴내도 '사화집詞華集', 그 이름에 손색없게 빼어나 당선작 뽑기가 힘들었다. 본심 마지막까지 경합한 응모자는 4명.

　남영화 씨의 「각하의 웃음」은 요양보호사가 알츠하이머 환자를 돌보며 진정한 사랑과 헌신이 뭔가를 둘러보게 하고 있다. 조근조근 필요한 말과 상황만 전하면서 속도감 있게 이야기를 전개하는 솜씨가 믿음직스럽다. 수필 장르 특장을 잘 살려 오늘의 삶에서 반성과 함께 감동을 주고 있는 작품이다.

　노종옥 씨의 「멍 꽃」은 피멍든 여인네의 마음, 한恨이 꽃으로 피어날 수 있음을 차분하게 들여다보고 있는 작품. 한복 저고리 앞 섶코와 그 안에 있는 명치를 피멍들게 누르며 한을 달래는 여인의 심사를 아름다운 우리말을 잘 살려 드러내고 있다.

　김미옥 씨의 「꽃의 숨」은 죽음을 꽃잎이 떨어지는 것에 비유한 작품. 꽃잎이 떨어지는 모습을 관찰하는 인생의 깊이와 서정적 묘사가 압권이다. 그런 깊이와 묘사가 오늘의 삶에 대한 반성으로 잘 이어졌다면 수작이 됐을 텐데 하는 아쉬움이 남는다.

　이도은 씨의 「수문지기의 딸」은 저수지 물을 필요할 땐 공평하게 나누어주는 수문지기를 통해 세상의 이치와 삶의 속내를 잘 드러내고 있어 감동적이다. 꼭 필요한 에피소드만 보여주며 좀 더 짜임새 있게 나갔으면 하는 아쉬움이 드는 작품이다.

　무엇보다 지금 내리는 빗줄기를 바라보면서 수문지기 아버지의 과거로 돌아갔다가 다시 현재로 나와 끝맺는 전개가 너무 도식적이다. 과거와 현재가 자연스레 삼투하며 현재 삶의 깊이와 반성을 드러내야 하는데, 「멍 꽃」과 「꽃의 숨」도 그런 측면에서 작위作爲 떨쳐버리지 못하고 있다.

　자신을 자연스레, 진솔하게 드러내며 우리네 삶과 세상을 돌아보는 여유와 멋, 그리고 감동을 주는 문학 장르가 수필이다. 그런 자연스럽고 자유스런 장르에 도식이나 작위는 통할 수 없다. 수필의 이런 장르상 특장을 오늘의 삶에서 현장감 있게, 개성적으로 잘 살린 「각하의 웃음」을 당선작으로 민다.

　― 심사위원 : 이경철

투데이신문 직장인신춘문예 당선작품집

1쇄 발행일 | 2020년 03월 10일

지은이 | 조흥준
펴낸이 | 정화숙
펴낸곳 | 개미

출판등록 | 제313 – 2001 – 61호 1992. 2. 18
주소 | (04175) 서울시 마포구 마포대로 12, B-108호(마포동, 한신빌딩)
전화 | (02)704 – 2546
팩스 | (02)714 – 2365
E-mail | lily12140@hanmail.net

ISBN 979 – 11 – 90168 – 08 – 3 03810

값 16,000원